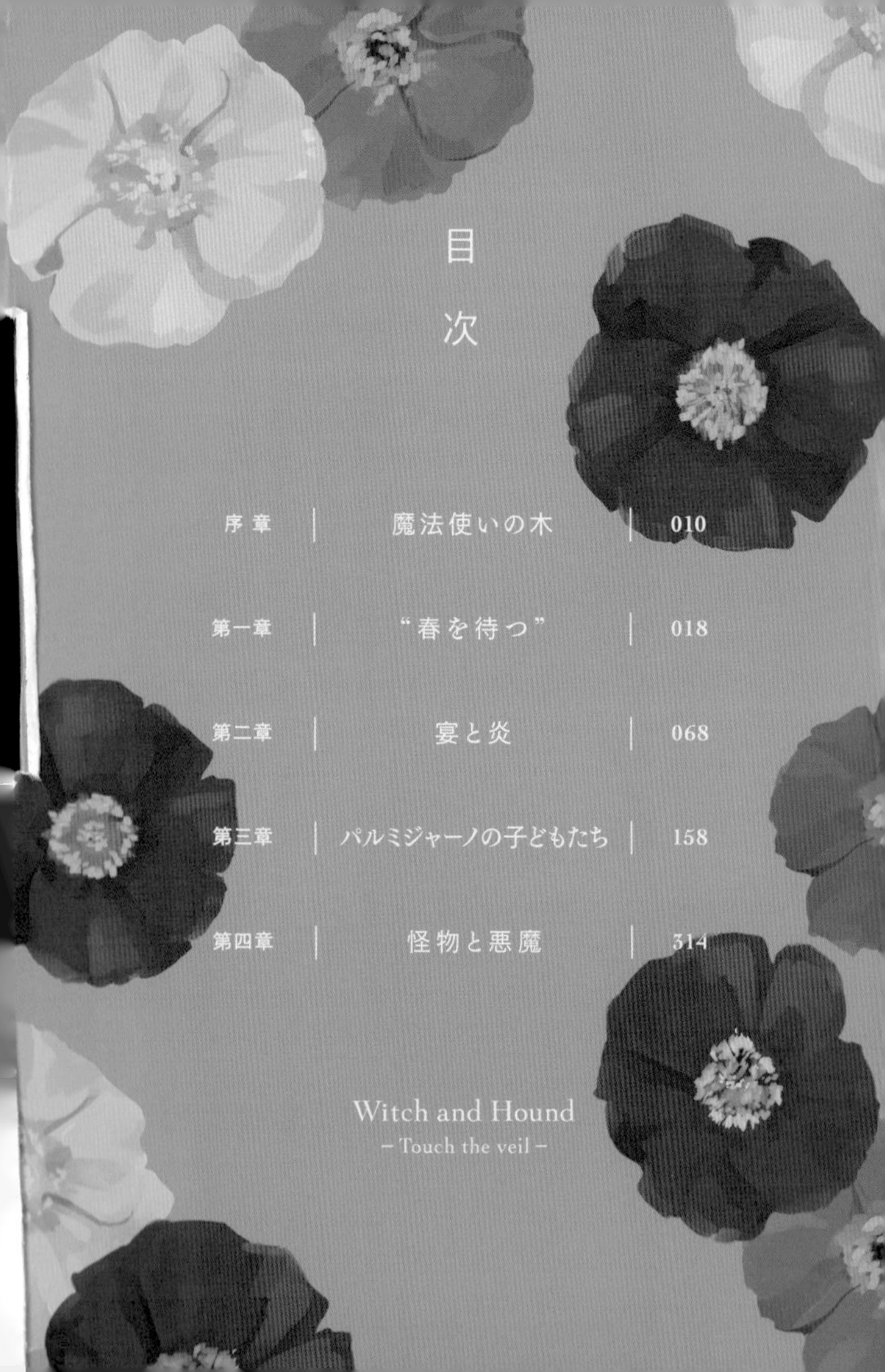

目次

Witch and Hound
- Touch the veil -

花咲く島国　オズ
《パープルロック家》領
< PURPLE ROCK >
《イエローフォレスト》領
< YELLOW FOREST >
< EMERALD PALACE >
エメラルド宮殿
陶器の町　オルドラ
SLEEPING WOMAN
"眠る女山脈"
< BLUE PORT >
《ブルーポート家》領
キングズ・ダム（王のせき止め）
SWEET RIVER
糸の村　ユピア
< RED GARDEN >
《レッドガーデン家》領
スイート・リバー（甘い川）
海と太陽の国　イナテラ
WORLD
Witch and Hound

序章

魔法使いの木

1

春雷の轟く夜だった。窓の外では激しい雨が降っていた。

エレオノーラは車椅子だったので、こんな雨の日に外へ出ることはまずない。ましてや人の寝静まった深夜だ。いつもなら暖炉に薪をくべた暖かな部屋で、生姜湯でも飲んで毛布に包まっている時間帯だった。

姉であるモネも「君は自分の部屋で待っていてもいいよ」とそう言ってくれたけれど、この夜に限ってはどうしても、エレオノーラは外へ出なくてはならなかった。モネや、クラスメイトであるチキチキに同行して、事の終わりを見届けなくてはならないと思っていた。

床に横たわるその死体は、穏やかな死に顔をしていた。安らかに目を閉じていて、苦しんだ様子もない。まるでただ、深い眠りに落ちているようだ。「本当に死んでいるの?」――思わずそう尋ねたエレオノーラに、モネは「もう目を覚ますことはないよ」と応えた。「魂を潰してしまったからね」と。

死体を館の外へ運び出さなくてはならなかった。しかし車椅子のエレオノーラは手を貸すことができず、モネはその時、発熱していて立っているのもやっとの状態だったので、残るチキチキがこの作業を行わなくてはならない。

彼女はドゥエルグ人の娘であり、小柄ながら力持ちの少女だった。だがいくら力持ちとはいえ、人間一人を肩に担いで館の外にまで運ぶのは困難だ。チキチキは始め、自分の魔法を使って——石や岩を寄せ集めて造った精霊ゴーレムを使って死体を運ぼうとした。

だが人一人を肩に担ぐゴーレムを造るとなると巨体となり、それでは館にいる職員や他の生徒たちに見られてしまう恐れがある。そこで死体は、エレオノーラの予備の車椅子に乗せて運ぶことにした。そうして人目を忍んでこっそりと、館を抜け出すことに成功したのだった。

向かった先は学園内にある墓場だった。多くの魔法使い見習いが眠る共同墓地だ。ただしこの死体には墓標がない。なので共同墓地の象徴のごとく立っていた樫の木、〝魔法使いの木〟の根元辺りにでも埋めようということになった。

太い根の這う箇所を避けて、チキチキのゴーレムが地面にスコップを突き立てる。

魔法使いの木は枝葉を大きく広げていて、その下にいれば雨を凌ぐことができた。だが非常に暗い。三人はそれぞれランタンを持参していたが、ローブのフードを深く被っているためにお互いの顔もよく見えない。

車椅子のエレオノーラは、穴を掘る手伝いもできずに、ただ地面を掘り続ける巨大なゴーレムを見つめていた。その背後でチキチキは両手を前に差し出し、ゴーレムの動きを操作している。発熱するモネはスコップを胸に抱いたまま、早々に「だるい」と言って木の根元で横になっていた。

エレオノーラのそばには、車椅子に乗せられた死体が頭からローブを被せられ、埋められるのを待っている。その時、ピカリと稲妻で辺りが光って、エレオノーラはその刹那に、ローブの端からだらりと垂れた右腕を見た。その手の甲には、痛々しい一本の裂傷が浮かび上がっていた。バリバリと空を裂く雷鳴に、エレオノーラは肩をすくめる。

雷鳴がやんだ後に聞こえてくるのは、雨音と葉のそよぐ音。それからゴーレムが穴を掘る音。ザクリ、ザクリ……。そのあまりに現実味のない光景に、エレオノーラは何だか悪夢でも見ているかのような気持ちになって、今さらになって怖じ気づき始めた。

「……ねえ、やっぱり埋めるのはやめない？　正直に話して、大人たちの指示を仰ぐべきじゃないかしら？」

「今さら何を言うとる」

チキチキがゴーレムを操作しながら、顔を向ける。ただフードを被ったその表情は、やはり黒く陰っていてよくわからなかったが。

「魔術師を殺してしまったということがバレたら、この島はどうなるか……」

「そうだよ、エレオノーラ」

魔法使いの木の根元に腰掛けて、背をもたせていたモネが言う。傍らに置いたランタンにぼんやりとその輪郭が照らされてはいるが、やはりフードに覆われた顔は見えない。

「魔術師とはつまり、神なる竜に魔法の使用を認められた〝聖職者〟だ。そんな人物を殺してしまったとバレたら、島に魔術師がたくさんやって来るよ。最悪、王国アメリアと戦争になる。ルーシー教に敵対なんかしたくないでしょ？」

「それはもちろん……そうだけど」

「ていうかおい、モネ！　お前サボるな。ずっとうちのゴーレムだけが掘っとるやないか」

「ええ……？　だって僕、熱出してるんだよ？　雨の中ここまで付いてきてるのがまず偉くない？　もうちょっと労ってくれてもいいと思うけどな」

「付いてくるのは当たり前じゃ。あれはお前が殺したんじゃからの！」

死体を埋め終わると、チキチキが一つの提案をした。墓石の代わりに埋めた箇所でゴーレムの魔法を解いて、大量の石でも積み重ねようかと。「それでは余りに目立ちすぎるわ」とエレオノーラが反対し、「まるで目印じゃん」とモネが呆れた。

結局死体を埋めた場所に置いた石は、一個だけ。時が経てば風化して、埋めた三人でさえその位置を見失うことになるだろう。簡易的な墓石を前にして、ランタンを手に提げたモネは「どうする？」と二人に尋ねた。

「一応……祈っとく？」

「誰にじゃ。神なる竜にか？」

「それ見つかっちゃわない？」

聖職者を殺して埋めておきながら、その冥福を神に祈るというのは何だかちぐはぐな気がして、魔法使いの木の下で、三人は声を潜めて笑った。

魔女と猟犬

Witch and Hound

– Touch the veil –

第一章　“春を待つ”

1

夜の森に、悲しげな弦楽器のメロディが響いていた。

ポロン、ポロロン……と弦を弾くのは一人の兵士だ。リュートを胸に抱いた彼は、倒木に腰掛けていた。たき火に向かってささやくように歌う。それは戦地に赴いた愛する夫を、村で待ち続ける女の叙情詩だった。女は胸に抱いた赤子を揺らしながら、食事を作り、薪を割り、暖炉に火を灯し続ける。貧しさに耐えて、寒さに耐えて、私は今日もあなたの帰りを待っている——。

と、リュートを奏でる兵士の額に、齧りかけの干し肉が投げつけられた。

「惨めったらしい歌なんか歌うんじゃねえよ！　このくそったれが」

野次を飛ばしたのは、別のたき火を囲んでいた大柄な男だった。

彼もまた同じ兵団に所属する兵士だ。周りの兵士たちと同様に、緑色の胴当てや脛当てを装備している。ボサボサの髪はもみあげを通して髭と繋がっており、まるでライオンのようなシルエットをしていた。その声もまた、肉食獣のごとく獰猛だ。

「気の猛る歌を歌え！　兵士を称える歌だ！　そのリュートをへし折られたくなかったらな」

「まったくですよ。これから戦場に向かうって時に聴く歌じゃねえや」

ライオンのような兵士の斜向かいで、背の低い兵士が媚びるように笑う。鼻先の尖った男だ。唇からは前歯が少し覗いていて、こちらはまるでネズミのようである。

　リュートを奏でていた兵士は、額を撫でた。「リクエストなら金を払え」──ぽつりとそう悪態をついたが、ライオン顔にギロリと睨みつけられて、仕方なく演奏を再開する。リュートをへし折られてはたまらない。力強いリズムで奏でるのは、戦好きな兵士たちの歌だ。

　暗い森のあちこちには、いくつものたき火がたかれていた。百人を超える兵士たちがいくつかのグループに分かれ、それぞれたき火を囲んで休んでいる。

　森を突っ切る道の上には、五十台以上もの荷馬車が列を成して停まっていた。荷台の幌や掲げられた旗には〈緑のブリキ兵団〉の団章と、そしてこの兵団を所持する《エメラルド家》の紋章が描かれていた。彼らは最前線で戦う仲間たちへ、物資を運ぶ兵站部隊だった。荷台には、多くの食料や武具の数々が載せられている。

「にしても……ついてねえやな。今夜中に森を抜けられるんじゃなかったのか？」

　ライオン顔の兵士が不満たっぷりにつぶやいて、縁の欠けたコップでブドウ酒をあおった。

　進軍の予定は遅れていた。本来なら、今夜中に近くの村へ進駐できるはずなのに。

「俺は今夜たっぷりと女を抱く予定だったんだ。それをこんな、陰気な森で野営とは」

「いやまったく。まったくですよ……不気味な森ですよね。何だか魔女でも出てきそうな」

　木々の梢の向こうには、夜空が覗いている。ただしその月明かりは、枝葉の生い茂った森の中にまでは届かない。無数のたき火に照らされてはいても、辺りは真っ暗だ。黒く塗り潰された闇の中から、虫の羽音やフクロウの鳴き声が聞こえてくる。

「まあでも……明日こそは〈糸の村ユピア〉に到着しますよ。絹織物の盛んな村です。機織り女は淑やかだと聞きますが、どうなんでしょうね？」

「確かめてみるさ、明日な」

ライオン顔の兵士は一笑し、またブドウ酒をあおる――と、たき火の向こうに目を留めた。

闇の中からおずおずと現れたのは、一人の少女だった。

「あ、あのう……こんばんは」

小柄な少女だ。歳は十代の半ば頃で、頰にはそばかすがある。黒髪を赤いバンダナでまとめ、スカートの下にはモンペを穿いていた。まるで田舎娘だ。目尻はやや吊り上がっていて、勝ち気な印象。だが今、少女はその目を伏せて視線を泳がせている。

「えと。しゃ……酌でも、しましょうか？」

たき火を囲む兵士たちの視線が集まる。ライオン顔の兵士は眉根を寄せた。

「……酌だと？」

「ユピアの娘でしょうか……？」

ネズミ顔の兵士がつぶやくと、ライオン顔の兵士はニンマリと笑った。口元から茶色いすきっ歯が覗く。つまらない夜になると思ったが、この際、野暮ったい田舎娘でも構わないか。

ライオン顔の兵士は倒木に腰掛けたまま、少女に向かって腕を伸ばした。

「いいぞ、こっちへ来い」

するとネズミ顔の兵士が「ちょっと待ってください」と慌てて立ち上がった。少女を前にして、その姿を改めて見る。この暗い森の中を一人で歩いて来たのだろうか。ランタンを提げているわけでもなさそうだ。その両手に包み込むようにして握られているのは……尖った骨？

あまりに奇妙だ。

「……考えてみればユピアって、近くの村とはいえまだ遠いはずです。こんな小娘が夜の森の中を一人で歩いて来られるような距離じゃない……」

「ああん……？」と、ライオン顔の兵士は不機嫌な面をして立ち上がった。

のっしのっしとたき火を回り込み、ネズミの兵士を押し退けるようにして少女の前に立つ。

「じゃあ何者なんだ、この小娘は？」

少女の頭上に影が掛かる。大柄な兵士に気圧されて、少女は後退りした。その頭上に影が掛かる。

ネズミ顔の兵士が、恐る恐るといった調子で少女に尋ねた。

「まさか……魔女とかじゃない……ですよね？」

「……うへっ」

少女はきょとんと目を丸くして、それから頬を引きつらせた。

「私が魔女に見えます……？」

次の瞬間——木々の梢から白い人影が落ちてきた。その人物は闇夜に映える白いスカートをひるがえし、ライオン顔の兵士の肩へと降り立つと同時に、その肩口へ剣を突き入れる。

「んごああっ……！」

ライオン顔の兵士は悲鳴を上げて、ブドウ酒の入ったコップを足下に落とした。

すきっ歯を剝いて大きく開けた口内から、血が撥ねる。同時に兵士は白い吐息を滲ませた。

ミシミシミシ……と、剣を突き立てられた兵士の肩口が凍結していく。ライオン顔の兵士は両膝をついた。その肩にはまだ、白い少女が乗っている。

透明感のある金色の髪と、雪のように白い肌。左の瞳は〝イルフ人〟特有の美しい青色。一方で右の瞳は〝ヴァーシア人〟特有の鮮やかな緑。こちらの目元には縦に裂かれた三本の傷がある。〝雪の魔女〟ファンネル。通称、ネルだ。

見目麗しきイルフ人と、気性の荒いヴァーシア人——二つの人種の血が混ざるネルは、どちらの特徴も併せ持つ。凍てつくような美しい笑みには、戦闘狂らしい熱が含まれている。

「やればできるじゃないか。見事な囮だったぞ、カプゥ」

カプチノはダイアウルフの牙を握り締め、ネルを見上げた。

「これ私要ります？　無駄に身を危険に晒しただけのような気がするんですけど！」

ネルは兵士の肩口から剣を抜いた。勢いよく噴き出した鮮血が、空気に触れた瞬間から凍りついていく。キラキラと氷の粒子が散る。

「てっ……敵襲っ！　敵襲だ！」

ネズミ顔の兵士は、踵を返して一目散に逃げ出した。たき火を囲んでいた兵士たちは立ち上がり、次々と剣を抜く。すると森の闇に身を隠していた海賊たちが、クヌギやナラの木々の陰から姿を現した。その手に山刀・マチェーテを握って。

夜の静寂は、一瞬にして打ち破られた。

先ほど歌を歌っていた兵士は、リュートを投げ捨てた。傍らに置いていた鉄兜を被り、木に立て掛けていた長槍を手に取る。そして、兵士の肩から飛び降りたネルの前へと躍り出た。

暗い森のあちこちからは、雄叫びや喚声、絶叫や悲鳴が聞こえてくる。

眠っていた鳥たちが目を覚まし、一斉に夜空へ飛び立っていく。

休んでいた兵士たちは百人以上だ。対して暗がりに身を潜めていた海賊たちの数は、わずか十七名。しかもそのうちの一人に数えられるカプチノは、ひとしきり喚いた後は木の陰で息を殺していただけだったので、実働人数でいえばマイナス一だった。

しかし略奪に長けた海賊たちが、相手の数に怯むよしもない。奇襲に驚いた兵士たちは慌てて兜を被り、剣を手にして応戦するが、それよりも早く、海賊たちは彼らに致命傷を与えていく。雑木林に、剣の打ち合う金属音がこだました。

「ぐあっ……離せっ……！」

ある兵士は兜を被ったまま、上半身裸の大男に頭を鷲づかみにされていた。その厚い胸板には、羽を広げたワシのタトゥーが彫られている。筋肉隆々の大男、パニーニだ。

兵士の頭を摑んだまま、鎖帷子をまとったその身体を、太い両腕で抱き寄せる。兵士がどれだけ暴れようとも、固い筋肉にホールドされて逃れられない。そして。

「おらァッ！」

パニーニは、兵士の首を捻り上げた。

一方でネズミ顔の兵士は、馬車の御者台に飛び乗った。誰よりも先に荷馬車で逃げようと手綱を握る。直後、御者台に飛び乗ってきたのは、物憂げな眼差しをした女だった。うねる長い黒髪に、くびれたウエスト。大きな胸以上に目を引いたのは、彼女が振り上げたマチェーテのデカさだ。

「こらこら。逃げちゃつまらないじゃない」

「ひっ……！」

通常のマチェーテの二倍近くある太い刀身が、ネズミ顔を陰らせる。

直後に刃は振り下ろされた。

初めこそ激しい抵抗を見せていた〈緑のブリキ兵団〉だったが、戦況は奇襲を仕掛けた海賊たちが優勢のまま、兵士たちは数を減らしていく。

海賊の船長である〝海の魔女〟ハルカリは、マチェーテを片手に悠々と戦場を歩いていた。編み込まれたドレッドヘアに、南国人特有の日に焼けた黒い肌。露出させた腹部や太ももからは、タコ足のタトゥーが覗(のぞ)いている。尾てい骨辺りから、実体化させたタコ足を一本だけくねらせて、斬(き)りかかってきた兵士の剣を打ち流す。同時にマチェーテを振るってカウンターを放つことも忘れない。何人も斬り倒しながら向かう先は、道に連なる荷馬車だ。目的は、最前線に運ばれる予定の物資。

「さあて……どんなお宝を積んでいるのかな」

荷馬車の後方でハルカリはマチェーテを皮の鞘(さや)に収め、両手を擦(こす)り合わせた。

そして胸を高ぶらせながら、《エメラルド家》の紋章が描かれた幌(ほろ)を捲(まく)った。

2

ハルカリたち海賊が〈花咲く島国オズ〉へと上陸したのは、三日前のことだった。

その目的はオズ島で製造されている〝銃〟を手に入れることだ。銃はハルカリの今最も欲するお宝の一つだった。その武器はいとも簡単に人を殺傷することができる。

使い方さえ学べば、女や子どもでも熟練の兵士を殺すことができる。革命的な武器だ。手に入れたい。そして叶(かな)うなら、販売用の仕入れ先を見つけて、流通経路を確保しておきたい。

銃は弱者に力を与える。銃さえあれば、魔法を使うことのできない人間でも、魔術師(ウィザード)を殺すことができる。それさえあれば〈竜と魔法の国アメリア〉に対抗することができる。

今現在、周辺国家を次々と侵略している王国アメリアの存在を、脅威に感じている国は少なくない。領土を持つ貴族たちは、やがて我先にとオズ産の武器を手に入れようとするだろう。銃の流通は間違いなく新時代を築く。これからの時代を生き残るための、重要なキーアイテムとなる。ならばその莫大(ばくだい)な富を得られる商機を、逃す手はなかった。

ただしハルカリたち南の海賊にとって、オズ島は見知らぬ国だ。ツテはなかった。

どうしたものかと思っていたところに、立ち寄った〈糸の村ユピア〉で耳寄りな情報を得る。村からほど近い森の中を、鮮やかな緑の軍旗を掲げた《エメラルド家》の兵士たちが進軍しているらしい。オズ島の南部では、彼ら〈緑のブリキ兵団〉と、王家に反旗をひるがえす〈南部戦線〉との内戦が続いていた。

森の中で目撃された荷馬車の一団が前線に向かっているのなら、その荷台には多くの物資が積まれているに違いない。戦(いくさ)に使うための銃器を運んでいる可能性があった。

強欲な海賊たちがその好機を逃すはずがない。こうして一行は、〈緑のブリキ兵団〉に夜襲を掛けるにいたったのだった。

「秘技……〝吹雪斬り(ブリザード・スラッシュ)〟？　……むぅ」

夜の森での戦闘が終わり、海賊たちは略奪を始めていた。

戦勝ムードの漂う中、剣を鞘(さや)に収めたネルはタコ足を噛(か)んでいる。もぐもぐと頬(ほお)を膨(ふく)らませながら、魔法によって氷漬けにした兵士を前に腕を組んでいた。

〈緑のブリキ兵団〉の兵士たちには、その名のとおり、兜や鎧などの装備品が鮮やかな緑であるという特徴があった。彼らの歩兵が使う長槍〝パイク〟は、短くても四メートル、長いもので七メール以上もある。

面当てを下ろしたフルフェイスの兜を被り、ネルの前で凍りついた兵士は、このパイクを前に突き出したポーズのまま固まっていた。リュートを奏でて歌を歌っていた兵士だ。兜や胸当ての表面には霜が降り、緑色が白んでいた。

パイクは、平地で陣形を組んでの白兵戦に向いているが、障害物の多い森林内では、その効果を発揮することはなかった。ネルの魔法によって凍りついたパイクの先端は、無残にもポッキリと折られている。

ネルは固有魔法〝枯れない花〟で、常に自分自身を凍らせている。時が止まっているため歳を取らないし、外傷も受けつけない。ただし常に魔力を消費しているため、ハルカリから魔力の供給を受け続けなくてはならない。だからハルカリのタトゥーを実体化させた、タコ足を舵り続けている。

〝枯れない花〟とは全身に纏った魔力の性質を冷気に変える変質魔法だ。この魔力を一点に集中させて〝チャージ〟し、一気に放出することでより強力な冷気を放つことができる。言わば必殺技だ。前回、纏った魔力を硬化させる司祭ザリとの戦いでヒントを得て、ネルは自分もそのような必殺技が欲しいと考えていた。

　凍った兵士の背後には、兵士と一緒に冷気を浴びたナラの木が、凍りついている。樹皮や枝などの広範囲にも霜が降り、はらりと落ちてきた葉っぱもまた凍結していて、まるで鋭利な刃物のように地面へと刺さった。威力は上々だ。ただ、魔法を放つときに叫ぶネーミングが決まらない。

「ああ、寒い寒い……。あなたの魔法、寒すぎるわ。見ているだけで体調を崩しそう」

　ネルの背後では、リンダが倒木に腰掛けてたき火に当たっていた。両手のひらを揺れる炎にかざしている。

　そこにやって来たパニーニが、たき火を火種にして松明(たいまつ)に火を灯(とも)した。

「ネル？　何やってんだ、お前は」

　パニーニは松明を手に、ネルの背中へと声を掛ける。

「んなとこにぼーっと突っ立ってよう。ケガでもしたか？」

「ケガなどしない。必殺技の名前を考えてるんだ。〝吹雪斬り(ブリザード・スラッシュ)〟……は、ダサいかな」

「ダサいわね」と、応えたのはリンダだった。「色気を感じないわ」

　ネルはムッと眉根(まゆね)を寄せる。

「じゃあリンダ、お前なら何てつける？　カッコいいやつだぞ？」

「そうね……　〝冷たい抱擁(デッドリー・ハグ)〟なんてどう？　ひんやりしていて良くない？」

「やめろ、やめろ。スベってる」

　パニーニが口を挟む。

「いいか、必殺技名ってのはよ……聞いた相手が恐れおののくイカレタもんじゃなきゃダメなんだ。複雑なネーミングで『え？　どういうこと？』って思わせちまったら、カッコ悪ぃ」

　そして少し考えてから提案する。

「〝冷却パンチ〟にしろ。強そうだろ」

「ダサ」

　ネルはタコ足を噛みちぎった。

「パンチって叫びながら斬るほうがよっぽどカッコ悪いわ」

　リンダは揃えた膝に頬杖をつく。

　そこにカプチノが駆けてくる。

「頭から残念なお知らせです！　ええっと、荷馬車に積まれていたのは銃弾や火薬ばかりで、銃自体は載ってなかったそうで……」

　銃が手に入らなかったのであれば、この襲撃は失敗も同然だ。しかしネルやパニーニやリンダはすでに、貨物への興味を失っていた。話題は必殺技のネーミングについてだ。

「カプ、お前も考えてみろ。ネルの必殺技名だ」

　パニーニに話を振られ、カプチノは「え」と眉根を寄せる。それから氷漬けの兵士を見た。

三人の期待する眼差しを浴びながら、ぽつりとつぶやく。

「ええと、必殺……〝雪国のダンス〟とか？」

「ダセえな」

「ダサいわ」

「ダサ。見損なったぞ、カプ」

三人は落胆して視線を外した。カプチノは憤慨する。

「何ですかっ！　訊かれたから応えただけなのに！」

「火をくれ、パニーニ」とネルはパニーニに手を差し出した。

「こいつに訊いてみよう」

言って氷漬けの兵士をタコ足で指す。

「え？　生きてんのか、そいつ」

パニーニは驚きながらも、松明を投げ渡した。

「てか、敵に訊くのかよ」

「訊くさ。食らった者にしか出せない意見もあるはずだろ？」

ネルは松明の火を兵士にかざした。緑色の兜の表面に付いていた霜が、ぽたりぽたりと溶けていく。面当てを上げると、兵士の青白い顔が露わになった。目尻の鋭い、キツネのような男だった。焦げ茶色の髪や無精髭に霜が降りている。

「なあ、聞いていたか？ お前を凍らせた魔法名を考えている。何かいいのある？」

男は、細い目でゆっくりとまばたきをした。寒さのためにあごが震えている。弱ってはいるが生きている。紫色の乾いた唇がわずかに動いた。

「……〝くたばれ、クソが〟」

「ははっ」と、思わずネルは吹き出した。

「勢いがあって悪くはないが……魔法名にしては乱暴すぎるな」

3

銃を手に入れることはできず、夜襲は失敗に終わった。だが思わぬ展開があった。夜が明けた次の日の午後。海賊たちは〈糸の村ユピア〉にて、もてなしを受けることになった。南部に住まう村人たちの目には、侵略者である〈緑のブリキ兵団〉を倒した海賊たちが英雄として映ったのだ。

川沿いに切り開かれた小さな村ユピアは、機織り（はたお）りの盛んな村だった。

近くには、青く小さな花を咲かせる亜麻（あま）の畑が広がっていて、毎年秋になると村人たちは収穫した亜麻の繊維を紡いで糸を作り、機を織る。ユピア産の亜麻布（リネン）は質が良く、オズ島内での利用のみならず島外にも多く輸出されていた。

海賊たち一同は、かやぶき屋根の家へと案内された。庭先にはたくさんの亜麻(あま)糸が干されていた。村の中で最も広いその屋敷は、村長の住む家だった。

テーブルはない。温かみのあるオレンジ色の絨毯(じゅうたん)の上に、木皿や欠けた陶器のコップが並べられていた。少ないながら具の入ったスープや煮豆の粥(かゆ)、焼きたてのパンなど、質素な村としては精一杯のご馳走が用意された。それも十七人いる海賊たちの腹を満たすには、充分な量だ。

恩を売られたくないハルカリは、お返しとして捕らえた捕虜を村に差し出した。荷馬車から奪った干し肉やブドウ酒も村に分け与えたが、それらも一部は絨毯の上に並べられ、海賊たちに提供された。ハルカリは村長の妻である老婆に言った。

「過剰なもてなしは不気味だ。あたしたちは海賊だぞ？　目的があって夜襲を掛けただけで、別にあんたらを護(まも)るためにエメラルドの兵を襲ったわけじゃない」

だが老婆は顔にしわを寄せて笑うばかりだ。

「結果、英雄になっちまったねえ。もちろん感謝の気持ちもあるが、この料理の数々に込められたわしたちの気持ちは、それだけじゃあない」

絨毯の上で円となり、隣同士に座った老婆は、ハルカリの膝(ひざ)を軽く叩いた。

「もてなしを受けて、わしたちの味方だと安心させておくれ」

「……ああ、そういうこと」

つまりこれは、海賊たちを警戒しているがゆえの会食なのだ。略奪を避けるため、先に料理を提供して縁を深める。略奪する相手ではなく、慕う味方として見てくれと言っているのだ。村人たちも同席し、同じ料理を口にするのは、毒など入っていないと示すためだろう。

　海賊たちは三つのグループに分かれ、それぞれが円になって村人たちと料理を囲んでいた。念のためにハルカリは警戒心を解かず、酒に酔わないよう気をつけていたが、老婆とは逆側に座るカプチノの食欲は爆発していた。

「どれもこれも美味（うま）いっす。頭（かしら）も食べてくださいよ。柔らか煮豆、最高っ！」

　レンズ豆をペースト状にして塗ったパンを齧（かじ）り、レンズ豆入りのスープをすする。

　村では安価なレンズ豆がよく料理に使われる。どれもこれもレンズ豆ばかりだったが、船上で固い干し肉ばかりを食べていたカプチノにとっては、すべてが新鮮だ。

「お前は本当に食い意地が張っているな……」

　ハルカリは呆れたものの、周りにいる仲間たちもまた、地上でのひとときを楽しんでいる。乾杯をしたり、雑談をしたり。手拍子に合わせて歌を歌い、女たちと踊っている者もいる。

「この人が一番キレイに機を織るのよ」だとか「お兄さん、カッコいいからうちへおいで」だとか、そんな会話が聞こえてくる。みな思い思いに村人たちとの交流を楽しんでいるようだ。

　内戦の絶えない島だからか、男の数が少なかった。聞こえてくる笑い声は、女の声のほうが断然大きい。みなよく働くのだろう、老婆も含めて日に焼けていて、元気がよかった。

「戦時中とは思えない明るさだね」

ハルカリがつぶやくと、老婆は「慣れてしまうんだろうね」と応えた。

「戦にも、大切な人を失うことにも、慣れてしまったんだよ」

この島では、常にどこかで戦が起こっている。

島の中央には王家を名乗る《エメラルド家》があり、この〈宝石の都エメラルド〉を取り囲むようにして、東西南北を名のある名家が治めている。昔から島では領土を巡った争いが絶えなかったが、現在は《エメラルド家》がすべての家々を支配していた。

南部を統べる《レッドガーデン家》もまた表向きは《エメラルド家》の支配下に置かれているが、それに反発する南部の貴族たちが〈南部戦線〉を組織し、抵抗を続けている。

当然、南の《レッドガーデン家》には《エメラルド家》から反乱軍討伐の命が下ったが、《レッドガーデン家》は同郷同士で戦いたくないとこれを拒否した。〈南部戦線〉の背後に、彼ら《レッドガーデン家》が付いていることは明白だった。

「南部はよく戦っているな。北部や東部、西部の家々はエメラルドに与しているというのに、南部は降参しないのか？」

ハルカリはパンを齧りながら老婆に尋ねた。

だが貴族間で行われる戦争のあらましを、一介の村人に尋ねたところで答えようのない問いだろう。質問した直後にそう思い直したが、老婆は力強く首を振った。

「降参なんかするもんかね。南の人間は強情者ばかりさ」

「はは、強情か」

「ああ。《エメラルド家》に支配された村はさんざん税を搾(しぼ)り取られて、最悪、土地を奪われちまう。やだねえ、どうしてわしらが中央都市のために働かなきゃならないんだい？　わしは気味の悪い緑色の旗なんて織りたくないよ」

「…………」

なるほど彼女たち南部の人間には、強い帰属意識が存在している。

この抵抗運動は南部の人間すべての総意なのだ。

「うちの人もね、今は〈南部戦線〉の一員となって戦っているのよ。ここにいるのは、同じように旦那や息子たちを前線に送り出した女ばかりさ。それもこれも自由のためさね。《グリーン家》に支配されるくらいなら、戦って死んだほうがまし」

「んお……？」

カプチノが傾けていたスープ皿を下げた。

「《グリーン家》……ですか？　《エメラルド家》じゃなくて？」

老婆は、ハルカリを挟んだ向こうにいるカプチノへと視線を移す。

「わしが今のあなたくらいの年齢だった頃、あの家は《グリーン家》だったのよ。東西南北、どちらにも属さない小さな農家だった。それがあなた、今となっちゃあ《エメラルド家》だなんて大仰(おおぎょう)に名乗って王家を気取っているんだから、恥ずかしいったらないじゃない」

老婆はくつくつと笑う。

「ただの農家が、どうしてそんなに強くなっちまったのか、わかるかい？　お嬢さん」

カプチノは素直に首を振った。

「わかんないです。どうしてですか？」

ハルカリが教えてやる。

「気球に乗って現れた〝異世界人〟のせいさ。そいつが力を授けたんだ」

「……〝キキュウ〟？　って何ですか？」

「膨らませた大きな袋で空を舞うバスケットだよ」

「……何それ」

「おやおや、親分さんはさすがだね。よく知っているじゃないの」

ある日突然、上空に現れたその熱気球は、オズ島のほとんど中央に位置する《グリーン家》の畑に墜落した。気球に乗っていた〝異世界人〟は、自分を助けてくれた《グリーン家》の人々に感謝し、様々なアイデアとテクノロジーを授けたという。

畑に効率よく水を引く方法や、土壌の改善案を提示して農作物の生産量を増やした。また新たな農具を次々と発明し、作業を効率化させ、奇抜な建設技術で雨風に負けない丈夫な家を造った。〝異世界人〟の生み出す発明品は、どれもこれもが見たことのないものばかりだった。

煙を吸って楽しむという〝煙草〟は爆発的な人気を得て流通し、彼がよく移動に使っていた

〝自転車〟は天才的発想だとして話題になった。さらには医療にも精通し、多くの村人たちを病の苦しみから救った男の呼び名は〝異世界人〟から〝大魔術師〟へと変わっていった。もちろんこれはルーシー教の定義する魔術師（ウィザード）とは違い、〝まるで魔法使いのようだ〟という意味が込められた称賛だった。

こうして一人の天才を助けたことにより、《グリーン家》は莫大（ばくだい）な富と権力を得ることになる。農業をやめ、所有していた土地に宮殿を作り、緑よりもより色鮮やかな《エメラルド家》を名乗った。そこに人が集まってきて町ができ、都市となって、やがて〝大魔術師〟は〝オズ王〟として崇められるようになったのだ。

「……へえ。畑に落ちてきたのがそんなすごい人だったなんて。人助けはするもんですね」

カプチノはスープ皿を持ったまま、手を止めている。

「ええ、その人が島のすべてを変えたわ。彼が空から降ってきた三月にね、毎年《グリーン家》は……今の《エメラルド家》は、彼の降臨を記念して、たくさんの気球を飛ばすのよ。大空に色とりどりの気球を……あの迫力ある光景を見たら、悔しいけれど、あんなのを飛ばす家になんて勝てないんじゃないかって……弱気になっちゃうのも確かねえ。彼はそれだけすごい人だった。それにとてもハンサムでね」

初代オズ王の姿を思い出しているのか、老婆は遠くを見つめている。

ハルカリが尋ねる。

「あなたは見たことがあるのか？　その異世界人を」

「見たわ、小さい頃にね。あの人は〝オズ王〟と呼ばれるようになる前、オズ島にある町や村を巡り歩いていたみたいなの。わしが見たのはその時ね」

当時の村長の家に宿泊したその異世界人に、若かりし頃の老婆は料理を振る舞ったのだという。旅人に扮していたため、みすぼらしい格好をしてはいたが、それでも立ち振る舞いや言葉遣いには気品が感じられた。後に村長からあれが噂の〝大魔術師〟だと聞き、驚いたと話す。

「金色の髪を刈り上げていて、優しい青い目をしていたわ。長旅のせいで白い肌が日に焼けて赤くなっていて、痛い痛いと泣きそうな顔をしていた」

老婆はふふふ、と目を細める。敵国の前王を語るにしては穏やかな口調である。

「食後、木皿を下げた時、彼は『ありがとう』とわしに頭を下げたの。そんなことを言う人は初めて見た。女、子どもに礼を言って頭を下げる人なんて。それでびっくりしちゃって」

「一度会ってみたいものだが……」と、ハルカリは齧りかけのパンを頰張った。

「〝オズ王〟は、すでに元の世界に帰ってしまっているんだよな？　今は確か二代目だ」

約十年前に、オズ王は島から姿を消した。現在は二代目〝カカシの王〟が《エメラルド家》の頂点に君臨している。背は高いが貧弱で身体の線が細く、まるでカカシのようなシルエットの若い男だ。彼は《グリーン家》の血を継ぐ嫡男だった。

「ねえ、親分さん。どうして二代目が〝カカシ〟なんて呼ばれているか、ご存じ？」

「いや？　カカシっぽいからか？」

「まあそれもあるわね。異世界人を助けて力を持ち始めたころ……《グリーン家》は、農家のくせに家紋を作ったの。農家だからってカカシをモチーフにしてね。笑っちゃうでしょ？　だから《グリーン家》の血を継ぐ二代目は〝カカシの王〟……でもそれだけが理由じゃない」

老婆は口元を押さえてくつくつと笑う。

噂話に花を咲かせる娘のような笑い方だった。

「あの王様は満足に政治もできない木偶の坊だって。カカシっぽいのは見た目だけじゃない、ホントに脳みそのない〝カカシの王〟だって。陰でそうやって笑われているのよ。でもそのことに王様自身は気づかない。脳みそのないバカだから」

「それはまた辛辣な評価だな」

「そりゃあそうよ。《グリーン家》なんて元を正せばただの農家だもの。わしたち南部の人間だけじゃない。中央の連中だって、口を揃えてバカにしているらしいんだから、あの家もそう長くは持たないんじゃないかしら？　今にグリンダ様が倒してくれるわ」

「……グリンダ様？」

ハルカリが聞き返したその時、背後で拍手が起った。振り返って見れば幼い少女が、あぐらをかいて座るパニーニに花冠を渡している。その腕に提げたバスケットには、たくさんの花冠が入っていた。

「悪いエメラルドをやっつけてくれて、ありがとう！」

少女は満面の笑みでパニーニの頭に花冠を載せようと腕を伸ばすが、パニーニは頑なに頭を下げようとしない。手のひらを向けて少女を牽制する。

「おっと、素敵な花冠だが、ボスより先に受け取るわけにはいかない。まず我らがボスに被せてやってくれねえか」

そう言ってパニーニは、親指でハルカリを指差した。

「……ふざけんな、あいつ。押しつけやがったな」

無垢な少女が花冠を手に駆けてくるのを見て、ハルカリは額に手を添えてうなだれた。

「勘弁してくれ……」

ああいう可愛いものは、ネルのほうが似合うだろう。そうだ、ネルに擦りつけてしまおうと辺りを見渡すが、いつの間にかその姿が見えない。

「あれ？　ネルはどこだ」

「あ、捕虜んとこだと思います」

カプチノがスープを飲みながら応える。

「さっき『干し肉を分けてやろう』とか何とか言って家から出て行きましたから」

4

〈糸の村ユピア〉は平和な村だった。だからこの村には牢屋がなかった。

そのため夜襲によって捕らえた〈緑のブリキ兵団〉の捕虜は、ハルカリたちの招かれた屋敷に隣接した納屋へと連れて行かれた。捕えた兵士は六人だ。その中には、ネルの凍らせたキツネ目の男もいた。

納屋にはいくつもの柱があって、兵士たちはその柱一本につき一人ずつ、距離を空けて縛りつけられていた。緑色の装備はすべて脱がされている。

このエメラルド兵の拘束（こうそく）は、村人たちの意向だった。彼らを〈南部戦線〉に引き渡そうというのだ。捕虜からは敵軍の様々な情報を獲得できる。それは得てして、前線で戦う夫や息子たちの命を救うことになるかもしれない。こうして〈南部戦線〉に貢献することが、村に残る者たちの戦いなのだろう。

納屋の前に立つ見張りは、病弱で〈南部戦線〉に属せなかったやせ細った男が担っていた。

空が藍色に染まる夕暮れ時。戸口は開けっぱなしにされており、遠くに見える山の稜線が赤々と燃えていた。暗い納屋の中で、柱に縛られた兵士たちは力なくうなだれている。

ネルはそのうちの一人、キツネ目の男の前に屈んでいた。「食え」と肉を放ったが、後ろ手に縛られている男は「食えるか」と悪態をついた。だからネルは干し肉を拾い、男の口元に持っていってやった。食わせてやろうというのだ。

男はしばらく黙っていた。この魔女が何を考えているのかわからない。施しを受けるつもりなどない。だから「いらん」と拒絶すると、ネルは「つまらん」と口を結んで、縛られた男の正面にある酒樽の上にあぐらをかいた。そして何を企んでいるのか、「お前の話を聞かせてくれ」と言う。

「……俺の？　兵団の人数とか、作戦とかじゃなくてか？」

捕虜を前にしているのだから、普通ならそういうことを尋ねてきそうなものだ。しかし魔女は首を横に振る。

「そんなものに興味はない。お前自身の話を聞かせろ。どうして兵士になった？」

「…………」

キツネ目の男は、改めてネルの姿を見上げる。陶器のように白い肌は、暗がりの中においてぼんやりと発光しているかのようにさえ見えた。その輝きは〝人ならぬ者〟らしい魔性を感じさせる。魔女を見るのは初めてだった。

自分の知る限り、魔女とは〝厄災〟だ。男はルーシー教徒ではなかったが、兵舎ではそう学んだ。人々の心をかき乱し、争いを引き起こす存在。「恐ろしいもの」「打ち倒すべきもの」兵士たちの集う酒場でも、みなが口々にそう言って打倒魔女を誓う。〝厄災〟から自分たちの故郷を護るために。

しかしこの白き魔女は、どうやらオズ島の外から来たようだった。オズ島の地理も歴史も知らない。この島の者なら誰もが知っている〝気球祭り〟のことを話すと、ネルは小首をかしげた。

「……気球が空を埋め尽くすのか？　とても信じられんな」

「……圧倒されるぞ。その目で確かめてみろ、と言いたいところだが……次の祭りは来年か」

男はネルの質問に応える形で、いつの間にか生まれ故郷の話をしている。

男は島の中央にほど近い、西部の生まれだった。出身は森の中にある小さな村で、ここユピアのようにかやぶき屋根の家々が点々と建っていた。だがユピアのような誇れる産業はなく、男も女も朝から晩まで畑仕事だ。村はとても貧しかった。

「……ガキの頃はいつだって腹を空かせていた。そんな生活の数少ない楽しみの一つが、気球祭りだ。俺の村からは、気球がよく見えたんだ」

競うように空へ昇る、色とりどりの気球。その光景は、貧しい村の少年の心を高ぶらせた。

「いつか俺もこんなクソつまらない村を出て、デカくなりたいと思った。いつかあの気球に乗って……『お前には無理だ』『農民の子は一生農民だ』って、俺の将来を決めつける親兄弟や村の連中を見下ろして、ざまあみろって手を振るんだ」

「うはは。なかなか性格が悪いな」

「そうさ、俺は性格が悪い。だが村を出ようにも学がなかった。貧しい農民であることに違いはなかったし、働く先もない。ただ腕っぷしだけがあった。だから、エメラルドでやってた兵士募集の知らせに飛びついた。それだけだ」

ネルは樽(たる)の上から足を投げ出して、前屈みになった。

「なるほど、それがお前の戦う理由か」

男は失笑する。そう真面目に捉えられても困る。

「いや別に戦う理由だとか……そんな立派なものじゃない」

なぜ兵士になったのか——とはつまり、戦う理由を問われていたのか。キツネ目の男は改めて考えた。どうして兵士として槍(やり)を持ち、戦場に立つのか。しかし思いつくのは金と名誉のためばかりで、やはり誰かに誇れるような、立派な理由は見当たらないのだった。

「……けど叶(かな)うなら、俺は、村を護(まも)りたかった」

男はうなだれた。絞り出した答えがこれだった。

「護りたかった?」

男の言葉が過去形であったため、ネルは聞き返した。

「そうだ。俺の故郷はもうない。俺が村を出た何年か後に、《エメラルド家》と西部軍との戦いに巻き込まれて消えちまった」

内戦の絶えないオズ島には、戦火のあおりを受けて滅んだ集落がいくつもあった。故郷を失うという不幸は、この島において珍しいものではなかった。

「クソつまらん村だった。けど生まれ育った村だ。親も兄弟もいた。見知った顔ばかりだった。

みんな死んじまったのか、あるいはどっかで生きているのか、それすらもわからん。俺の戦う理由ってやらを絞り出してみれば……そうだな。もうこんなのはごめんだ」

　男はネルを見上げた。

「故郷を失うのは辛い。そんな奴らを、これ以上増やしてやりたくない。だから戦うのさ」

「……歌」

　ネルがぽつりとつぶやいて、男は「あん？」と眉根を寄せる。

「お前の歌っていた歌だ。戦争に出た夫を待つ女の歌。あれはお前の村の歌か？」

「……ああ、あれか」

　何のことかと思い返せば、昨夜襲撃される直前にリュートを奏でて歌っていた歌だ。ネルはその歌を、潜んだ木の上で聴いていたのだろう。

「俺の村というか、西部のあちこちで歌われた歌だ。西部も昔は《エメラルド家》に激しく抵抗していたからな……戦争の歌が多いのさ」

「そうか。他の兵士たちには不評だったみたいだな？　惨めったらしい歌なんて言われていたが、それは違う。お前のあの歌は、苦難の中でも夫を待ち続ける、強い女の歌だ。戦火に負けない力強い歌だ」

「………」

「そんな歌を歌う村人たちは強い。お前の村の住人たちも、きっとどこかでしぶとく生きているはずだ」

「……ふっ」

厄災(やくさい)たる魔女のくせに、自分を励ましてくれているのだろうか。男は笑った。

「……あの歌がお気に召したみたいだな。もしかして、俺が生かされている理由はそれか？」

男は冗談でそう言ったのだが、ネルは「そうだ」と頷(うなず)いて樽(たる)から飛び降りた。

「私は踊りを踊る。アップテンポな曲が得意だが、ゆったりしたバラードもいけるぞ？」

言ってネルは、つま先で床に円を描くようにステップを踏んだ。

「今度はリュートを持ってくるから、あの歌の続きを聴かせてくれ。曲名は何というんだ？」

しなやかな身のこなしで踊りながら尋ねる。しかし男は質問に答えなかった。

「踊れるのか？　厄災のくせに……」

ネルは足を止めた。振り返って男を見る。

「厄災？　それは酷(ひど)い言われようだな」

「そうさ、魔女は戦争を引き起こす〝厄災〟だ。お前たち魔女が善良な人々を惑わして《エメラルド家》に攻めてくるから、俺たちが命を張って護(まも)ってるんだ。今、南部で〈王のせき止め(キングズ・ダム)〉を占拠している反乱軍のリーダーも魔女って話だろ」

「……何。そうなのか」

ネルはまばたきをする。つまり《エメラルド家》は、魔女と戦っているのか。

「知らないのか？　あんただって魔女なんだろう？　この島に、さらなる戦火をもたらすためにやって来た。そうじゃないのか？」

「……いや。違うが」

「じゃあ、何で俺たちを襲ったんだ？」

「それは……また別の話だ。私が魔女であることとは関係ない」

「信じられるかよ。魔女ってのは戦火をもたらすもんだろ。お前たちのせいで、兵が大勢死んだ。村人たちがその戦いに巻き込まれて死んだ。お前たちがいるから、この島にはいつまで経(た)っても平和が訪れないんだ」

「すべて魔女のせいにするのか？　それはあまりにも……」

「事実、そうなんだから仕方ないだろう。実際に俺の村を滅ぼした西部軍は、魔女が率いていたんだからな」

「………」

ネルは返す言葉を失った。彼の言う戦火とやらに、自分は関与していない。だが〝魔女〟はこの島において、戦争の象徴のようになっているらしい。この島にいる魔女たちは、よほど血気盛んなのかとネルは呆れた。戦(いくさ)好きなヴァーシア人の血を引く自分を呆れさせるとは、なかなかのものだと思った。

一方で男は、黙ってしまったネルを前にして戸惑った。魔女のくせに、なぜそのようなしょんぼりとした顔をする？　彼女は自分たち兵站部隊へ夜襲を掛けた魔女だ。男自身もまた彼女に凍らされ、殺されかけた。だがどうやら、反乱軍のリーダーである魔女とは面識がないらしい。そして自分の村を滅ぼしたのもまた、この魔女ではない。ならばそれを責めるのは筋違いであったか。

一体この魔女は何なのだ。敵なのか、味方なのか、わからない。男は困惑していた。

「……〝春を待つ〟だ」

「？」

「歌のタイトル。正式なものかはわからんが、俺たちは歌詞の一部を取ってそう呼んでいた」

言って男は一小節だけ、節をつけて歌った。

「〝あなたの無事を信じているから、私は今日も春を待つ〟――」

ふっとネルの表情が綻ぶ。

「……そうか。いいタイトルだ」

「ちょっとネル様！」

突然、納屋の戸口の向こうから、名前を呼ばれた。外にカプチノが立っている。

「何で捕虜なんかと仲良く談笑してんですか！」

辺りはもう薄暗い。カプチノは夜に備えてランタンを持っていた。捕虜を恐れているのか、納屋の出入り口に立ったまま、入って来ようとしない。仕方がないので、ネルは納屋の外へ歩いた。

カプチノは、バスケットを腕に提げた少女を連れていた。

「この子が、海賊のみんなに花冠をあげたいって」

カプチノも貰ったのだろう。見れば頭の赤いバンダナに花冠が載っている。冠には、白く小さな花が咲いていた。シロツメクサを編んだものだった。

「ほう？　くれるのか」

ネルは少女の前に膝を曲げる。

少女はバスケットから最後に一つ残った花冠を取り出し、ネルの金髪に被せた。

「悪いエメラルドをやっつけてくれて、ありがとう！」

その悪いエメラルド兵の捕虜がすぐ近くで縛られているのだが、少女は気にもせずに声を張る。ネルはしゃがんだまま、小さな頭を撫でてやった。

「感謝しよう、村の娘よ。私のことは親しみを込めて〝ネル様〟と呼んでいいぞ？」

「うん……？　わかった、ネル様！」

「うむ」

満足げに笑って立ち上がったネルは、頭に花冠を載せたまま、納屋を見た。出入り口付近には、見張りの男が槍を持って立っている。開けっぱなしの戸口の向こうに、柱に縛られているキツネ目の男の姿も見えた。ネルは声を上げた。

「何ならお前もいいぞ！　〝ネル様〟と呼んでも」

「……ふざけんな、誰が呼ぶか」

男はぷいとそっぽを向く。

彼ら捕虜が縛られたまま喉を裂かれ、殺されたのは翌朝のことだった。


その日は朝からかやぶき屋根の家に、訪問団がやって来ていた。亜麻糸の干された庭先に現れ〈南部戦線〉と名乗った男たちは、鎧を着て剣を携え、武装していた。彼らの目的は、ハルカリたち海賊だった。

前に立って話しだした男はヘンダーソンと名乗った。大柄で眉毛の太い熊のような男だった。彼はこの辺り一帯を領土に持つ貴族だ。村人たちから海賊の話を聞き、会いに来たのだ。

ヘンダーソンは懐から筒状に丸めた羊皮紙を取り出し、ハルカリへと差し出した。

「我々のリーダーが、〈緑のブリキ兵団〉を撃破されたあなた方に礼がしたいと」

「礼ねえ……」

ハルカリは受け取った羊皮紙を広げた。パニーニが脇から覗き込む。

村人たちからその活躍を聞いたのだろう。兵站部隊を倒したことへの感謝が記され、ぜひ直接会って礼がしたいとの理由で〈王のせき止め〉へ来て欲しいと、丁寧な字で書かれていた。

末尾には名前が記されている。〝グリンダ・ポピー〟――。

「この〝グリンダ〟ってのが、あんたたちのリーダーなのか？」

「いかにも。いかがですか？　ぜひ我々と共にいらしてください」

前線にならい、最新鋭の武器があるかもしれない。これは銃を手に入れるチャンスだろうか。ハルカリは迷う。

その時、納屋のほうからネルが現れた。鬼のような形相で、庭先に立つヘンダーソンを睨みつける。ネルの手は血に濡れていた。目を見開き、頬を紅潮させて、大股でこちらへと歩いてくる。

異様な様子を察したパニーニが目をすがめる。

「何だあいつ、どうした？」

「まずいぞ、何か知らんがキレてる」

やがてネルは小走りとなって、とうとう駆けだした。向かった先はヘンダーソンが護衛として引き連れていた兵士たちだ。驚いた彼らが抜剣する間もなく、ネルは瞬時にその距離を詰め、兵士が腰に携えている剣をスラリと抜いた。そして、その剣を振りかぶってヘンダーソンに接近する。

同時に、ハルカリもまたマチェーテを抜剣しようとしたが――迂闊にも剣を携えていない。

「ハルカリっ！」と呼ばれて振り返った先で、パニーニが代わりのマチェーテを投げる。

その柄を摑むや否や――ハルカリは足下からマチェーテを振り上げ、ヘンダーソンの肩口へと振り下ろされたネルの剣を受け止めた。

チィンと金属音が庭先に響き、悲鳴を上げたヘンダーソンが尻餅をつく。

「落ち着け、ネル。どうした?」

「どけ！　私はこいつを殺さなねばならないっ……！」

刃同士を交差させたまま、二人は会話する。激高したネルの魔法によって、辺りの気温が急激に低下していた。ミシミシ……とネルの摑む剣やマチェーテの剣身に霜が降り始める。ネルを中心にして地面が白んでいく。

ネルはハルカリが背にするヘンダーソンを睨みつける。

「お前だなッ！　捕虜を殺したのは！」

「捕虜を……？　殺した?」

ハルカリはその言葉で状況を察した。ネルの剣を弾き、距離を取らせてから振り返る。

「あんた、納屋にいた捕虜を殺したのか?」

「……と言うか、対処しました」

ヘンダーソンはばつが悪そうに立ち上がり、砂埃で汚れた尻をはたいた。

「我々には、捕虜を連れ回す余裕がないものでしてね。連れていけない以上、処分する他ないではありませんか?　考えなしにただ逃がせば、村がどんな報復を受けるかわからない。奴ら、大軍を連れて戻ってくるかもしれない……」

「捕虜がいちいち戻ってくるかあっ……！」

声を荒らげたネルの肩を、パニーニが摑む。

「落ち着け、ネル。そもそも捕虜は村に献上したんだ。もう俺たちのものじゃない」

「うるさいっ！　私が捕まえたんだから、私の捕虜だ。離せっ」

ネルは、肩に置かれたパニーニの手を振り払った。触れていたのはほんのわずかなのに、パニーニの手のひらはかじかみ、冷気のために赤く霜焼けになってしまっている。

「おいおい……勘弁してくれよ」

「話をこじらせるな、ネル」

ハルカリはマチェーテを逆手に持って、グリンダからの手紙をネルに示した。

「〈南部戦線〉のリーダーから招待を受けた。占拠しているダムに来い、とのことだ。あたしは行ってみようと思ってる」

ネルは露骨(ろこつ)に嫌な顔をした。

「……〈南部戦線〉のリーダー？　はんっ。戦争好きな〝厄災(やくさい)〟とやらか」

「何だそれは」

「ダムを占拠してるのは魔女らしいぞ。それもみだりに戦争を引き起こす厄災だ」

ネルの言葉に、ヘンダーソンたちがムッとして表情を強張らせる。魔女を〝厄災〟と称するのは、侵略を正当化させたい《エメラルド家》側の言い分である。ヘンダーソンたちが憤るのも無理はなかった。だが反発を避けて口を噤む。

ハルカリはその強張った顔に尋ねた。

「魔女……？　このグリンダってのは、魔女なのか？」

「私の口からグリンダ様の話をするのは憚られます。ただ……魔女であることは確かです」

「……まさか〝妹殺し〟か」

オズ島には、最凶最悪と名高い〝西の魔女〟がいる——オズ島と交流のある港では、よく耳にする噂話だ。同じ魔女である妹をも殺した悪党で、島の西部にある森の奥深くに身を潜め、鋭い目つきでオズ島の王座を狙っているのだとか。

「そいつが南部にまで出てきてるってのか……？」

「よっぽど戦好きな魔女なんだろうな？　私と気が合いそうだ」

言ってネルは、ギロリとヘンダーソンを睨みつけた。

「いいだろう、私も行く。私の捕虜を殺した罪は、その魔女に償ってもらうことにしよう」

5

《エメラルド家》の統治する島の中央部と、南部地方との間には、大きな山脈が横たわっている。南部のほうから山を臨むと、その稜線が横たわる大きな女に見える。それはまるで腕を頭の後ろに回し、枕にして眠る裸婦のようだ。そのシルエットから山脈は〝眠る女山脈〟と呼ばれていた。

その豊満な胸の上辺り――鎖骨の辺りに建設された人工湖が〈王のせき止め（キングズ・ダム）〉である。

ダムから伸びた川は〝眠る女〟の胸の谷間から、への辺りまで流れて、田畑の多い《レッドガーデン家》の村々を潤している。一方で女の背中側へ流れた水流は島の中央部へと注ぎ、〈宝石の都エメラルド〉の大事な水源となっていた。

〈王のせき止め（キングズ・ダム）〉へ向かうには、〝眠る女山脈〟を登って行かなくてはならない。だが背中側からの登山は切り立っていて厳しく、南部から伸びる山道を行くのが通常だ。中央部から出陣した〈緑のブリキ兵団〉の一団もまた、山脈を大きく迂回（うかい）して、南部からダムを攻めていた。

〈王のせき止め（キングズ・ダム）〉の手前には、このダムを護（まも）るための砦（とりで）がある。〈南部戦線〉は山城のように堅牢なこの砦を占拠している。籠城を打ち崩そうと攻め立てる〈緑のブリキ兵団〉と、彼らをダムへ突破させないよう、砦を護り続ける〈南部戦線〉。砦を巡っての攻防はすでに二カ月近くも続いており、砦の手前や山中において、何度も戦闘が行われていた。

ヘンダーソンはハルカリたち海賊をダムへ案内するに当たり、連れていく人数を制限して欲しいと頼んだ。砦へ向かうには、敵軍も使用している山道を行くことになるため、迂闊（うかつ）に目立って余計に衝突するのを回避するためだ。

そこで〈王のせき止め（キングズ・ダム）〉に向かう海賊は、三人に絞られた。ハルカリとネル。そしてダムというものを見たことがなく、"湖をせき止める巨大な壁"とだけ聞いて好奇心に駆られたカプチノだ。

リンダとパニーニを含めたその他の海賊たちは、万が一の有事に備えて、南部に停泊させてある海賊船へと戻ることになった。「船に残してきた子たちが、お腹空かせて待ってるでしょうからねえ」とリンダは言った。一行は兵站部隊から奪い取った荷馬車に乗って、戦利品と共に港へと向かう。

一方でダムへと向かった三人は、無事砦へと辿り着いていた。

耳をつんざく高音が曇天に鳴る。それは陽気な笛の音とも、トンビの鳴き声とも違う。大砲の弾が飛んでくる音だ。直後にどこかで爆発音がして、カプチノが悲鳴を上げる。

「ぎゃーっ……！」

思わず前を歩くハルカリの腕を摑んで、その背中に隠れた。瞳は涙で潤んでいる。生きた心地がしない。どうして付いてきてしまったのか……ダムを見てみたいなんて言ったことを後悔していた。

「ねえ、頭ァ……ここってホントに安全なんですよね？　タイホウ、飛んでこないですよね？」

「ふはは。大砲が飛んできてたまるか」

ハルカリは、怯えるカプチノを横目に呵々大笑する。砲撃に動じている様子は微塵もない。

「〝大砲〟ってのは道具だ。飛んできて爆発し、お前の手足をちぎるのは、その大砲から撃ち出された〝砲弾〟ってやつさ」

「何でもいいんですよ、呼び方なんて！　じゃあ飛んでくるんですね？　ホウダン！」

「いえいえ、どうぞご心配なさらず」

二人を先導する南部の貴族、ヘンダーソンが振り返って笑みを浮かべる。

「飛んでくるのは、ごくたまにですので」

「飛んでくるんじゃあん！」

二人は城壁の上を歩いていた。人工湖〈王のせき止め〉は、この城壁のある砦を抜けて登っていった先に建設されている。〈南部戦線〉はこの砦で〈緑のブリキ兵団〉を食い止めている。まさに、ここが戦の最前線だ。

ハルカリたちの歩く城壁の上には、負傷者が次々と運ばれてきていた。

すれ違った担架で運ばれていった兵士は、片方の足がなかった。他に寝かせるスペースがなく、負傷者たちは塀に背をもたせて座らされ、放置されている。痛みから悲鳴を上げる兵士もいれば、わんわんと泣き続けている兵士もいる。

「あ、あれ知ってます。〝煙草〟……ってやつですよね？」

カプチノは壁際に横たわった兵士を見て目を細めた。兵士は細長い筒を咥えていた。筒を口から離し、もわっと大量の煙を吐き出す。

「いや……あれは」と、ハルカリが応える。

恍惚とした表情を浮かべた兵士の下腹部は、よく見ると血で真っ赤に染まっている。カプチノはぎょっとして身体を仰け反らせた。

「あれは〝アヘン〟だ。痛みを和らげて安らかに死ぬための薬物だよ。あいつはもう死ぬのさ」

「……死ぬ。そんな」

城壁の上を衛生兵たちが駆け回っている。彼らと交差して、迎撃に走る兵士たちもいる。

戦場は混沌としていた。塀の際では何十人もの兵士が横並びになり、城壁の下に迫るエメラルド兵に向かって次々とレンガを投げ落としている。するとレンガを掲げた兵士の一人が、飛んできた矢に顔面を射貫かれ、「ぎゃあっ！」と悲鳴を上げた。

「ひっ……！」

目の前で仰向けに倒れた兵士を、カプチノは足を上げて避けた。

「あまり塀の近くを歩くなよ、カプ。流れ矢が飛んでくるぞ」

「もう帰りたあいっ……！」

死が近くにありすぎる。カプチノはハルカリのそばに身を寄せる。

砦の城壁には、いくつもの赤い旗がはためいていた。二輪の花が描かれた《レッドガーデン家》の紋章だ。〈南部戦線〉を率いているのは魔女だとしても、その母体は《レッドガーデン家》

であることは明白だ。表向きは魔女に惑わされた人々による反乱。しかしその本質は、《エメラルド家》対《レッドガーデン家》の戦いなのだ。

「何、勝ち戦ですよ。一時は正門を丸太で打たれたこともありましたがね……。戦況は現在好転しております。実は〈緑のブリキ兵団〉の大部分はすでに川下へ撤退しておりましてね」

ヘンダーソンは、余裕たっぷりに笑ってみせる。

「今、城壁の下に残っているのは、その残党にすぎません。逃げるついでに当たりもしない砲弾を、時折ああして撃ってくるだけで。〝オコジョの最後っ屁〟みたいなもんです」

ヘンダーソンはガハハと声を上げて笑う。悲鳴や絶叫、うめき声の上がる城壁で、その場違いな笑い声は浮きだって聞こえる。

カプチノは地獄のような城壁の上を歩きながら、振り返った。

もう一人の同行者が、少し離れて付いてきている。ネルだ。戦好きな彼女が前線へ来たからには、いかにも浮かれて騒ぎ立てそうなものだが、今、オッドアイの瞳は静かに負傷者たちを見つめているだけ。唇はムッと結ばれていて、とても話し掛けられる雰囲気ではない。

「…………」

ネルは、ふつふつと怒っていた。

城壁の上を歩いた三人は、執務室へと案内された。

石造りの部屋だ。三人は、その室内の惨状を見て驚いた。まず出入り口にドアがない。それどころか、天井や壁の一部が崩れ落ちている。壁際に置かれた立派な本棚は砕けており、木片や瓦礫（がれき）と一緒に書物が絨毯（じゅうたん）に散らばっている。ラックに収納されたガラス瓶は、そのほとんどが倒れて割れていた。

上等な調度品の数々を見れば、この部屋がかつて、砦（とりで）の最高責任者に使われていたのであろうことが推測できる。ただし今現在、部屋の奥にある重厚な執務机に座っているのは若い女である。

机上に羽根ペンを走らせていた女は、訪問者たちに気づいて顔を上げた。小さな顔にオズの名産品である黒縁の眼鏡を掛けていた。眼鏡を外して立ち上がり、満面の笑みで海賊たちを迎え入れる。

「いらっしゃい！　ようこそ〈王のせき止め（キングズ・ダム）〉の砦へ」

戦場に似つかわしくない、愛嬌（あいきょう）のある笑顔だ。

彼女こそが、南部にて戦旗を掲げた革命軍〈南部戦線〉のリーダー。グリンダ・ポピー。

見た目は二十代半ばから後半。革命軍を率いるにしては、まだ若い。声は跳ねるように元気で、人懐っこい柔和な表情をしている。その笑顔は、兵士たちに癒やしを与えるには充分なものだが、一方で革命軍を率いるリーダーとしては、やや頼りない印象があった。

毛先を内巻きにカールしたブロンドは、長い籠城生活のために傷んでいた。柔らかそうな頬（ほお）

は煤で汚れている。それでも、ぱっちりと開いた彼女の目には輝きがあった。自分たちの勝ちを信じてやまない、強い意志が宿っていた。

　黄みがかったオレンジ色の瞳は、鮮やかで美しい眼差しを湛えている。

　執務机の脇に置かれた帽子掛けには、鉄製の羽根つき帽子が掛けられていた。戦場に立つときには、あの帽子を被るのだろうか。頭頂部から広がる赤い羽根は、さぞ敵の目を引くに違いない。

　立ち上がったグリンダが背にする壁には、《レッドガーデン家》の旗が垂れている。

「部屋がこんな状態で驚かせてしまったかしら。ごめんなさい。この間、砲弾が飛んできちゃって」

「でた〝ホウダン〟……こわ」

　カプチノは、おずおずと頭上を仰いだ。崩れ落ちた天井の向こうに青空が覗いている。

「まいったよ、屋根を壊されちゃってさ」

　グリンダはてへへ、と苦笑いして頭を掻く。これも慣れなのか、砲弾が飛んできたリアクションとしては軽く感じられる。

「でも、もう大丈夫だから！　砦の前にまで迫っていた〈緑のブリキ兵団〉は迎撃できてる。彼らは川下へ逃げていったよ。ね、ヘンダーソンさん！　戦況は伝えてある？」

　ドアのない出入り口付近に立っていたヘンダーソンは、「おおむねは」と頭を下げた。

ハルカリは小首をかしげた。

「大丈夫ねえ。城壁では、砲弾の音が聞こえたが」

「あんなもの。〝オコジョの最後っ屁〟みたいなものだよ」

ヘンダーソンの言葉を、グリンダもまた繰り返す。何でもない、心配ないと。

「……〝オコジョの最後っ屁〟が一番臭いんだがな」

「臭いだけでしょ。死にはしない」

カプチノは、崩れ落ちた天井や壁の向こうに見える景色を眺めていた。

川沿いの切り立った崖に建設されたこの砦（とりで）からは、川を上っていった先に造られた人工湖〈王のせき止め（キングズ・ダム）〉の巨大な壁がよく見えた。草木の萌える山の中腹に、不自然にそびえ立つ無機質な壁。湖をせき止めるその壁には四つの排水口があり、絶えず大量の水が流れ続けている。ドドドドド……と激しく水を打つ音は、この執務室にまで届いている。

「さあて、改めて」

グリンダはパンと手を叩いた。軽い足取りで執務机の前へと回り込んでくる。

「遠路はるばるようこそいらっしゃいました、海賊の皆様。私たちの敵である〈緑のブリキ兵団〉の兵站（へいたん）部隊を倒し、補給路を断ってくださったとのことで、本当に感謝しております」

グリンダは、シャツの上からコルセットを巻いている。革手袋をして、ベルトには片手剣を提げていた。女ながらスカートではなく、兵士が穿（は）くような膝（ひざ）丈のパンツとタイツを着用している。男物のブーツを履いており、見た目はまんま女兵士である。

ハルカリは、彼女が執務机の前へと回り込む際に、椅子のそばに立て掛けていた銃身の長い銃――マスケット銃を手に取ったのを見ていた。机の前へ回り込んできた時に、さりげなく銃を立て掛け直す。執務机に腰をもたせた彼女の立つ位置から、手の届く範囲だ。なるほど海賊たちを温かく迎え入れる素振りは見せても、警戒心は持ち合わせているらしい。

「誤解があるな」

ハルカリは言った。

「確かにあたしたちは兵站を叩いた。だがそれは襲った兵士たちがたまたま〈緑のブリキ兵団〉だったってだけで、あたしらは別に、あんたのために戦ったわけじゃない」

「ではこの島へ何をしに来たのかしら？　海賊さんたちは」

オレンジ色の瞳が、ハルカリを見つめて光り輝く。柔らかな笑みを湛えたその唇には、控えめに紅が引かれている。化粧は強い意思の現れだ。油断ならない女だと、ハルカリは思う。

「……もちろん、観光ってわけじゃあないが」

言葉に迷った。目的は銃だ。オズ島で生産される最新鋭の武器だ。それを手に入れるために、こうして危険を冒してまで前線にまでやってきた。だがグリンダがこちらを警戒しているように、こちらもこの女を――グリンダを警戒している。彼女が、自分たち海賊をこの砦へ招いた本当の理由がわからない。

どう交渉を始めるべきか……一考したハルカリの隙を突いて、ネルが前に出た。

「お前がこの戦争を始めたのか？」

「この、戦争……？」

「お前は善良な人々を惑わし、戦火に駆り立てる〝厄災〟だと聞いたぞ？　お前がいなくなれば、この戦争は終わるのか。お前がいなくなれば、この島は平和になるのか？」

「…………」

「答えろ。グリンダ」

ネルはその名をつぶやき、質問を重ねた。

「お前は本当に魔女なのか？」――。

魔女と猟犬

Witch and Hound

– Touch the veil –

第二章　宴と炎

1

〝カカシの王〟は、宮殿に住んでいた。

それは暗殺者ロロ・デュベルが、これまで見てきたどんな建物よりも豪華絢爛(けんらん)で、そして奇抜な色をした建物だった。まるで城のように大きな宮殿だ。その外壁の色は鮮やかな緑。〝エメラルド宮殿〟という名が示すとおり、エメラルド色に輝いている。

宮殿の上空には、色とりどりの〝気球〟がいくつも浮かんでいた。

「――鮮やかで美しいカラーですね。他国では見られない色だ」

廊下に敷かれた絨毯(じゅうたん)の色もまた、宮殿の外壁と同じ緑色に染められていた。

ロロは足下に視線を落としながら、前を行く女性の秘書官に尋ねる。

「このような色の染料があるのですか？」

「ええ、ございます。ロロ・デュベル様」

わずかに振り返って質問に応えながらも、秘書官は歩くスピードを緩めない。

「〝エメラルドグリーン〟はオズ特有の色でございます。他国では見られないのも当然。なぜなら並の技術では、この鮮やかな緑を取り扱うことは難しいものですから。これもまた、先代オズ王様の〝科学〟によって生み出された発明の一つです」

　秘書官は女性でありながら、男物のジャケットを着用していた。長身で背筋がピンと伸びており、胸に白いシャツが張っている。長髪を頭のてっぺんでまとめ、白い手袋を着用して、颯爽と歩く姿はいかにもな〝できる執事〟を思わせる。凛としたそのすまし顔には、眼鏡を掛けていた。秘書官はそのツルを摘む。

「ちなみにこれも、偉大なる先代オズ王様の発明品です」

　秘書官はレンズ越しに目を細めた。どこか誇らしげな仕草だった。

「私たちの生活は今や、先代オズ王様の発明なしには成り立ちません」

「なるほど……。よほど偉大な方だったのですね」

　ロロの背後からは〝お菓子の魔女〟ジャックが付いてきていた。毛先の跳ねた赤い髪に、とんがり帽子を被せたジャックは、不機嫌に眉根を寄せている。

「川の上を歩いてるみたいで……そわそわします」

　緊張しているのか、歩き方がぎこちない。そのせいで少しずつロロとの距離が空いていく。

　六歳の頃から四年間、つい最近まで森の奥深くに建つ〝お菓子の家〟にたった一人で住んでいたジャックにとって、鮮やかなエメラルドグリーンから連想されるのは、透き通った水底であるようだ。長い廊下に真っ直ぐ敷かれた絨毯は、さながら透明度の高い川のよう。

「そんなムリして絨毯の上を歩かなくても……」

見かねた〝鏡の魔女〟テレサリサが、ジャックの後ろから声を掛けた。

ただしその姿は、従来のテレサリサのものではない。艶(つや)めく長い銀髪は今、柔らかな稲穂色へと変容している。その瞳は、まるでイナテラの美しい海のように澄んだ青。背丈の縮んだテレサリサは今、十四歳の少女だ。鏡の魔法によってその姿を、〈火と鉄の国キャンパスフェロー〉の姫デリリウム・グレースへと変えている。

これは国を失ったロロたち一行が、面談の約束もなしに王へ謁見(えっけん)するための作戦だった。〈竜と魔法の国アメリア〉に領土を奪われたキャンパスフェローは、今や何の力も持たない。一国の王様であるカカシの王が、滅んだ国から来た使者のために、謁見の時間を設けてくれるとは限らない。だからロロは、テレサリサの魔法を頼った。

戦いに敗れ落ちぶれたとはいえ〝グレース家〟はキャンパスフェローを束ねていた貴族だ。わざわざ大陸から海を渡り、戦火を逃れてやって来た辺境の姫を、無碍(むげ)に追い返したりなどはするまいと考えたのだ。

そして作戦は功を奏し、ロロの思惑どおりに一行は宮殿の中枢へと案内されている。

ちなみに本物のデリリウム・グレースは、敵の魔法により手首を斬(き)り落とされたままだ。息はしているものの意識はなく、同盟国である〈北の国(ノース・ランド)〉の地に匿(かくま)われて眠り続けている。姫の生死や居場所は機密事項だ。離れ島である〈花咲く島国オズ〉の王が、その状況を知るよしもない。

「怖いんならさ、絨毯を降りて脇を歩けば？」

テレサリサは、ジャックの後ろ姿にそう提案した。鏡の魔法で写し取るのは、姿形だけだ。だからその姿はデリリウムでも、声はテレサリサのものである。

すると前を行くとんがり帽子が、ふるふると震える。

「ジャックはぜんぜん、ちっとも怖くないですけど？　田舎者とばかにしないでください。歩けます。ジャックはやればできる子ですから」

「では上を向いて歩くというのはいかがでしょう？　鮮やかな緑が目に入らないように」

テレサリサと並んで歩く長身の女騎士が言った。

片目が隠れるほどの長い金髪をふんわりと肩に乗せたヴィクトリアは、一見して深窓の令嬢と見まがうほどの気品をまとっているが、それでもキャンパスフェローを護る〈鉄火の騎士団〉の副団長である。その腕は確かだ。鎧などの装備は外しているものの、ローブの下にはキャンパスフェロー産の片手剣を帯剣している。

ヴィクトリアの助言を受けて、ジャックは顔を上げた。

高い天井には、数百本ものロウソクを立てた大きなシャンデリアが吊るされている。それがいくつも絨毯の上に連なっていて、ジャックはむぅっと唇を尖らせた。

「落ちてきそうでクラクラしますっ……！」

「……立派な田舎者じゃないの」

テレサリサは小さなため息をついた。

「魔女って変な子ばっか……」

「あなたがそれを言いますか」

ヴィクトリアは、齢（よわい）十四の可愛（かわい）らしい姫を横目に見る。その正体は恐ろしき魔女――ただし今は変身しているため、目を伏せたその横顔はいじらしく、可憐だ。テレサリサはつぶやく。

「……でも落ち着かないと言えば私もそうかも。苦手だな、この宮殿」

「落ち着きませんか？　レーヴェンシュテイン城よりも？」

テレサリサはかつて〈騎士の国レーヴェ〉で、メイドとして働いていた。だからヴィクトリアには、テレサリサの言葉が意外に思えた。かの城もまた、威厳たっぷりな装飾と煌（きら）びやかな内装でずいぶんと派手な造りをしていると聞いていたからだ。レーヴェの男たちは金色が好きだ。

「まあ、レーヴェもギラギラしてて眩（まぶ）しくはあったけど……」

テレサリサは、歩きながら廊下の右側へと視線を移す。

壁一面が見上げるほどの大きな窓となっていて、陽光に輝く美しい庭園が見渡せる。芝生の敷かれただだっ広い庭園だ。手入れの行き届いた木々や生け垣の他に、いくつかの彫刻が飾られている。テレサリサが目に留めたのは、こちらに鼻先を向けた獅子（しし）の像だ。

「……男子って獅子が好きだよね。強くて、誇り高くて。レーヴェの騎士（ナイト）も自分たちを獅子に見立てて勇気を誇示してた。けどここにある獅子は勇ましさの象徴っていうよりも――」

立派なたてがみを誇る獅子――庭に鎮座するそのライオンは、大口を開けて牙を剝き、必要以上にこちらを威嚇しているように見える。その必死さは、どことなく怯えて吠え立てる犬みたいだ。瞳にはめ込まれた宝石の煌めきさえ、涙で瞳を濡らしているようで滑稽である。

「何だか……有り余る富と権力の産物、って感じ」

先を行く秘書官とロロもまた、庭園の石像を話題にしていた。

「――……立派な石像でございましょう？　ライオンは我が国家における王権の象徴です。先代オズ王様はライオンがお好きで、何頭か飼っていた時期もあったのですよ」

「へえ……。あの石像の数々も、国内で生産されたものなのですか？」

「はい。すべてドゥエルグ人に作らせたものです。彼らは手先が器用ですから」

〝ドゥエルグ人〟――ロロたち〝トランスマーレ人〟と比べると小柄ながら腕力があり、また身体の頑丈な者たちだ。記憶に新しいのは〈騎士の国レーヴェ〉にて、謀略の犠牲となり身を隠したスノーホワイト姫を匿っていた背の小さな中年男。彼はドゥンドゥグという名の〝ドゥエルグ人〟だった。

トランスマーレ人中心の社会において、ドゥエルグ人を含む他人種というのは時に蔑まれ、差別の対象とされることがある。そのため彼らの多くはトランスマーレ人を避け、人里離れた辺境に暮らしているのが普通だ。だがオズではそうでもないらしい。

「オズの人々は、他人種ともうまく共存されているのですね」

「というより、うまく使っているのです。我々が、彼らを」

はるか昔、自然豊かなこの花咲く島国には、かつてドゥエルグ人たちが平和に暮らしていたという。つまり彼らは原住民だ。そこにトランスマーレ人たちが海を渡ってやって来て、領土を奪い、国を作った。

ドゥエルグ人は手先が器用だ。加えて岩石を削るパワーがあり、休みなく働き続けるスタミナがある。つまり彼らには生産力があった。きっと彼らは侵攻を受けた際、自分たちの島を護るために石斧や石の鎧を装備して、侵略者たちに立ち向かったことだろう。

しかし悲しいかな物作りに長けた知識はあれど、ドゥエルグ人たちは戦略を練るという経験に乏しかった。そして小柄な体格は馬術に向いていなかった。そんな彼らが、侵略に慣れたトランスマーレ人たちに蹂躙され、領土を奪われていく様は想像に難くない。

「今現在、ドゥエルグ人の多くは北部に暮らし、主に炭鉱夫として我々に仕えております」

「……そうでしたか」

それが強制された労働ならば、奴隷扱いに等しい。弱きものは淘汰される。その摂理は、科学の発展した島国においても変わらないものらしい。ロロは目を伏せて会話を打ち切った。

長い長い絨毯が途切れる。両開きの大きな扉の前で、秘書官は足を止めた。

「さあ、こちらへどうぞ。カカシの王は、この先におられます」

ドアの前には二人のドアマンが立っていて、それぞれが左右対称にドアノブへと手を掛けた。

ドアの向こうからは、陽気な音楽と人々の笑い声が聞こえてくる。

ロロは一度振り返る。小さな魔女ジャックと姫に扮したテレサリサ、それから女騎士ヴィクトリアが合流するのを待ってから、改めて秘書官に目配せをした。

秘書官からの合図があって、二人のドアマンは息を合わせてドアを開いた。

2

扉の向こうでは大規模なパーティーが行われていた。高い天井に笛の音が響き渡り、あちこちで弦楽器が激しくかき鳴らされている。ベルベットのジャケットやシルクのドレスなど、召し物も装飾品も上等なものばかりを身につけた貴族や高官たちが、軽快なリズムに身体を揺らしていた。

だだっ広い大広間は、ざっと見ただけでも百人以上の参加者でごった返している。贅の限りを尽くした豪勢なパーティーだ。ロロはその盛大さに圧倒されて息を呑んだ。

「……今日は、何か祝いの日でしょうか？」

「いいえ、日常的な光景です」

秘書官はにこりと微笑んで、大広間を歩きだした。

「玉座は次の間にございます。こちらへ」

秘書官の後に続きながら、ロロはフロアに点々と置かれたテーブルを横目に見る。

パーティーの参加者たちがテーブルに肘をつきながら——あるいは壁に背をもたれながら、オズの名産品である〝煙草〟を口に咥えている。彼らがあちこちで濛々と煙を吐いているため、大広間の空気は淀んでいた。

「………」

「ジャック、置いてかれるよ」

大広間の出入り口で目を丸くしていたジャックは、テレサリサの声に肩を跳ねさせた。

「うあ」と声を上げ、慌ててロロの背中を追う。珍しい色の絨毯や、連なるシャンデリアにさえ心を乱されてしまう少女にとって、この大騒ぎの中を突き進むには勇気がいった。

前へと追いついたジャックは、不安のあまりロロの袖口を摘む。ロロは歩みを遅くした。

だだっ広いフロアには三カ所、円形の舞台が置かれていた。前後左右、全方位から観劇できるステージだ。一段目、二段目、三段目と舞台はまるで段々に重ねられたケーキのように高い山になっていて、各段に踊り子や音楽家たちが配置されている。

ステージの周りに集まったパーティーの参加者たちは、踊り子のダンスを見上げて手を叩いていた。ジャックもまた歩きながら、踊り子の揺れる尻を見上げる。高さがあるだけに迫力のあるパフォーマンスだ。「ほお……」と感嘆の声を上げた。

後ろからは、テレサリサとヴィクトリアが続いた。デリリウムに変身した顔が、不機嫌に歪(ゆが)んでいる。テレサリサは〈騎士の国レーヴェ〉のみならず、これまで魔女としての素性を隠して様々な国を渡り歩いてきたが、このような規模の乱痴気騒(らんちき)ぎは初めての経験だった。

ある観客の一人が、挑発的な踊り子の尻に触ろうとして段々のステージによじ登っていた。しかし足を滑らせて、一段目の床板へと転落する。ステージのすぐそばを歩いていたテレサリサは、よけるように身体(からだ)を傾けた。ドタン、と転落時の大きな音に顔をしかめる。

背中を打ちつけた男は苦しそうに身をよじった。結構な高さから落ちたというのに、周りの者たちは笑うばかりで、彼の心配をしている者は誰一人いない。陽気な音楽は鳴りやまないし、踊り子たちも踊るのをやめない。

「……いずれ死人が出るんじゃないの？　このパーティー」

「恐るべし〝科学〟の国ですね。見るものすべてが斬新だ――」

隣を歩くヴィクトリアが、肩をすくめて言った。

「奇妙な色の絨毯に、奇妙な形のステージ……まったく意味がわかりません」

「同感。目が回って吐いちゃいそう」

「どうかご辛抱を。我らが姫は、人前で嘔吐(おうと)など致しませぬがゆえ」

「おえ」

言われたそばからテレサリサは、舌を出してみせた。

大広間のいたるところに置かれたテーブルには、様々な料理が並べられていた。豚肉や魚の煮つけが食べ散らかされており、こぼれたスープがテーブルクロスを汚している。

テーブルの周りには、落とされたままの食器やパンくず、食べ終わった肉の骨などが転がっている。テレサリサはスープ皿を跨いだ。

このパーティーには気品がない。巻き髪のカツラを被った肥満体の男は、脂で濡れた指先を丹念にしゃぶっていた。また別のテーブルに座る男は、襟元にナプキンを巻いているのに、その袖口から広がるレースがスープに浸っている。ペチャクチャと食べながら喋り、カチャカチャとスプーンで食器を鳴らす。

顔に白粉を塗りたくった女はゲラゲラと大口を開けて笑い、その豊満な胸に鼻の下を伸ばした男のグラスからはブドウ酒がボタボタとこぼれている。彼らは本当に貴族なのだろうか。召し物は上品でも、立ち振る舞いがあまりに下品だ。

「あれもまた斬新ですね」

ヴィクトリアが目を向けたのは、大広間を忙しく行き来する給仕である。頭にホワイトブリムをつけてメイドの格好をしてはいるものの、スカートが異様に短く、肩と胸元を大きく露出している。着目すべきはその移動の仕方だ。料理を運ぶ彼女たちは、絨毯の上を滑るように進んでいた。その靴にはまるで荷車のように、四つの小さな車輪がついている。

「機動力を上げてるのかな？　あれはちょっとすごい発想だわ……」

感心したテレサリサの前に、「何ということだ！」と筋肉隆々の大男が立ちはだかった。

「俺はこの宮殿一の幸運男（ラッキー・ガイ）だ。こんなにも美しいお嬢さんとお友達になれるんだから」

大男は白い歯を剥いて笑った。服は着ておらず、蝶ネクタイとVパンツだけを着用していた。変態だ。道を阻まれたテレサリサは、否応なく立ち止まる。男はその隣に回り込み、馴れ馴れしく肩を抱いた。

「どっから来たの？　宮殿、初めてだったら俺が案内してあげっ……――」

「結構」

と、不遜なその手を掴んで捻ったのは、ヴィクトリアだった。

「ちょ、痛え、痛ってえな！」

見た目は深窓の令嬢なれど、重たい鎧と剣を振り回してきたヴィクトリアの筋力は侮れない。掴まれた手を振り払った男は、恐ろしげにヴィクトリアを見る。

「何だ、あんた……」

「一国の姫に触れたのだから、その手を切り捨てられても文句は言えまい」

男は、ヴィクトリアがローブから覗かせた剣を見ておののいた。

「ひ、姫……？」

「覚悟はいいな？」

鋭い眼光に当てられて、男は逃げるように去っていく。

二人はやれやれとため息をつき、並んでまた歩きだす。

「助けてくれたんだ。ありがとう」

「いいえ、私は彼を助けたのですよ」

ヴィクトリアは隣のテレサリサを横目に見た。

「彼は幼気(いたいけ)なお姫様の正体が、世にも恐ろしい魔女だとは知らなかったでしょうから」

「べえ」

テレサリサが再び覗(のぞ)かせたその舌は、今度は毒々しい〝赤紫色(マゼンタ)〟に染まっていた。

大広間を突っ切って、秘書官はロロたち一行をその先にある、次の部屋へと案内した。

「〈謁見(えつけん)の間〉です」

開かれた扉の向こうは薄暗く、陰気で、空気はさらに淀(よど)んでいた。

シャンデリアに火は灯(とも)されておらず、ところどころに設置された松明(たいまつ)だけでは辺りを照らしきることができていない。窓もなく光源が少ないため、奥へと進んでいくにつれ、周りは段々と暗くなっていく。瘴気(しょうき)がますます濃くなっていく。

この暗がりの中にも、パーティーの参加者たちは大勢いた。彼らは柱に背をもたれて座っていたり、服を脱ぎ散らかして床に寝っ転がっていたりする。聞こえてくるのは熱い吐息と、艶(つや)めかしい嬌声(きょうせい)。それからクスクスと笑う声。

気づけばジャックは、ロロの袖口(そでぐち)を手放していた。置かれた松明の灯りが、椅子に跨(また)がった女の白い背中を闇の中に浮かび上がらせている。よく見れば女は、椅子に座る男の上に跨がっているのだった。髪を激しく振り乱し、踊るように身体を揺らしている。

一体何をしているのかと、ジャックは足を止めた。その視線に振り返った女と目が合う。女が恍惚とした表情で、笑った——次の瞬間。背後からテレサリサに目を覆われる。

「わあ。何するんですか、見えないんですけど」

「見なくていいわ。毒性が過ぎる。何なの……ここ？」

とある男はろれつの回らない口調で、何事かに憤怒して叫んでいる。

とある女は半裸姿で泣き叫び、何事かの衝動に駆られて走っている。

フロアに反響する笑い声。それに混じって、泣き声や叫び声が聞こえてくる。右にも左にも、どこか現実味のない光景が広がっていた。まるで悪夢を奥へ、奥へと進んでいるかのようだ。

辺りに漂う煙草の臭いと、汗や汚物に塗れた人間の臭い。そしてそれらを誤魔化す香水の香りに混じって、テレサリサは強烈な甘い匂いを感じた。

——何、この匂い。

先を行くロロもまた、異様な香りに気がついている。さり気なく鼻に指を当て、呼吸を浅くする。歩きながら、柱の根元に横たわっている男を一瞥した。男は、長い筒状のビンを両手で握っていた。ビンの先端に浅く液体が溜まっており、それをアルコールランプで炙っている。そしてビンの中に発生した気体を吸って、口から濛々と煙を吐いていた。アヘンだ。

ケシの花から抽出される薬物。吸引すれば強い多幸感を得られるが、その分依存性が強く、使用し続けた者は精神錯乱の果てに廃人と化す。大陸ではほとんど流通しておらず、一般的に知られているものではないが、時に暗殺道具としても使用される薬物であることを、暗殺者(アサシン)であるロロは知っている。

――オズ島では当たり前のように流通しているのか……?

パンッ、と唐突に銃声が鳴った。ロロは反射的に身を屈めた。痩せこけた男が、銃身の長い銃――マスケット銃を両手に抱えて笑っている。ふざけて天井を撃ったらしい。

危険極まりない行為だが、ロロやテレサリサたち一行以外に、銃声に反応した者はいなかった。ある者は恍惚(こうこつ)とした表情で床に倒れたまま。ある者は手を叩いて笑うだけ。誰も彼もが酒をあおり、煙を吐いて自分たちの世界に閉じこもっている。貴族としての矜持を忘れ、人としての振る舞いを忘れ、まるで浮世の苦しみから逃れるように。

ここが王の鎮座する〈謁見(えっけん)の間〉であるということが信じられない。

「……彼らは毎日、このようなパーティーを?」

ロロの問いに秘書官は「まさか」と首を横に振った。

「三日に一度くらいです」

充分に異様な頻度だった。

ロロは驚いた。この国のどこにそんな余裕があるのだろうか。平和な状況であるのならまだしも、オズ島は長い間、有事の最中にあるはずだ。はるか昔、ドゥエルグ人たちから島を奪った侵略者たちは、今度はトランスマーレ人同士で島の領土を奪い合った。その戦いは長きに渡り、領土問題は今も解決していないはず。

この島国は現在においても、内戦状態にあるはずなのに。

「……確か、南部でまだ戦争中では？」

「いいえ、ロロ・デュベル様。戦争ではございません。今、この国で起こっているのは――」

「――治安維持活動だ。間違えるな」

〈謁見の間〉の最も奥に、レースのカーテンで仕切られた区画があった。カーテンを捲って中に入ると浅い階段があって、数段高くなった位置に玉座が一つ置かれていた。カカシの王はそこに鎮座していた。

まだ二十代の若い王だ。足置きに長い足を投げ出して、肘掛けに頬杖をついていた。玉座に深く腰掛けて、だらしなくシャツの前襟をはだけている。青白い肌に薄い胸板。肉づきが少なく、シルエットが細い。尖ったあごにはうっすらと無精髭が生えていた。

彼こそが、数々の発明を残した初代オズ王から、王位を引き継いだ二代目のオズ王だ。通称〝カカシの王〟。まるで悪口のような呼び名であるが、王自身はその名を気に入っている。頭に被せた王冠は斜めに歪んでいた。

「……失礼しました。カカシの王」

玉座へと続く階段の下で、ロロは深々と頭を下げた。背後にはジャックとヴィクトリア、そして姫に変身したテレサリサが横並びに控えている。

ロロはこの若き王が、ここに来るまで見てきた貴族や高官たちのように、アヘンに溺れていないのを見て、取りあえず安堵した。もちろん裏では吸っているのかもしれないが、少なくとも来客の前で――それも没落しているとはいえ、一国の姫であったデリリウムの前で中毒者(ジャンキー)としての顔を見せるなら、とても常識的な話ができる相手ではないだろう。

意思の疎通は可能。ただ一つ、ロロは懸念を抱いている。王は小指をしゃぶっていた。ひとまずは、小指を見ない振りして続ける。

「――つまりオズ島は現在、戦乱の最中にはないと」

「当たり前だ！　オズ島は今、平和なの。すべての家々が、我ら《エメラルド家》の名の下に統一されているからな？　戦争など起きようがない。俺の言ってる意味がわかるか？」

若き王は鼻で笑った。玉座から世を蔑するように。

彼が背にする高い壁には、五つの旗が垂れている。それはこのオズ島を支配する、主たる家々の家紋であった。ドゥエルグ人たちから島を奪った当初、侵略者たちは四つの家々を中心として東西南北に分かれていた。

東には、帆掛け船の紋章が描かれた、青の旗を掲げる《ブルーポート家》。

西には、トゲの木の紋章が描かれた、黄の旗を掲げる《イエローフォレスト家》。

南には、二輪の花の紋章が描かれた、赤の旗を掲げる《レッドガーデン家》。

北には、ランタンの紋章が描かれた、紫の旗を掲げる《パープルロック家》。

四つの家々は、はるか昔からオズ島の主権を巡って争ってきた。時には同盟を組んだり、裏切ったり。休戦と開戦を繰り返しながら、戦争は長きに渡って続いた。

戦いに終止符を打ったのは、四つの家のどこにも属さない、島の中央に位置する農家だった。異世界人をオズ王に担ぎ上げた農家は今、王家《エメラルド家》を名乗っている。

カカシの王の背後に垂れた五つの旗のうち、中央に飾られた旗は最も大きく、エメラルドグリーンに染められている。そこには、この宮殿と気球をモチーフにした紋章が描かれていた。

カカシの王は足置きから足を下ろし、身体（からだ）を起こした。背後の旗を親指で差す。

「見ろ。赤い《レッドガーデン家》の旗はここに垂れているだろう？　つまり奴らはすでに我が《エメラルド家》の傘下だ。南部で暴れているのはこいつらじゃあない」

「では王は、一体何と戦っておられるのでしょうか？」

「決まっているだろ、魔女だよ」

「……魔女」

ロロがつぶやく。その背後に控えたジャックもまた、〝魔女〟という言葉に反応して隣に立つデリリウム姫――その姿に化けたテレサリサへと視線を移した。

テレサリサは小さく頷（うなず）いて応えた。一行がオズ島を訪れたのは、新たな魔女を仲間に引き入れるためだ。最凶最悪と呼び声の高い〝西の魔女〟は、ロロの集めるべき七人の魔女のうちの一人である。

オズ島のほとんど中央に位置する都市――〈宝石の都エメラルド〉にあるエメラルド宮殿を訪れたのも、魔女に関する情報を探るためだ。早くも、その有益な情報が得られるかもしれない。ロロははやる気持ちを抑えて質問した。

「つまり魔女が人々を率いて、王家への反乱を起こしていると？」

カカシの王は質問に答えず、サイドテーブルに手を伸ばした。テーブルには小皿が載っている。王は唾（つば）で濡れた小指の腹で、その小皿の底をなぞる。

王座を見上げるロロの立ち位置からは、小皿の中身を確認することはできない。だが黒い粉であることはわかった。王は小指に付着させた粉をくんくんと嗅（か）いで、その指をしゃぶった。

まさか粉末状のアヘンを経口摂取しているのか――とんでもない中毒者（ジャンキー）ではないか……とロロは眉根（まゆね）を寄せた。王は「くぅ、効くぜ」と肩をすくめる。

「辛い……が、この刺激が病みつきになるんだ。お前もやるか？」

王は小皿をロロに差し出した。

「胡椒（こしょう）だ」

「胡椒……」

確かに王は中毒者だった。だが依存しているのは香辛料のようだ。胡椒中毒者（スパイシー・ジャンキー）……とロロは口内につぶやく。異常であることに変わりはないのだろうが、今しがた悪夢のようなアヘン窟を歩いてきたばかりだ。胡椒なんて可愛（かわい）く見える。アヘンよりはましなのか？　と戸惑った。ただ貴重品である香辛料の、贅沢（ぜいたく）極まりない摂取方法であることには違いない。試してみたいとまでは思わないが。

ロロが「結構です」と手のひらを向けると、王は至極（しごく）つまらなそうに舌打ちをした。

「あっそう。まったく、王っていうのは疲れる仕事でね。島を統一して、やっと平和になったと思ったら……南で魔女がダムを占拠だもんな。胡椒でも舐（な）めないとやってらんないの。俺の言ってる意味わかる？」

ちゅぽん、と王は小指をねぶる。

「心中お察しいたします」

ロロがそう言って目を伏せると、王は「は？」と食って掛かった。

「お前なんかに王の心中がわかるのか？　お前らレベルの〝疲れる〟とは訳が違うんだからな」

「もちろんです。決して王の気苦労を軽んじたつもりは……」

「言っとくけど！　お前が思っているよりもずっと疲れるんだからな？　意味わかってる？」

「…………」

ロロは返す言葉が見つからず、口を噤(つぐ)んだ。話が嚙(か)み合わない。質問などしないほうが賢明なのかもしれない。質問をしなくとも、王は勝手に話し始める。

「だってお前、占拠だぜ？　この魔女ときたら革命軍なんてもんを率いて〈王のせき止め(キングズ・ダム)〉を……あ、〝ダム〟ってわかるか？　何つうか……人が造った湖みたいなもんなんだけど」

「大陸にもダムはございます。もちろん、貴国のように立派なものではありませんが」

「まあな！　その立派なダムを魔女たちが占拠してよぉ、二カ月近くも籠城してんだよ。おかげで川が涸(か)れて、田畑に水が引けない。革命軍とやらのせいで人民が苦しめられているんだ。心が痛いぜ」

「一つだけ」とロロは小さく挙手する。

質問は控えようと思ったものの、これだけはどうしても確かめなくてはならない。

「その革命軍を率いる魔女というのは、やはり魔法を使うのでしょうか？」

〈花咲く島国オズ〉はルーシー教圏外だ。この島には教会がない。つまり、洗礼なく魔法を使用する者を称して〝魔女〟と定義する者がいない。ならばこの王の言う魔女が、ロロたちの捜している魔女と同じものなのか、確認しておかなくてはならない。〝恐ろしい女〟という意味を含んだ、ただの悪口である可能性だってあるのだ。王は質問に答える。

「魔法？　そりゃあ使えるだろうさ。魔女なんだから！」

「………」

しかし、この王の言葉では判断がつかない。

ならばとロロは一計を案じた。

「恐れながら、カカシの王。王国アメリアから追われる身である我々は、長い旅路において何度も魔術師(ウィザード)とやり合いました。つまり魔法戦に関して精通しております。この知識と経験は、オズ島における魔女討伐にも役に立つかと」

前線まで行けば、その魔女と呼ばれる人物に会えるかもしれない。

そうすれば直接交渉することができると、ロロはそう考えたのだ。

「その治安維持活動……我々にも手伝わせていただけませんか？」

しかし王の反応は鈍い。

「手伝い？　いらん、いらん。辺境国の力など借りなくとも、魔女の籠城くらい俺たちだけで充分に打ち崩せる。前線への補給は惜しみなく行ってるし、これから秘密の部隊も出陣するんだ。くふふっ！　おっとこれは秘密だった」

「……秘密の、部隊？」

「そうさ！　秘密だから言えないけどね。それとも何か？　お前は我らが《エメラルド家》の誇る〈緑のブリキ兵団〉だけでは魔女に勝つことはできないと、そう言っているのか？」

「いえ、我々も魔法国に苦しめられた立場がゆえ、協力できるかと……」

「苦しめられてなどいない！　バカか？　我々《エメラルド家》には、お前たちの国と違って銃があるの。先代オズ王の——異世界人の発明がある。意味わかる？」

「……そのとおりでした」

下手に意見すれば、また逆鱗に触れかねない。ロロは謙虚に目を伏せた。

「魔女め！　あの厄災め。今頃〈緑のブリキ兵団〉に包囲されたダムで震え上がっているだろうなあ。魔女はな？　生け捕りにしろと命じてあるんだ。民の前で吊るし首にして、俺のほうが恐ろしいってとこを示してやるためにな」

王座に背をもたれたカカシの王は足を組み、ロロたちを見下ろした。

「そうだ。そんなに魔女が気になるのなら、処刑場の特等席を用意してやろうか？　まあお前たちに、魔女の醜い断末魔を聞く勇気があれば、の話だがな！」

ヒャヒャヒャヒャヒャヒャッ。カカシの王の笑い声がフロアに響く。ロロも空笑いで調子を合わせる。ただデリリウム姫だけは、嫌悪感たっぷりに眉根を寄せて、ムスッと唇を結んでいた。

隣に立つヴィクトリアは、一国の姫らしからぬその表情に気づき、苦言を呈した。

「……変身が解けていますよ、姫」

「……うるさい」

応えてデリリウム姫は——テレサリサはぎこちなく微笑んだ。

3

「――お前がこの戦争を始めたのか？」

天井や壁の崩れ落ちた執務室にて。ネルの問いにグリンダは戸惑う。

「この、戦争……？」

「お前は善良な人々を惑わし、戦火に駆り立てる〝厄災〟だと聞いたぞ？　お前がいなくなれば、この戦争は終わるのか。お前がいなくなれば、この島は平和になるのか？」

「………」

「答えろ、グリンダ」

ネルはじっとグリンダを見つめる。その心を射貫くように。嘘や虚栄を見透かすように。

「お前は本当に魔女なのか？」

「……私は魔女です」

グリンダは頷（うなず）いた。

「そしてあなたの言うとおり、〈南部戦線〉の先頭に立つことで、善良な人々を戦（いくさ）に駆り立てている存在です。確かに私がいなくなれば……この戦いは終わるのかも」

「いいえ、違います！」

執務室の出入り口から声が上がった。ヘンダーソンが声を荒らげる。

「断じて違う。グリンダ様は〝厄災〟などではないっ！　むしろ逆。この方は南部の希望です。

我々にとって、なくてはならないお方です。グリンダ様が先頭に立ってくださるから我々は戦える。グリンダ様が導いてくださるから我々は……――」

「やめて、ヘンダーソンさん。何だか恥ずかしいわ」

むず痒い顔をして、グリンダが首を横に振る。するとヘンダーソンは我に返ったように顔を上げ、「失礼しました」と目を伏せた。

「けど、ありがとう」

グリンダは微笑む。そしてネルへと視線を戻した。

「私がいなくなれば、戦争は終わるのかもしれない。けど……私は討たれるわけにはいかないんだよ。《エメラルド家》の侵略に屈するわけにはいかないの。南部の人々が抵抗を続ける限り、私も力を貸し続けるわ。誰もが笑って暮らせる、本当の平和をこの島に築くために」

「………」

ネルは目を細めた。いかにも正義感に満ちたその言葉は、どこか空々しくも感じられた。ただこうして実際に相対してみると、この女がみだりに戦争を引き起こそうという〝厄災〟には見えない。

砲弾の飛んでくるような最前線にいながら、グリンダは底抜けに明るい。

「それにあなただって！　私と同じ魔女じゃない。ならわかるでしょ。私たち魔女が〝厄災〟なんかじゃないってこと」

「……ほう？」とネルは両腕を広げる。隣には、ハルカリとカプチノがいる。

「なぜこの二人じゃなく、私が魔女だとわかる？」

「そりゃあ、わかるわ。だってあなた魔力ビンビンですもの」

「………………」

ネルは四十三年前、胸に槍（やり）を突き刺されたその瞬間から、自分自身に魔法を掛け続けている。常に固有魔法〝枯れない花（ブリザーブド・フラワー）〟を発動させている状態であるため、魔力を感じられる者からすれば、ネルが魔法使いであることは一目瞭然だ。魔女だと見抜かれたということは、グリンダがれっきとした魔法使いであることを示していた。

ばつの悪そうなネルの横顔を見て、ハルカリは笑う。

「本当に魔女が反乱軍のリーダーなんてやってるとはな。だが巷（ちまた）で聞いていた印象とは違う」

「うむ……つまらん」

ネルは腕を組んだ。

「魔女どころか、人懐っこい町娘みたいだ。ちっとも恐くないが？」

残念そうにそう付け加えると、グリンダはムッとして唇を結んだ。

「失礼しちゃうわ。私、ちゃんと恐いよ？　怒らせると」

「まあ確かに……町娘にしちゃあ、したたかだ。あんたは魔法戦術に長（た）けているようだな？」

ハルカリが意味深に言う。

「兵力の乏しい反乱軍が、資本も戦力も潤沢な王家を相手に、どうして籠城なんて消耗戦を挑んだのか……一見悪手とも思える作戦だが、あんたが魔法使いなら話は別だ。あんたは自身の魔法を最大限に有効活用するために、この山での籠城を決めた」

「ふふふ、わかる？」

「わかるさ。なぜならこの山が、魔法戦に持ってこいの場所――マナスポットだからだ」

「ご名答」

グリンダは不敵に笑った。人懐っこい町娘の顔から、魔女の顔へと変わる。

「海賊さん。あなたマナスポットに詳しいんだね？　まさかあなたも魔女なんてことは」

「魔女だ。別に隠すつもりはない」

グリンダは、ぱあっと目を輝かせた。

「すごいわ！　魔女が二人も来てくれるなんて。え？　うそ。じゃあ、もしかして……？」

と、期待の眼差し（まなざし）を込めてカプチノを見る。

「あ、違いますぅ……」

ただの海賊の小娘は、引きつった笑みを浮かべる。気まずい。

「マナスポットを戦場に選んで、魔法戦に持ち込んだってわけだな。消耗するのは敵兵ばかりで、ここにいる限りあんたの魔力は尽きない。まさしく魔法使いの戦い方だ」

ハルカリが言うと、理解の追いついていないカプチノがおずおずと手を挙げる。

「あのう……さっきから〝マナスポット〟って、何ですか？」

「んー……説明が面倒だな。お前の知らなくていいことだよ」

「ええ、ひどぉい！」

「魔力の元となる〝マナ〟が、大量に湧き出ているスポットのことだよ」

カプチノに冷たいハルカリに代わり、教えてくれたのは意外にもグリンダだった。

魔女も魔術師(ウィザード)も、魔法を使う者はすべからく、魔力の源として自然界からマナを取り込んでいる。マナは魔法使いにとって、なくてはならないものだ。

「私たち魔法使いは、このマナを体内に取り込んで魔力に変えているの。だから濃度の高いマナが湧く潤沢な〝マナスポット〟で戦えば、私は魔力の消耗を気にせずに、大量に魔法を使用できるってわけ。つまり、この山は私にとって、有利な戦場だってことだね」

「へえー……なるほど。教えてくれてありがとうございます。世の中には優しい魔女さんもいるんですね……」

カプチノはちらりとハルカリを見る。瞬間、頭をはたかれる。

「いだァいっ！　何で叩くんですか」

「目つきが気に食わない」

後頭部を両手で擦(さす)るカプチノ。ハルカリは説明を付け加える。

「この山に入ってからネルは、あたしのタコ足を齧(かじ)ってないだろう？　魔力を補充しなくても、自分で魔力を練れるくらい大量のマナがこの山にはあるからな」

ハルカリはグリンダへと向き直った。

「あんた、町娘の顔してなかなかの策士だ」

「町娘は余計ですけど」

グリンダは笑ったが、次に声のトーンを下げる。

「……でもね。実はこれで、手詰まりなの。私たち〈南部戦線〉は、マナスポットであるこの山で〈緑のブリキ兵団〉を迎え撃つことはできるけど、この砦(とりで)から出ることはできない。決め手に欠けるんだよ。私の魔法が防御系だから」

グリンダはふと目を閉じて、全身に魔力を纏(まと)った。ネルは反射的に身構えて、ハルカリも警戒して後ろに下がる。しかしグリンダに攻撃の意図はない。彼女が両腕に集約させた光は柔らかく、癒やしを感じられるものだった。

――〝幸せに触れて(タッチ・ザ・ベール)〟

身体(からだ)に纏った魔力を柔らかな布状(ベール)に変える、変質魔法だ。

「この光のベールは衝撃を受け流してしまうから、敵の剣や銃弾が肌に届かない。つまりこのベールを纏っている限り、相手の攻撃は当たらず無敵状態になるってこと。素敵でしょ」

肩をすくめたグリンダは、左の皮手袋を脱いだ。白い素手が露わとなる。

「そしてこの魔法は、人に移すことができる。誰か、握手してくださる?」

「…………」

ネルとハルカリは顔を見合わせるが、二人ともグリンダの魔法を警戒して手を出さない。何が攻撃手段かわからない魔法使いを相手に、言われるがまま触れるというのは、あまりに迂闊だ。魔女二人が動かないのだから、カプチノも手を出すはずがない。

グリンダはむうっと、唇を結んだ。

「もうっ。じゃあヘンダーソンさん、お願い」

指名されたヘンダーソンが「喜んで」と前に出てくる。海賊たち三人の見ている目の前で、握手が交わされる。するとグリンダの纏っていた柔らかな光が、触れた手を通してヘンダーソンへと移動していく。

「おお……」

ネルは感嘆の声を上げた。今、目の前で魔力を纏っているのは、魔法使いではないはずのヘンダーソンである。

するとハルカリが一歩足を踏み込んだ。と同時に、腰に携えていたマチェーテを抜き取り、ヘンダーソンへと斬りかかる。

「わっ」と両腕を盾にして、腰を引いたヘンダーソンだったが、その首筋へと振り下ろされたマチェーテの刃は、彼の肩口よりも少し浮いた箇所で、白いベールに受け止められた。滑らかな絹を斬ることはできず、マチェーテの刃はするりと軌道を逸れてヘンダーソンの肩の外側に落ちる。

「へえ……。柔らかな鎧（よろい）みたいなものか。面白いな」

「カチカチに固い鎧よりもか？」

ネルが意地悪な顔で言う。纏（まと）った魔力を防御に使う点で言えば、その魔法は、魔力を硬質化させる司祭（プリースト）ザリの固有魔法と似ている。ハルカリはマチェーテを皮の鞘（さや）に収めた。

「当たり前だろ。嫌な顔を思い出させるな」

「柔らかな鎧……まさしくそのとおりです」

グリンダは説明を続ける。

「けれど鎧は鎧。攻撃に使えない。この魔法は多くの仲間たちを〈緑のブリキ兵団〉から護（まも）ることはできても、彼らを倒すことはできない。だから、あなたたちに――」

「力を貸して欲しいってか？　なるほど、それが本題だな」

グリンダの言葉を先回りして、ハルカリが鼻で笑う。兵站（へいたん）部隊を倒した礼を言いたいというのは建前だ。本当の目的は、兵站部隊を倒したという魔女を仲間に引き入れること。

「そうだね。私も隠すつもりはない。魔女であるあなたたちの力を貸して欲しい」

グリンダは、ハルカリを見つめた。緊張を微笑で隠している。余裕ぶってはいるが、この反乱軍のリーダーは切羽詰まっている。それをハルカリは見抜いている。

「報償は？　まさか海賊がメリットもなしに動くとは、思っちゃいないだろうな」

「もちろん。だから訊いたんだよ。この島へ何しに来たの、って。協力を得られるのなら、私たちも応えられる限りのことはする」

「…………」

ハルカリの目的は銃だ。果たしてこの女に、その望みを満たす量の上質な銃器が用意できるのだろうか。量るようにグリンダを見るが、それ以前に一つの懸念があった。

「海賊が、目的のためによそのグループと協力するってのは珍しいことじゃない……が、海賊ってのはならず者ばかりだからな。当たり前のように裏切る。だからこそ、あたしたちは不義理や卑怯(ひきょう)には敏感なんだ。つまり協力するには前提として、〝信用〟が必要だってこと」

「……同じ魔女として、私は信用に値しないかしら」

「しないねえ。〝妹殺し〟をどうして信用できる?」

「……〝妹殺し〟。ああなるほど、そういうこと」

グリンダは緊張を解いて笑った。

「ねえ海賊さん、どうやら誤解があるみたい。それって〝西の魔女〟のことでしょ?」

「そうさ。……あんたが〝西の魔女〟なんじゃないのか?」

「違う、私は南。グリンダ・ポピーは西じゃなくて〝南の魔女〟です」

4

「――……〝南の魔女〟?」

エメラルド宮殿の〈謁見の間〉にて。ロロは鎮座するカカシの王を見上げている。

宮殿を訪れたのは〝西の魔女〟を仲間に引き入れるため。反乱軍を率いてダムを占拠しているという魔女こそが目的の人物かと思いきや、話を聞けばどうも違うらしい。ヒヤヒヤヒヤヒヤヒヤッ――カカシの王は声高らかに笑い声を響かせた後、こう言い放った。

「〝南の魔女〟を縛り首にすれば、いよいよ南部も安泰だ」

ロロは思わず聞き返した。

「〝西の魔女〟……ではなくて、ですか?」

「はあ? 当たり前だろうが! ダムを占拠してんのは〝南の魔女〟なんだから。何でここで〝西の魔女〟が出てくる?」

「では〝西の魔女〟は今どこに?」

「何だお前は。西、西ってうるさいな」

話の腰を折られたとでも思ったのか、カカシの王はへそを曲げてしまった。

「お持ちしました、王」

そこにレースのカーテンを捲って、長身の女が現れた。ロロたちをここまで案内してくれた眼鏡を掛けた秘書官だ。彼女は、両手に何かを持っていた。まるで壊れやすい骨董品でも扱うかのように、丁寧に持ち運んできたそれは一振りの剣だ。

ただ鞘に収められたその剣は、あまりに異様な形をしていた。鍔のないシンプルな作りではあるものの、その鞘の先から柄の尻まで、全体がまるで三日月のように湾曲しているのだ。

「おっ、待っていたぞ。それだ、それ。こっちへ持ってこい」

王は手招きをして、女を壇上へと上げる。

テレサリサとジャックは、その異形な剣にぎょっとして目を丸くしたが、ロロとヴィクトリアは驚かなかった。あのような形の武器を知っている。あれは〈火と鉄の国キャンパスフェロー〉産の変形武器である。

「このアホみたいに反り返った剣な？　武器庫で見つかったんだが、妙なんだよな」

カカシの王は、受け取った剣を鞘から引き抜いた。片刃タイプの剣身である。半円を描くほどに湾曲した鞘からは、当然、同じくらい湾曲した剣身が引き抜かれる。そしてこの刃もまた、鞘と同じ長さであるために、剣を抜ききる前にカツン、と握る柄の尻が鞘の先端へとぶつかってしまう。

「見ろ！　ひん曲がりすぎて抜くことができんのだ」

三日月のように湾曲した鞘から、同じくらい湾曲した剣身が引き抜かれ、その武器は一つの輪となった。ただその円周の半分は確かに刃のついた剣であり、剣であるからには抜剣できなければ使いようがない。

王はロロを試すような目で見下ろす。

「誰もこれの抜き方がわからんのよ。すると大臣の一人がな？　これを、キャンパスフェロー産なんじゃないかって言い出したんだ。何でも、お前たちキャンパスフェローってのは、こんな変な剣ばっか作ってるっていうじゃないか。なあ？　この剣もそうか？」

「……いかにも。キャンパスフェロー産の〝変形武器〟とお見受けします」

「そうか、いいぞ！　じゃあこれの抜き方を教えてくれ」

王座から身を乗り出し、カカシの王は無邪気な笑顔を見せた。

「没落したお前たちに、この王がわざわざ会ってやったのは、これの使い方を知りたかったからなんだ。知らないなんて言い出したら、速攻帰ってもらうところだったぜ？」

「…………」

とはいえ話の途中である。ロロとしては早く「〝西の魔女〟は今どこに？」の回答を得たいところなのだが、この王の機嫌を損なってしまえば、それも叶わなくなりそうだ。ロロは仕方なく頭を垂れた。

「ではその剣、お借りできますか？」

数歩階段を上がり、輪の状態のまま剣を受け取る。ロロは剣身を鞘に収めながら階段を下りて、元の位置に戻った。踵を返し、改めてカカシの王を見上げる。

「〝抜ききる〟という発想がまず間違っておられます」

「何？　抜かないのか？」

「抜きはします。ですが、抜ききることはできません」

「意味がわからんが？　言葉遊びか？」

「いいえ、この変形武器〝月夜の剣(ムーン・ナイト)〟はこのようにして――」

ロロは三日月の剣を前に差し出し、鞘からすらりと剣身を抜く。と同時に、握った柄の尻を捻(ひね)り、その柄を剝(む)くようにして金属のジョイントを露出させた。同じようなギミックが鞘の先にも付いており、ジョイント同士はオスメスの対となっている。これらをカチッ、と小気味よくはめ込めば、剣は一つの輪として固定される。抜ききる必要はない。これがこの武器の完成形なのだから。

「三日月を満月に変えて使用します。それがこの剣における抜剣です」

「はあ!?　じゃあ、元々剣を抜ききることはできないのか？」

ですからそう言っている――と、ロロは喉元(のどもと)まで出た言葉を飲み込む。

「そのとおり、抜ききるように設計されてはおりません」

「そりゃあインチキだろう！　わからなくて当然だ。だって剣の形をしていない」

騙(だま)されたとでも思ったのか。カカシの王は不機嫌となり、王座に深く背をもたれた。「まともじゃない」「意味がわからん」とつぶやいて、肘(ひじ)置きに肘をつく。傲岸不遜(ごうがんふそん)な態度である。

「しかし王。これでも変形武器の中では、まだ簡単なギミックです。一度手順を覚えてしまえば、女子供でも変形させられましょう。今一度やり方を教えて差し上げますので、正しい形で持ってみてから……」

「いらんいらん！　もういいや」

ロロの言葉を遮って、王は鬱陶しそう手を振った。

「何が簡単だ！　そんなもの、変形させられたところでまともな騎士は使えんぞ？」

確かに〝月夜の剣〟は形のクセが強く、キャンパスフェローの騎士たちの中でも、使いこなせる者はほとんどいない。通常の剣術で扱うことはできないため、好みの分かれる武器である。

だがカカシの王はその使い難さよりも、自分が変形させられなかった武器を、ロロが「簡単」と言ってしまったのが気に食わなかったようだ。

「女子供でも変形させられるだと？　それも簡単に？　じゃあ俺は女子供以下か？」

「……いいえ。使い方を知ってしまえば、と申したのです」

失言だったか……とロロは自省した。

「じゃあ姫！　お前はどうだ？」

カカシの王が指さした先は、ロロの後方。後ろに控えていたデリリウム姫だ。

一国の姫を「お前」と呼び、王は声を荒らげる。

「こいつは、その剣を女子供でも変形させられると言った。じゃあお前でもか？　お前でも変形させられるのか？」

デリリウム姫に——その姿に化けたテレサリサに一同の視線が集まる。不機嫌な王にテレサリサは一体何と応えるのか——ピリと張り詰めた空気を和らげるように、姫はにこりと上品に微笑(ほほえ)んだ。

「変形？　そのようなつまらない武器に、私は興味がございません」

姫はカカシの王に迎合した。ロロはほっと安堵する。

「それよりも、王。何も知らないこの私に、一つ教えていただけませんか？」

「何だ？　何が知りたい。辺境の姫よ」

テレサリサは一歩、二歩と前に出る。道を空けたロロとわずかに視線が交わされた。情報を引き出すことのできなかったロロはここで引き下がり、バトンタッチだ。テレサリサは、逸(そ)れてしまった会話の軌道修正を試みる。

「私が知りたいのは……〝西の魔女〟について。彼女は今、どこにいるのか」

すると王は、「そんなことか」と気取った様子で足を組み替えた。

「〝西の魔女〟なら死んだ。とうの昔に討伐済みだよ」

5

今から約五十年前、大陸では多くの人種や家々を巻き込んだ四獣(しし)戦争が起きていたが、〈花咲く島国オズ〉の家々はこの戦争に参加しなかった。内戦でそれどころではなかったのだ。

東西南北に分かれた家々による島の領地争奪戦は、長きにわたって続けられた。島の中心に《エメラルド家》という共通の敵が現れるまで。

勝手に王家を主張する《エメラルド家》の存在を、他の家々は当然、認めなかった。しかし《エメラルド家》は異世界人によってもたらされた潤沢な軍資金を持ち、銃器を使う〈緑のブリキ兵団〉を有していた。

真っ向から戦いを挑んだところで、戦争続きですでに疲弊していた家々は返り討ちにされてしまうだろう。そこで彼らは一時休戦し、共通の敵を倒すために同盟を組むことにした。


「――……それが〝羅針盤同盟〟でしたね」

「東西南北の四家が中心になって組織したから、羅針盤か。覚えやすくていい」

ロロの言葉に、ヴィクトリアが応える。〈謁見の間〉を辞した後、一行はエメラルド宮殿にあるテラスへと移動していた。

パーティーの行われている大広間から、窓ガラス一枚で隔てられたテラスだ。見上げるほど高い窓の向こうに、騒ぎ続けるパーティーの参加者たちが見える。

カカシの王は「パーティーを楽しんでいけ」と言ったが、騒がしい大広間では落ち着かず、ロロたちはテラスの丸テーブルを囲んで座り、王から得た情報をまとめていた。

「戦争ばかりしてるのは、大陸もこの島も同じですね」

テーブルの上には、パーティー会場からそれぞれ選んで持ってきた飲み物が並んでいるが、ロロの前にだけは何も置かれていなかった。暗殺者(アサシン)である以上、作り手のわからない飲食物を口にすることは極力避けている。

「共通の敵が現れないと協力できないの？　人間って。愚かね」

テレサリサは変身を解き、長い銀髪を柔らかな風に晒(さら)していた。〈謁見の間〉で嗅(か)いだアヘンのにおいのせいか食欲がなく、会場から持ってきたのは温かなティーポットとカップだけ。ポットを傾け、紅茶をティーカップへ注ぎ入れると、湯気と共に香りが立つ。

「おや、ご自身は人間ではないかのような言い方」

ヴィクトリアが揚げ足を取るように言った。その席はテレサリサの左側だ。オズ島で作られた蒸留酒を、これまたオズ島産の鮮やかな陶器に注いで持ってきている。

テレサリサは肩をすくめた。

「人間でした。長く魔女をやっていると時々忘れるわ」

「テレサリサ、これも美味(おい)しいです。食べてみてください」

他の三人とは違い、ジャックの前にだけは肉や魚や野菜など、様々な食材を使った料理が並べられていた。オズは島国ながら輸入に頼らない自給自足が盛んであるらしく、大陸では見られない珍しい食材も多かった。

テレサリサは渡された小皿に目を細める。

「……ええ？　何これ。野菜？」

まさしくそれは根菜。ほくほくの蒸しジャガイモである。ジャックの食べかけではあるが、切り込みに載ったバターが溶けて、甘いいい香りを漂わせている。

様々な国を渡り歩いてきたテレサリサでも、このような根菜は食べたことがない。丁寧にナイフで切り分け、湯気立つジャガイモの欠片を口に運ぶ。熱い欠片を口内に転がし、嚙みきると、コクのある旨味が口の中いっぱいに広がる。

「えっ、うま」

「これも食べてください。ヤバいです」

次に渡されたのは、平皿に切って並べられた生野菜だ。レタスやカブの欠片、ニンジンやタマネギなど、大陸ではスープの具材として煮ることはあっても、生のまま食べる習慣はない。

細く切られたニンジンスティックを、ぽりぽりと齧るジャック。

表情の変化に乏しいその顔を、テレサリサは奇異な目で見つめる。

「うそでしょ？　ウサギみたいになってるよ？」

「これからはジャックを〝お野菜の魔女〟と呼んでください」

「うわあ、何てヘルシーな魔女」

「特にこれ。この赤いの、食べてください。絶対です」

平皿の中でひときわ目立っているのが、ジャックの指さす真っ赤な食材だ。果実のように切り分けられていて、みずみずしくテカっている。トマトである。テレサリサは、恐る恐るそれを指先で摘み、鼻先に持ってきて観察した。食べ物にしては赤すぎる。

「ジャック……。あなた、ずっと小屋にいたから何でも美味しく感じちゃうんじゃ……」

言いながらもテレサリサは、覚悟を決めてトマトを齧った。

「ヤバ、うま」

口元を押さえるテレサリサを横目に、ジャックはニヤリとほくそ笑む。

「珍しいものが多いですね。これも異世界人による発明なのでしょうか？」

ロロも興味を示しはするが、テレサリサに「食べる？」と差し出された生野菜の皿には、「結構です」と手のひらを向ける。暗殺者は警戒心が強い。横からヴィクトリアが手を出して、タマネギの欠片を一つ摘み上げた。シャク……と前歯で嚙んで頷く。

「ふむ。鼻を抜ける酸味が、この焼けるように辛い蒸留酒とよく合うな」

「……豊かな国ですよね。ずっと内戦状態にあるとは思えないほどに」

「ちぐはぐだわ」

テレサリサはカブを摘んだ。

「〝花咲く島国〟にしては都会的だし、〝豊かな国〟にしては戦争ばかりしてるし」

ヴィクトリアは、陶器のコップを傾ける。

「これは我が国の学匠から聞いた話なのですが、その土地で作られる酒の強さと、国民の幸福度は反比例するのだとか。つまりアルコール度数の強い酒の好まれる国は、それだけ人々が浮世を忘れたがっていると」

「ええ？　本当？」

「〈騎士の国レーヴェ〉ではいかがでしたか？　レーヴェ産の酒は強いですか」

テレサリサは、レーヴェンシュテイン城でメイドとして働いていた日々を思い浮かべた。

「……強かったかも」

レーヴェの騎士たちは祝い事があるたびに酒に酔って騒ぎ、また身近な者の逝去など、悲しいことに直面した時も同じくらい酒に溺れていたように思う。そういえば獅子王も酒が好きでよく飲んでいたなと、テレサリサは髭のない王を偲んだ。

「……確かに、酔えば嫌なことも忘れられるものね」

つぶやいてから、ヴィクトリアに尋ねる。

「じゃあキャンパスフェロー産のお酒は？　アルコール度数低いの？」

「いいえ、強いです。とても」

「何なの。幸福度数、低い国ばっかじゃない」

テレサリサは思わず笑って、カブを頰張る。が、すぐに「これは辛っ」と顔をしかめた。

「それにしても……」

ロロがつぶやいた。

「これだけの発明品を一人で生み出す〝異世界人〟というのは、驚異ですね。一人の天才が国のあり方まで変えてしまうなんて……。周りの家々が怖れて同盟を組むのもわかる気がします」

ヴィクトリアが頷(うなず)く。

「未知なるものは怖い。我々キャンパスフェローが王国アメリアの〝魔法〟を恐れたように」

「ええ。俺たちが〝魔法〟を脅威に感じていたように、羅針盤同盟は《エメラルド家》の〝科学〟を恐れていたんですね……」

カカシの王の話によると、同盟を結んだ四つの家々は《エメラルド家》の〝科学〟に対抗する術(すべ)として、魔法を手に入れようとしたそうだ。まるでキャンパスフェローの領主バド・グレースが、〈竜と魔法の国アメリア〉の侵略に抵抗する術として、魔女を集めようとしたように。

ただし彼らはその手段として〝探し集める〟のではなく、魔法使いを一から育て上げようとした。何とオズ島の南部に、魔法を学ぶための学校を設立したというのだ。

「……そして四人の魔法使いが生まれた」

ただし、オズ島はルーシー教圏外である。その施設は教会に認められていない非公式な魔法学校だった。そのため学校を卒業した四人の魔術師(ウイザード)たちもまた、非公式な存在――〝魔女〟と呼ばれている。

そのうちの一人が現在、南のダムで反旗をひるがえしている〝南の魔女〟だ。そしてすでに退治されてしまったというのが、ロロたちの捜し求める〝西の魔女〟である。

ふとテーブルの上に、一匹の猫が飛び乗った。「わあ」と身体を引く一同。全体的に灰色だが、顔面や手足などの黒いシャム猫だ。美しい毛並みに、つんと鼻先を上げた気品のある佇まい。貴族の飼い猫だろうか。だが首輪はしていない。

猫は四人の視線を浴びながら悠々とテーブルの上を歩き、テレサリサのティーカップに注がれた紅茶をペロペロと舐め始めた。まだ湯気の立っている紅茶である。猫舌ではないのだろうか。

「……熱くないの？」

尋ねると、猫は煌めく緑色の瞳でテレサリサを見返して、まるで「悪い？」とでも言うかのように「んなあー」と鳴いた。そしてまた紅茶を舐め始める。

「……取られちゃった」

「テレサリサ、ジャックもお野菜をモズトルにあげてもいいですか？」

「待ってダメよ、こんなところで召喚しちゃ」

ジャックが自身の召喚物〝墜ちた農耕神モズトル〟の名を出すと、テレサリサは慌てて首を振った。ジャックと食事をシェアすることが、モズトルの召喚方法だと知っているからだ。そんなお気軽に邪神を召喚されては困る。

「……わかりました。我慢させます」

　ジャックはしょんぼりとして肩を落とした。今や先に出会ったロロよりも、ジャックは同じ魔女であるテレサリサのほうを魔法使いの先輩として慕っている様子だった。テレサリサの言葉には素直に応じる。

「ではジャックが食べますので、おかわりをしてきてもいいですか？」

「うん。じゃあ一緒に行こうか？」

　立ち上がろうとしたテレサリサに、ジャックは手のひらを向けた。

「いいえ、どうかジャックを子ども扱いしないでください。これでも立派な〝お野菜の魔女〟ですから。一人でも行けます。今こそそれを証明する時が来ました」

「……そう。でもいい？　〈謁見の間〉に……あの、奥のフロアにだけは絶対に行っちゃダメだからね？　危ない人がいっぱいいるから。あと大広間にも変態はいるから、変な人に話し掛けられても付いてっちゃダメだよ？」

「心配ご無用です。変態がいたら、お野菜に変えて食べてしまいますから」

「ダメ！　あんなの食べたらお腹壊しちゃう！」

　思わず立ち上がるテレサリサ。三人と猫の視線を浴びる。

「……冗談です」

「……変な冗談言わないでくれる？」

　テレサリサはすとん、と着席する。自立心を認めてやるのも親心というものか。

「大丈夫です。カヌレがあったら、テレサリサの分も持ってきてあげます」

「まあ、お優しいこと。気をつけてね」

食べ終えた平皿を両手に持って、ジャックは大広間へと駆けていく。

とんがり帽子の揺れる後ろ姿を、テレサリサは心配そうに見送った。

「……ホントに大丈夫かな」

「話を続けてもいいですか」

ロロは咳払いをした。

「一つ、腑に落ちないことがあるんです。《エメラルド家》を倒すために生まれた四人の魔女のうち、今現在も抵抗を続けているのは〝南の魔女〟の一人だけ。〝西の魔女〟はすでに退治され、死んでしまったと……。でも噂に聞く〝西の魔女〟は、同じ魔女である妹をも殺してしまったくらいに、残虐な魔女です」

その凶悪な噂は、大陸の港にも及んでいた。

「鬱蒼と茂る深い森の奥深くに住み、オズ島を支配しようと王座を狙う悪党だって。そんな強い魔女が、あのカカシの王にやられてしまうものでしょうか?」

「ふふ……」

ヴィクトリアは蒸留酒で唇を濡らす。拗ねるようなロロの言い草が珍しく、面白かった。

「カカシと黒犬は、どうやら相性が悪いと見えるね」

「……最悪ですよ。嚙みちぎって中身のワラ全部出してやろうかと思いました」

「確かにあれは上に立つ器ではないな。どこかに優秀な軍師でもいたのか……」

ロロはテーブルに肘をついて項垂れた。

「……ホントは生きてたりしませんかね？　〝西の魔女〟様」

「それは君の願望が多分に混ざっているような気がするね。あのカカシの王のみならず、貴族や高官たちも皆が皆〝西の魔女〟は死んだと口を揃えているのなら、もう死んでいるのだろう」

それはロロ自身で集めた情報だった。カカシの王の言葉を信じられなかったロロは、〈謁見の間〉を出てすぐにパーティーの参加者たちに話し掛け、それとなく魔女に関する情報を探ったのだ。

結果はカカシの王の言うとおり、〝西の魔女〟は十年近くも前に退治されていた。魔女討伐の凱旋パレードに参加した者もいれば、広場にて掲げられた魔女の首を見た者さえいた。〝西の魔女〟は死んでいた。ここまで来たのに、諦めなくてはならないとは。

「別にいいじゃない。〝南の魔女〟を仲間にすれば？」

テレサリサが、シャム猫の首を擦りながら言う。

「要は魔女をたくさん集めればいいんでしょ？　西のが死んでいたとしても、南のが残っているならラッキーじゃない。西も南もそう変わんないでしょ」

「まあ、それはそうなんですが……」

肘（ひじ）をついたまま頭を抱えるロロ。煮え切らない態度にテレサリサが小首をかしげる。

「どうしたの」

「リストに載っていないからでしょう。〝南の魔女〟は対象外だから」

　ヴィクトリアがすまし顔で言った。ロロは顔を上げる。

「……そうです。バド様は俺に羊皮紙を渡し、ここに記載された七人の魔女たちを集めろと命じました。〝南の魔女〟はそこに名を連ねていません。対象外です。〝西の魔女〟の代わりを仲間に加えたとしても……それは任務完了（ミッション・コンプリート）とは言えなくなる」

「仕方ないじゃない。死んじゃってるんだから」

　テレサリサにとっては些細な問題でも、ロロにとっては重要事項らしい。勝手な任務変更は暗殺者（アサシン）にとって御法度だ。ロロはテーブルの上で再び頭を抱えた。

「ああー。いいのかなあ……」

「融通（ゆうずう）効かないのね、この人」

　しばらく悩んでも答えは出ず、ロロは椅子に背をもたれる。

　やはり頭を過（よぎ）るのは〝西の魔女〟のことだ。カカシの王率いる《エメラルド家》に倒されてしまったのが事実だとして、一体どのようにして倒されたのだろう。銃器か？　火薬か？　あるいはロロもまだ知らぬ発明品か。〝科学〟とは、凶悪な魔女の魔法をも凌駕（りょうが）するほどに強力なものなのだろうか。

「…………」

何の気なしに庭園を見渡す。大広間へと案内される時に、廊下から見えた広い庭園だ。見渡す限り敷き詰められた芝生に、柔らかな太陽光が降り注いでいる。緑の芝生と青い空。どこかで小鳥が鳴いていて、吹く風は穏やかだった。

人の姿はなく、閑静な景観が広がっている。注目したのはその光景の中にある、刈り込まれた木々だ。庭師によって施されたそれぞれの作品は見事なもので、一つ一つがオズ島に関するモチーフを思わせる。

麦わら帽子を被（かぶ）った背の高いカカシは、農家であった《グリーン家》を表現したものだろう。

カカシの後に続く三人の兵士は、〈緑のブリキ兵団〉だ。それぞれが手に持つ武器が違う。一人は長槍（やり）のパイク。もう一人はマスケット銃。そして最後の一人は大砲を押していた。

最後尾には一匹のライオンが続く。ロロたちを案内してくれた秘書官に言わせると、ライオンは王権の象徴だ。先代オズ王はライオンを飼っていたというから、よほどあの獣が好きだったのかもしれない。

そしてただ一つだけ、モチーフのわからない刈り込みがあった。少女の形をした刈り込みだ。髪を後ろで二つ結びにし、バスケットを腕から提げている。表情のわからない刈り込みであるためシルエットでしか判断できないが、軽やかなスキップでスカートを膨（ふく）らませた躍動感のあるポーズから、笑顔を浮かべているように感じられた。

一体何を表現しているのか。ヴィクトリアやテレサリサに尋ねてみても、二人ともわからないと肩をすくめる。「ただの村娘じゃない？」とテレサリサは言った。

「……そうですかね」

腑に落ちない。少女の刈り込みは、カカシやブリキの兵士たち、そしてライオンが並んだ列の先頭に立っていた。まるで彼らを先導するように歩く少女の姿が、何だか妙に気になった。

6

「……魔女様」

ロロがつぶやく。テレサリサはその短い言葉に、わずかな緊張を読み取った。

「何？」

テレサリサはシャム猫を撫でる手を止めた。ロロは庭園ではなく、その反対側――パーティーの行われている大広間へと視線を移していた。窓ガラス越しに室内を見るその横顔は、緊張で強張っている。

テレサリサもロロの視線を追う。声を揃えて歌い、楽しげに酒を酌み交わす貴族や官僚たち。音楽や笑い声の満ちたパーティー会場を、一人の修道女が軽やかな足取りで横切っていく。

「え……」

修道女や修道士（モンク）というのは魔術師（ウィザード）の卵のようなもので、修行中とはいえ魔法が使える。一般の者から見れば同じ魔法使いだ。その驚異は魔術師と変わらない。彼女の歳は十代半ばほどと若く見え、ウィンプルで頭全体を覆っていた。黒い修道服の袖口（そでぐち）は指先が隠れるほどに長く、反対にその裾（すそ）は、白い太ももが露わになるほどに短い。

ルーシー教圏外であるはずのこの島に、なぜ修道女がいるのか——テレサリサが驚いたのはそれ以上に、小柄なあの修道女に見覚えがあったからだ。

「……生きてたの、あいつ」

修道女フェロカクタス。レーヴェンシュテイン城でキャンパスフェローの一行を罠（わな）に嵌（は）めた、魔術師たちのうちの一人であった。テレサリサの降らせた銀の刃に全身を貫かれ、絶命したかと思われていたが、生きていたのだ。

彼女の固有魔法〝悲観主義者の恋（ペシミスティック・ラブ）〟は、自身の魔力を火種にして炎を発生させるというもの。レーヴェンシュテイン城では、虐殺の舞台となった礼拝堂の壁や式の参加者たちに人知れず魔力を付着させ、一気に燃え上がらせることで混沌を生みだした。

まさか同じようなことを、この宮殿でも繰り返すつもりなのか——パーティー会場を歩くフェロカクタスの姿を見れば、どうしてもあの大虐殺を連想してしまう。

ロロは立ち上がった。ゆっくりと静かな起立だったが、抑えきれない殺気に怯（おび）えたシャム猫はテーブルから飛び降りて駆けていった。

ロロの視線はフェロカクタスを捉えたまま。

「魔女様は、大広間の壁や参加者たちに魔力が付けられていないか、見ていただけますか?」

「わかった」

応えてテレサリサも席を立つ。ヴィクトリアはフェロカクタスを知らないが、二人の間に漂う緊張感を察して陶器のコップをテーブルに置いた。

「問題発生か?」

「……かもしれません。修道女(シスター)がいます」

ヴィクトリアにとっても因縁のある相手だが、ロロはそれを伝えなかった。

相手がキャンパスフェローを陥れた修道女だと――夫である〈鉄火の騎士団〉団長ハートランドを燃やした相手だと知れば、ヴィクトリアは剣を抜いて参戦するだろう。しかしトリッキーな魔法使いを相手に、騎士が真っ向勝負を挑むのでは分が悪い。ここは相手の魔法を知っている自分たちに任せてもらう。

「ヴィクトリアさんはここで待機をお願いします」

「了解。必要になったら呼んでくれ」

「あなたは? どうするの?」

テレサリサが尋ねた。ロロはポケットから革手袋を取り出し、装着する。

「ここで何をするつもりなのか……聞き出してみます」

「……パーティーは好き。何かが起こりそうな予感があるから」

フェロカクタスは〝楽しい予感〟を探していた。くんくんと鼻を鳴らしながら、大広間を右へ左へふらふらと歩く。貴族や高官たちの間を縫って当てもなく。くんくんと動かす鼻の上には〝conviction(断罪)〟という文字が横切るように彫られている。

大広間には、様々なにおいが充満している。煙草(たばこ)の煙や香水のにおい。肉や魚の焼けた料理のにおい。汗をかいた人間のにおい。フェロカクタスが足を止めたのは、とある貴族のテーブルのそばだ。平皿の上に食べ残された、輪っかのような焼き菓子に鼻を近づける。

「くんくん……これ、いいにおい」

「〝ドーナツ〟っていうんだ。奇妙奇天烈(きてれつ)な形をしているだろう？」

席に着いている恰幅(かっぷく)のいい貴族の男に「食べてみるかい？」と尋ねられた時にはすでに、フェロカクタスはドーナツをその手に持っていた。顔の前に持ち上げたドーナツの穴から、貴族の男を覗(のぞ)き込む。

「食べても、いいの？」

「いいよぉ。俺はもうお腹いっぱいさあ」

男は椅子に深く背をもたれる。そして膨(ふく)れた腹をぽん、と小気味よく叩いた。

「ありがとう。キスしてあげる。おでこにね」

ドーナツを両手で持ったフェロカクタスは、座る男のそばに近づき、その額に唇を寄せた。

「おひょ」と嬉しそうにはにかむ男。フェロカクタスは踵を返し、テーブルを離れる。

もらったドーナツに齧りつこうと、歩きながら口を開けた、その時だ。

「……珍しいですね。こんなところに修道女なんて」

声を掛けられて足を止めた。振り返り、目を見開く。

「えっ……くっ、くっ、黒犬っ!?」

しゃっくりのような声が出た。フェロカクタスは反射的に距離を取ろうとした——が、その手首を瞬時に摑まれる。

動揺したのはロロも同じだ。なぜ、彼女が自分のことを知っている？

「どうやら俺のことをご存じのようだ。ならば素性を隠す必要はないな」

レーヴェンシュテイン城で行われた虐殺の最中、ロロはこの修道女が、テレサリサと戦う姿を見ている。だが遠くに見ただけで彼女との会話はない。だからフェロカクタスのほうが、こちらの顔を認識しているというのは意外だった。それもキャンパスフェローの猟犬——〝黒犬〟ということまで知られているとは。

「なぜだ。なぜ俺を知っている？」

「フェロがそれ言う必要、ある!?」

瞬間、フェロカクタスの手首を摑んでいたロロの手のひらが発火した。

「っ……！」

ロロは咄嗟に手を離す。彼女に触れるのはリスキーだ。その火は魔力を火種としているため、簡単に消すことができない。そして魔力の見えないロロには、この火種をいつの間にか付けられてしまわないかという恐怖がある。だが最悪、火種を移されて燃えてしまえば、着ている衣装ごと脱ぎ捨てればいい。革手袋を着けたのはこのためだ。燃えた手袋を脱ぎ捨てる。

踵を返したフェロカクタスは、一目散に逃げ出していた。一方の手でドーナツを摑んだまま、もう一方の手でそばにあった丸テーブルの上をなぞる。陶器の皿やコップがその手に弾かれて、派手な音を立てて床に散らばる。

フェロカクタスは駆けながら、今しがた指でなぞったテーブルクロスの端を鷲づかみにして引っ張った。テーブルクロスの上に残っていた食器ごと巻き込んで、すぐ後ろにまで迫ったロロにテーブルクロスを被せる。

「っと……」

ロロは腕を立てて頭を守った。瞬間、フェロカクタスが指を弾く。

「ばぁんっ！」

するとロロの腕に掛かったテーブルクロスが、轟！　と激しく燃え上がった。

ロロは瞬時に腕を振り払い、燃えたテーブルクロスを床に捨てる。火の粉が舞って、周りから「おおっ」と歓声が上がった。

　人々の喝采を浴びながら、フェロカクタスは椅子へと飛び乗る。次いで食器の散乱するテーブルへと飛び移り、その先にあるステージへとジャンプした。前後左右、全方位から観覧できる円形のステージだ。重ねられたケーキのように、段々と高くなっていく舞台の一段目では、演奏家たちが音楽を奏でている。笛を吹き、弦楽器をかき鳴らして、太鼓を激しく叩いている。乱入者には慣れっこだ。フェロカクタスが舞台へ上がっても、音楽は鳴り止まない。むしろテンポを上げていく。

　ロロもフェロカクタスを追い掛けて、ステージの一段目へと飛び移った。するとフェロカクタスは二段目へと上がる。尻を振って踊る踊り子たちの間から、顔を出してロロを見下ろす。

「きゃっ。……黒犬が来てる。嚙もうとしてるの」

「……逃げるからだ」

　舞台を取り囲む観客たちは、フェロカクタスとロロの追跡劇を楽しんで見上げていた。

「ほら、やって来るぞ！」「逃げろ、逃げろ」「頑張れ、青年！」「逃げられちまうぞ！」

　四方八方から声援が上がる。注目を浴びてしまってはやりにくい。かといって見逃すつもりもない。ロロは二段目へとよじ登った。

　ふと下を見ると、床の上に燃えたテーブルクロスが落ちている。つい先ほどロロが払ったテーブルクロスだ。炎に気づいた給仕の者たちが、消火するべくブドウ酒を掛けているが、付着した魔力を火種として燃えているため、その炎は消えない。テーブルクロスを焼き尽くすまで、燃え続けるだろう。

揺れる炎を見ていると、否応なしにあの夜が——レーヴェンシュテイン城での虐殺が思い出される。炎上する城内を逃げ惑う、キャンパスフェローの騎士たち。その悲鳴や絶叫が思い出される。雨の中、背中を燃やされたハートランドの姿が——。

ロロは頭を振って雑念を振り払った。過去に足を引っ張られている場合ではない。今はフェロカクタスの捕獲に集中しなければ——と、三段目を見上げたその瞬間、頭上より〝何か〟を投げつけられて、思わず手でキャッチしてしまった。革手袋をしている左手のほうで。見れば穴の空いた焼き菓子——ドーナツだ。瞬間、ドーナツはぼっと燃え上がる。

「しまっ……」

ロロは瞬時に革手袋を脱いで、燃えたドーナツごと下に投げ捨てた。

燃やす魔法は驚異ではあるが、種さえ知っていれば対策が取れる。繰り出される攻撃は足止め程度だ。これくらいなら怖くない——と、ロロが三段目へと飛び移ろうとしたその時、周りからどっと声が上がった。

最上段である四段目へと到達したフェロカクタスが、宙へと大きくジャンプしたのだ。

そして天井からぶら下がるシャンデリアへとしがみつく。振り子のように揺れるシャンデリアから無数のロウソクと装飾が散って、その下にいた人々が「わあっ」と蜘蛛の子を散らすように逃げていく。

「何やってんの……」

大広間にやって来たテレサリサもまた、シャンデリアを見上げた。

人混みをかき分けて、揺れるシャンデリアの下へと向かう。

――〝鏡よ、鏡(ミラー・ミラー)〟

歩きながら唱えると、羽織ったローブの懐(ふところ)や裾(すそ)から、まるで水銀のような液体が溢(あふ)れ出した。持ち歩いている手鏡の、鏡面から発生した銀色の液体――それらはテレサリサの周囲でうねり、一体化して人の姿を形成していく。銀色に輝く女性の裸体に、つるりとした卵のような頭部。顕現させた〝精霊エイプリル〟は、自身と同じ銀色の剣を手に持っている。

「わ……〝鏡の魔女〟も来てる。怖っ」

シャンデリアにしがみつきながら、見下ろした大広間にテレサリサの姿を見つけたフェロカクタスは、ブランコの要領でさらに大きくシャンデリアを揺らした。ぐわんぐわんと揺れ動いたところでまた飛び跳ねて、空中で錐(きり)もみ状に身体(からだ)を捻(ひね)る。

テレサリサの頭上を飛び越しながら、フェロカクタスは両腕を広げた。そして――。

「ばぁん」

両手の指を弾く。瞬間、逃げながらフェロカクタスが触れてきたテーブルやステージ、そしてここまで走ってきた軌道に沿って、その足を踏み下ろした足跡が一斉に燃え上がった。ロロに声を掛けられたあの時点から、足と絨毯(じゅうたん)との接地面に魔力を残しておいたのだ。

絨毯に点々と付けられた足跡は火柱のように吹き上がり、驚く人々の着衣に飛び火する。

「なっ……」

テレサリサは辺りを見渡した。大広間のいたるところで炎が上がり、周りが明るく照らしだされる。つい先ほどまでロロたちの追跡劇に手を叩いていた人々が、今度は悲鳴を上げて散り散りに駆けだした。

背の高いステージでもまた、フェロカクタスの登っていった軌道に沿って炎が上がった。さすがの演奏者たちも手を止めて、楽器を持ったままステージから逃げる。また踊り子たちも我先にと、段の上から次々と飛び降りていた。

「……くそ。止められなかった」

ロロは地獄と化した大広間を、ステージの最上段から見下ろした。恐れていたことが起きてしまった。これではまるでレーヴェンシュテイン城で起きた悲劇の再来だ。

燃えるマントをひらめかせて、背中の炎から逃げる若い男がいる。絨毯の火を消そうとして、ブドウ酒やエールビールをぶちまける執事(しつじ)たちがいる。車輪のついた靴ではうまく避難できず、へたり込んで泣いている給仕の女がいる。そしてフェロカクタスにドーナツをあげた、恰幅(かっぷく)のいいあの男の額も燃えていた。すると悲鳴を上げる男の顔面に、銀色の液体がびちゃりと貼りつく。炎は煙を残して消える。

精霊エイプリルが、腕を振って飛ばした銀色の液体だ。フェロカクタスの炎から延焼したボヤは水で消せても、その元となる炎は魔力が火種となっているため簡単には消えない。魔力や対象が燃え尽きるか、こうして精霊エイプリルの魔力をもって抑えつけるかしなければ。

テレサリサは、燃え上がる円形のステージを背中にして立っていた。

視線の先には、シャンデリアからジャンプして着地したフェロカクタスがいる。彼女は振り返る形でテレサリサを見た。何を考えているのかわからない、きょとんとした顔で。それからギザギザの歯を覗かせて、にんまりと笑う。まるで挑発しているかのように。

「……あいつ。嫌な戦い方をするわ」

追跡したくとも、できない。テレサリサは、隣に立たせた精霊エイプリルの裸体を銀色の液体に戻した。そして火のついた絨毯や、悲鳴を上げる貴婦人の燃えたドレスに液体を散らせる。水を掛けて消せないのだから、自分が魔力を使って消火に当たるしかない。

とその時、燃えたシャンデリアがテレサリサの頭上に落ちてきた。テレサリサは動じることなく、腕を振る。銀色の液体がまるで鞭のようにしなり、シャンデリアを弾く。

「ちぇっ」

残念そうに肩をすくめるフェロカクタス。

舞い上がった火の粉を浴びながら、テレサリサはその顔を黙って睨みつける。

テレサリサのすぐそばにあった丸テーブルの上に、ロロが着地した。腰を屈めた状態で、テレサリサと同じようにフェロカクタスを見据える。

「ここの消火を任せてもいいですか？　あいつは俺が」

「大丈夫？　修道女とは言っても魔法使いよ」

「魔女様……これは少し、言い訳染みていると笑われてしまいそうなのですが……。どうしても一つだけ、知っておいて欲しいことが」

ロロはフェロカクタスの姿から視線を外さないまま言う。

テレサリサは、ちらりとその横顔を見た。

「何？」

「レーヴェで初めてお会いした時、実は俺、肋骨を痛めていました」

レーヴェの騎士フィガロとの模擬戦で黒犬であることを疑われたため、わざと食らったボディへの一撃が思いのほか強く、肋骨にひびが入っていた。またテレサリサを移送中の荷馬車を狙った際、右肩に矢を受けていた。裂傷と肋骨の痛みを抱えながら、ロロはあの夜の虐殺を生き抜いたのだ。

「その傷は〝氷の城〟へ向かった際もまだ癒えておらず、本調子ではありませんでした。そして〈港町サウロ〉で魔術師と戦った際は、左腕が取れてた上に……寝起きだった」

寝起き、というか仮死状態から復活したばかりだった。

「ふうん。何が言いたいの？　つまり」

「つまり、今までの〝黒犬〟は本気ではなかった」

ロロはテレサリサを一瞥する。――「ここからが本番だということです」

「ふっ」と、テレサリサは思わず笑った。

「言い訳染みているわ」

ロロは改めてフェロカクタスを見据える。

「ちゃちゃっと倒してきます」

「ん、健闘を祈る」

テレサリサはその場で踵を返し、燃え上がるステージを正面に見た。

ロロに睨まれ、フェロカクタスは「きゃっ」と廊下へと続くドアに向かって逃げていく。

ロロが走り出したと同時にテレサリサは銀色の液体を操作し、燃えるステージに降らせた。

7

大広間の扉を抜けて、廊下へと出る。ロロは、真っ直ぐに駆けていくフェロカクタスの後ろ姿を追い掛ける。秘書官に案内されて歩いた廊下とは、また別の廊下だ。しかし豪奢な造りは似ている。長い廊下にはエメラルドグリーンの絨毯が敷かれており、高い天井にはシャンデリアが連なっていた。

走るロロの右側には窓ガラスが並んでおり、その向こうに、だだっ広い芝生の庭園が見渡せる。一方で左側の壁には、大小様々な絵画が飾られていた。中には先代オズ王を描いたのかもしれない肖像画もあったが、今のロロに絵画を鑑賞する余裕はない。駆けながらダガーナイフを取り出し、フェロカクタスの背に狙いを定める。

幸いにも廊下には人気(ひとけ)がない——が、フェロカクタスが向かう先に女性が一人歩いていた。

その背中に飛び掛かったフェロカクタスはすかさず反転し、「きゃっ」と声を上げた女性を盾(たて)にした。女性はベルベットのジャケットにパンツスタイルで、眼鏡を掛けていた。肩から大きなバッグを提げている。彼女は、ロロたちを初めに案内してくれた秘書官である。その胸に変形武器〝月夜の剣(ムーン・ナイト)〟を抱いていた。

フェロカクタスは身長の高い秘書官に膝(ひざ)を曲げさせ、背後から首に腕を回していた。

「来ないでっ……。来たら、この人を」

だがロロは走るスピードを落とさず。フェロカクタスが交渉する間もなく、ダガーナイフを投擲(とうてき)した。ナイフは秘書官の後ろから腕を回す、フェロカクタスの手の甲を貫く。

「うぎぃっ！」

激痛に悲鳴を上げるフェロカクタスは、秘書官を突き飛ばして身体(からだ)を仰(の)け反(ぞ)らせた。

ロロと距離を置くべく後方に下がる。一方でロロは、前につんのめった秘書官の肩を支えた。絨毯の上にへたり込んだ彼女のそばに屈む。

「大丈夫ですか？　ケガは」

「大丈夫だと……思います。何ですか、あの子は一体……？」

「魔法使いです。なぜパーティーに紛れ込んでいたのかはわかりませんが」

目を伏せた秘書官は、心を落ち着かせるように胸を押さえている。

ロロはその全身をさっと一瞥(いちべつ)する。フェロカクタスが秘書官に触れていたのは、ほんの一瞬だ。だがその一瞬で、火種となる魔力を身体(からだ)のどこかに付けられた可能性もゼロではない。だが魔法使いではないロロには、その有無を確認することができない。もし火種を付けられているとして――この瞬間にも魔法を発動されたら、その炎を消す術(すべ)がない。今、自分にできる最善の行動は、最速でフェロカクタスを制圧すること。

「この変形武器、お借りしてもよろしいですか？」

ロロは、秘書官が絨毯(じゆうたん)の上に置いた湾曲した剣〝月夜の剣(ムーン・ナイト)〟を手に取った。

秘書官は「どうぞ」と頷(うなず)く。ロロは、フェロカクタスを見据(す)えながら立ち上がった。

「……身体のどこかに魔力が付けられているかもしれません。すぐに魔女様に見ていただきますので、ここを離れないで」

ロロはその異様に湾曲した剣を抜剣しないまま手に構え、フェロカクタスに肉薄する。

フェロカクタスは「んがァッ！」と痛みに耐えながら、手のひらを貫くダガーナイフを抜き取った。駆けてくるロロに向かって、血に濡れたナイフの切っ先を真っ直(ま す)ぐに突き出す。

ロロは〝月夜の剣〟を鞘(さや)付きのまま振り下ろし、伸びてきたフェロカクタスの手を打ってナイフを叩き落とした。

渾身(こんしん)の一撃をかわされたフェロカクタスは踵(きびす)を返し、またも逃げようとする。ロロは〝月夜の剣〟を抜剣して瞬時に輪の形に変形させ、フェロカクタスの頭をくぐらせた。離れようとしたフェロカクタスは、首に輪を掛けられた状態で喉(のど)を詰まらせる。

「んぐぅっ……！」

フェロカクタスは、反射的に自身の首に掛かった輪を両手で掴(つか)んだ。しかしその輪は一本の剣である。ロロの握っている束の部分は掴めても、フェロカクタスの首に掛かった剣身の部分は外側が刃だ。両手のひらを切って悲鳴を上げる。

「いだいっ……！　きぃぃいっ！」

フェロカクタスは動きを止めた。その背中にロロが問う。

「ここへ何をしにきた？　何を企んでいる？　答えてもらうぞ、拷問(ごうもん)に掛けてでも。言っておくが、俺はあんたに優しくできない」

「拷問？　趣味悪ぅ。いいよ？　どうせ先生が助けてくれるもの」

「先生……？」

連想されるのは、レーヴェンシュテイン城での虐殺を指揮していた、くちばしの仮面を被(かぶ)った男。第六の使徒〝錬金術師(アルケミスト)〟のパルミジャーノだ。

「九使徒がこの宮殿にいるのか……？」

「教えない。教えてあげないっ！」

輪の中で正面を向いたフェロカクタスは、頭を下げて拘束を逃れる。会話を続ける気はないらしい。そのまま血まみれの手を伸ばし、ロロの腰にしがみつこうとしてくる。

ロロは腰を捻り、回転しながらもバックステップして触れられそうになるのを回避した。少々大げさな回避方法だが、そこまでしてでも触れられたくない。回転した勢いもそのままに、しゃがみ込んで輪の剣を振る。足払いだ。

フェロカクタスは前につんのめりながらも、その足払いをジャンプしてかわした。

「……素早いな」

フェロカクタスの魔法は、魔力を身体に纏う変質魔法だ。魔力を〝溶かすもの〟に変えて纏うラッジーニや、〝冷気〟に変えて纏うネルと同じスタイル。変質型の魔法使いは、接近戦が得意だとテレサリサに教えてもらった。

確かに、直接触れることで魔力を付着させるフェロカクタスは近接戦闘タイプなのであろう。実際に腕を伸ばしてロロに触ろうとしてくる。その魂胆は見え見えだ。ならば動きは読みやすい。要は触れるとこちらが燃やされてしまう、透明なグローブを嵌めて戦っている相手だと思えばいい。種さえわかってしまえば、魔法は怖くない。

単純な肉弾戦なら、暗殺者のほうに分があるはずだ。

足払いをかわしたフェロカクタスが、着地すると同時に、ロロは〝月夜の剣〟を袈裟斬りに振り下ろした。フェロカクタスはその一撃をも踵を下げながら、紙一重で避ける。

ロロは振った剣の勢いを殺さず、自身もまた一回転して、続けざまに横一文字に剣を振るう。

「うわっ、ちょっ……待って、たんま！」

フェロカクタスが避けるたびに、ロロは剣を切り返して攻撃を重ねた。円形のこの剣には突きがない。その攻撃方法は撫で斬りが基本となるため、振り下ろしては切り返し、連続して振り回すことで、自然と舞いを踊るような戦い方となる。

前方に伸ばしたロロの刃を、フェロカクタスはバク転で避ける。

追撃のため前に出たロロは、瞬間、眼前に散った液体に気づいた。真っ赤なそれは――。

「……血っ！」

ぞくり、と怖気が走った。それはフェロカクタスがバク転しながら散らせた手のひらの血。確信があるわけではないが、触れてはいけないと本能的に足がブレーキを掛け、身体を逸らして血をかわす。

と、同時にロロは、握っていた〝月夜の剣〟をフェロカクタスに向かって放っていた。

二度、三度とバク転してロロから距離を取ったフェロカクタスは、縦に回転しながら迫り来る輪っか――〝月夜の剣〟をも身を捻ってかわした。円形の剣はエメラルドグリーンの絨毯の上を、車輪のように遠くへ転がっていく。

ぴたり、と二人の動きが止まった。

ロロの足下。エメラルドグリーンの絨毯には、血の染みが撥ねている。

「……この血もやっぱ燃えるのか？」

「はあ……はあ……」

アクロバットまで披露したフェロカクタスは、さすがに息を切らしていた。

ロロの問いに応える代わりに、指を弾く。すると絨毯の血が燃え上がる。撥ねた量は大したことないので、そう大きな炎ではないが、魔力を火種にした消えない炎だ。避けて正解だったとロロは安堵した。フェロカクタスへ視線を戻す。

「……ご存じのとおり、俺は〝キャンパスフェローの猟犬〟だ。お前たちの行ったレーヴェンシュテイン城での虐殺を、忘れてはいない。正直なところ、俺はお前を拷問に掛けるどころか殺したいくらいに恨んでいるんだ。ここで会ったが運の尽き、我が主であるバド・グレースの仇を取ってやりたいと……」

「…………」

「けど暗殺者は、仕事に私情を挟まない」

ロロの今の仕事は、羊皮紙に書かれた七人の魔女を集めること。そして新たなキャンパスフェローの領主となる、デリリウム姫を護るということ。この修道女がデリリウム姫の手首を奪った九使徒パルミジャーノに繋がるのであれば、その身柄を確保しておくことが、デリリウム復活の糸口になるかもしれない。

「殺さないの……？」

「殺さない。暗殺者だから、殺せない。少しくらい痛めつけてやんなきゃ、気が収まらないなって気持ちはあるけど……それはあまりに利己的だ。私情を挟みすぎている。だから二分の一にしよう」

ロロは指を二本立てた。フェロカクタスはきょとんとして目を丸くする。

「……何？　どういうこと？」

ロロは一歩、二歩と歩きだす。

フェロカクタスはその姿を注視する。目の前に立つのは、愚かにも武器を手放してしまった暗殺者だ。その手には何も持っていない。ならば魔法を使える自分のほうが有利。これは〝キャンパスフェローの猟犬〟を倒すチャンス……のはずなのだが、フェロカクタスは得体（えたい）の知れない恐怖を感じていた。これは殺気なのか。この暗殺者は、強い怨念（おんねん）を持って今、本気で自分を殺そうとしている……気がする。

――うん、やっぱ逃げよう！

フェロカクタスは恐怖に駆られて、踵（きびす）を返した。エメラルドグリーンの絨毯が敷かれた廊下を、真（ま）っ直（す）ぐに駆けだす――と、すぐ脇をコロコロと転がってくる大きな輪っかとすれ違った。

手元に戻ってくるよう逆回転を掛けて投げられた〝月夜の剣（ムーン・ナイト）〟だ。輪の半分が鞘（さや）で、もう半分が刃の剣。フェロカクタスの脳裏にロロの言葉が過(よぎ)った。二分の一……もしもこの輪っかを投げられたら、刃の部分に当たる確率が、それではないか?

「……あ、そういうこと?」

まずい――と直感し、フェロカクタスは全力で廊下を走った。

〝月夜の剣(ムーン・ナイト)〟を手元に回収したロロは、その場で回転し、ブーメランの要領で再び剣を投擲(とうてき)する。剣は回転しながら廊下を滑空し、フェロカクタスの首の後ろに当たった。

「うがっ……!」

その衝撃にフェロカクタスはつんのめり、絨毯(じゅうたん)の上に転がった。

すかさずロロは駆け寄った。「きゅう……」と目を回して伸びたフェロカクタスのそばに屈む。剣が首を打った部分は刃ではなく、鞘(さや)の部分であったようだ。彼女の首に裂けた傷跡はない。

「……運がいい」

「黒犬っ!　無事?」

呼ばれてロロは顔を上げた。消火作業が終わったのか、廊下の先――大広間へ続く扉からテレサリサが姿を現していた。

「このとおり、無事です」

ロロはテレサリサに、壁際で立ち尽くす秘書官を指し示した。

「ただ、その方が修道女と接触して、火種を付けられているかも。見ていただけますか？」

テレサリサは秘書官に近づく。一見してその身体に火種が付いているようには見えない。

「身体に異常はない？」

テレサリサが尋ねると、秘書官は気丈に微笑み、頭を下げた。

「ええ、ありがとうございます」

ロロは改めて倒れたフェロカクタスを見下ろす。意識を失っているうちに縛っておきたいが、魔法使いを拘束するならば、魔法を封じるための魔導具が必要だろう。どこかで手に入らないだろうか――と、ロロは脅威がこの修道女だけではないことを思い出した。

「そうだ、気をつけてください。もしかしたら、どこかに九使徒がいるかも……」

「九使徒？　ここに？」

と、テレサリサへ視線を移したロロは硬直した。小首をかしげたテレサリサのみぞおち辺りに、手首が浮かんでいる。それは大きく五指を広げ、テレサリサの首へと迫った。

「魔女様ッ！」

「一体何事だあっ！」

騒ぎに気づいたカカシの王が、ちゅぽんと口から小指を離し、玉座から立ち上がる。大広間で発生したボヤ騒ぎに〈謁見の間〉もざわつき始めていた。

そこにレースのカーテンを捲って、一人の老執事が姿を現わした。カカシの王が玉座に就いた時から仕える禿頭の執事だ。動揺する王を落ち着かせるようにして両手を広げる。

「どうやら大広間で火事のようです！　会場に賊が紛れ込み、火を放ったのだとかで……」

「何？　賊だと。〈南部戦線〉の仕業か？」

「いいえ、まさかっ……そんなことはないとは思いますが。現在消火作業が続いており、間もなく鎮火するだろうとのこと。ですが念のために避難しておいてください。賊がまだ捕まっておりません」

「意味がわからない！　とっとと捕まえて縛り首にしろ。何が賊だ」

カカシの王は急かされるままに階段を下りる。と、その途中でふと足を止めた。

「……待て。賊？　そうだ、そういや見ない顔の女がいたぞ。新入りか？」

「新入り？　はて。しばらく給仕は雇っておりませんが」

「給仕じゃない。秘書官みたいな女だ。背が高くて、眼鏡をしていて……」

老執事は怪訝な顔をして小首をかしげる。カカシの王は眉根を寄せた。

「知らんのか？　じゃああの曲がった剣を持ってきた女は、誰だ？」

「ぐっ……これ、手首っ⁉」

眼下から抉るように浮遊してきた手首は、テレサリサの首を鷲摑みにした。同時にテレサリサは、自身の左手首をも何者かに摑まれていた。見れば、それもまた浮遊した手首だ。手先部分しかないというのに、手首はどれも不思議なほどに力が強かった。喉を潰さんばかりの握力で息が詰まる。足首もまた、浮遊する三つ目の手首に摑まれ、持ち上げられるような形で足下をすくわれる。

絨毯に膝をついたテレサリサの手首に、ひんやりと冷たい石が触れた。直後にカチャリと拘束の音がする。

「……〝鏡の魔女〟。拘束されたあなたを見るのは、これで二度目ですね」

テレサリサの手首に、魔導具である石枷を嵌めたのは秘書官の女だった。

「あなたがっ……まさか、九使徒!?」

「魔女様ッ！」

ロロはテレサリサの拘束を解くべく立ち上がった。瞬間、首の後ろや手足を、浮遊する手首に鷲摑みにされる。そしてテレサリサと同じように、足を持ち上げられて絨毯の上に組み伏せられた。一体いくつの手首を同時に操れるのか。ロロは絨毯の上に押しつけられた状態のまま、秘書官を睨みつける。

「パルミジャーノ……？　お前、女だったのか？」

「男だとか、女だとか。そのような型で区別しようとするから、本質を見失う」

しーっと秘書官は唇の前に人差し指を立てた。

「私は、私。境界はありません」

それから秘書官は肩に掛けたカバンをあさった。取り出したのは真っ黒なローブだ。ジャケットの上からそれを羽織り、そして白い手袋の上から革手袋を嵌める。最後に、くちばしのある鳥の仮面を被った。

「大切なのはあなたが今……第六の使徒〝錬金術師〟パルミジャーノ・レッジャーノと相対しているという事実です」

仮面を被るとその声は、確かにレーヴェンシュテイン城で聞いたものと同じ、柔らかな男のものとなる。その背格好や威圧感は、ロロがあの虐殺の夜に見たパルミジャーノの姿そのものだ。

「あ、せんせえ……」

ロロの後ろで、がばりと身体を起こしたフェロカクタスが、甘えた声を出した。

「フェロカクタス……。先生は黒犬と〝鏡の魔女〟を見つけたら報告しなさいと言いましたが、魔法の使用は許していませんよ？　王国アメリアと不干渉条約の結ばれているこの島国では、魔法を使ってはいけないと言い聞かせたのを覚えていませんか？」

「うん、覚えてなぁい。何も」

「何も……。それじゃあ仕方ないか。あなたはあなたで、頑張ったんですね」

「うんっ。フェロは頑張ったの。後でたっぷり褒めてね、先生」

「けれど黒犬のほうが一枚上手でしたね」

パルミジャーノはそのくちばしを、ロロに向けた。

「間近で見学させていただきました。あなたはあの城から逃げた時よりも、迫力を増しているように思います。旅を経て少しずつ成長しているのですね」

「……そんな、ことより」

目の前に立っているのは、主であるバド・グレースを罠に嵌めた張本人だ。そう思うと腹の底から憎しみが湧き上がるが、ロロは感情を押し殺し、組み伏せられた絨毯の上から尋ねる。

「お前に尋ねたいことがある。我々の姫デリリウムの手首を持ち出したのは、お前か」

「いかにも。姫の手首は私が持っています……が、返すつもりはありません。あなたには〈灰の村エイドルホルン〉で発生した魔術師殺害の容疑が掛かっている。それから〝鏡の魔女〟

パルミジャーノは、手のひらを上に返した。するとテレサリサの首を締めていた手首が浮遊し、テレサリサの身体を宙に浮かばせる。

「ぐっ……う」

手首に首を鷲づかみにされ、持ち上げられた状態で、テレサリサはパルミジャーノを正面に見た。苦しむ自分の顔が、仮面の黒いレンズに映り込んでいる。石枷を嵌められ、魔法を封じられているため、精霊エイプリルを繰り出すことはできない。

「〈騎士の国レーヴェ〉にて処刑されるはずだったあなたを、あの国に連れ戻すつもりもありません。ただ、ルーシー様があなたに興味をお持ちです。あなたに会いたがっている」

パルミジャーノはロロとテレサリサを交互に見て、柔らかな声で告げるのだった。

「お二人には、アメリア城へ来ていただきましょう」

8

「……昔、このオズ島には魔法学校があったの」

〈王のせき止め(キングズ・ダム)〉へ続く砦(とりで)の一室。壁や天井の崩れ落ちた執務室にて。執務机の縁に腰をもたれながら、自身が〝南の魔女〟であることを明かしたグリンダは、ネルに向かって微笑(ほほえ)んだ。

「さっき尋ねたでしょ？　私たち魔女は、人々を戦火に駆り立てる〝厄災(やくさい)〟なのかって。本当は違う。私たちが生まれた意図は逆なの。この島の魔女は、戦争をするためじゃない。《エメラルド家》の支配から人々を護(まも)るため……戦争をなくすために生まれたんだよ」

「でもどうやって……」

ついカプチノが疑問を口にしてしまい、話が途切れた。カプチノはハッとして口を塞(ふさ)ぐ。

「あ、や……何でもないです」

「何だ。言ってみろ」

ハルカリに促され、カプチノはばつが悪そうに頬(ほお)を掻(か)く。

「……えと、だってこの島ってルーシー教圏外ですよね？　教会もないのに、どうして学校があるんだろうなって。どうやって魔法を勉強したのかなあって……」

「私たちに魔法を教える先生なら、いたよ。本物の魔術師（ウィザード）の先生が、一人だけ」

グリンダが応える。

「その魔法学校は……とある南部の貴族が、密かに交流を重ねていた魔術師にお願いして作った学校なの。一応、権威ある先生だよ。九使徒の一人だったから」

「九使徒だと？」

ハルカリは思わず聞き返した。教会の魔術師たちこそ、魔女を〝厄災〟と定義して忌（い）み嫌っている者たちだ。ハルカリやネルにとっても教会は天敵。九使徒はその幹部である。

「そいつの名前は？」

「パルミジャーノ・レッジャーノ」

グリンダから告げられた先生の名は、カプチノにとって忘れがたいものだった。

「パルミジャーノ……？」

元はメイドであるカプチノは、グレース家に仕えていた。その領主バド・グレースが率いる一行は、魔女取引の交渉に出向いた〈騎士の国レーヴェ〉の城で罠（わな）に嵌（は）められ、魔術師とレーヴェの騎士（ナイト）たちに惨殺（ざんさつ）された。

城の給仕たちに匿（かくま）われ、一命を取り留めたカプチノは、目を覚ました後に、主であるバドが処刑され、晒(さら)し首にされたことを知った。その虐殺が行われた際、指揮を執(と)っていたと思われる魔術師(ウィザード)こそ、鳥の仮面を被(かぶ)った第六の使徒〝錬金術師(アルケミスト)〟のパルミジャーノだ。

オズ島に設立された魔法学校にて、パルミジャーノはかつて教鞭を振るっていたのだった。ならばその卒業生であるグリンダは、言わばパルミジャーノの弟子。ハルカリはさり気なく帯剣するマチェーテの柄(つか)に手を触れる。

「……あんたまさか、魔女と呼ばれていながらルーシー教徒(ルシアン)なのか?」

「信仰は捨ててないよ。私たちが魔法を使えるのは、神なる竜のおかげ」

グリンダは応えたが、すぐに首を横に振る。

「けれどどうか、勘違いをしないで。竜に祈りを捧げてはいても、私たちは先生を……パルミジャーノをもう恩師だとは思っていない。むしろ恨んでさえいるんだから」

「どういう意味だ?」

「本来なら、魔法学校って、魔法の才能を見出された子どもたちが通うものでしょ? けれどあの学校に在籍していたのは、島中から集められた普通の子どもたちだった。私たちは知らされていなかったの。魔法使いになるために必要だって言われていたあの施術が、危険過ぎるあまり教会に禁止されていたものだったなんて」

グリンダは深く息をついた。そしてヘンダーソンと握手をした手とは反対側の、右の手袋を脱いだ。袖口(そでぐち)を捲(まく)り上げ、手の甲を立てて一同に示す。そこには大きく切り裂かれた古傷があった。手首から甲に掛けて、斜めに大きく裂かれた一本の傷。そしてその傷に交差させて二本——合わせて三本の切り傷は、何かのシンボルマークのようにも見える。

グリンダの白い肌に浮き出た裂傷はあまりにも痛々しく、カプチノは苦い顔をした。

「割礼（かつれい）術か……」

ネルがつぶやく。それはもともと魔法使いではない者が、魔獣の牙（きば）や爪で身体（からだ）を傷つけることで無理やりにマナを体内に取り込ませ、魔力を練る感覚を開花させるという秘術だ。ただしその成功率は低く、深く裂いた傷口からマナを注入するという荒行によって負荷を与えられ、身体に障害の残る可能性や、死ぬ恐れさえある危険な方法だった。

「学校が運営されていたのは、わずか二年間ほどだったけど、その間に集められた子どもたちの数は数千人にも及ぶわ。地方の町や村々から、九歳から十四歳までの子どもたちが定期的に集められて、システマチックに割礼術が行われていたの」

子どもたちは、パルミジャーノが島に持ち込んだ仔竜によって、右手の甲を傷つけられた。強制的にマナを注入され、人工的に魔法使いが生み出されていたのだ。だが実際に魔法の才能を開花させた子どもは、ほんの一握りだけ。多くの子どもたちは発熱して生死の境を彷徨（さまよ）うだけで魔法を使えるようにはならず、酷（ひど）い時には身体のどこかに麻痺（まひ）が残るか、最悪の場合、体力が持たずに死んでしまう。

「成功率が低すぎて、何かがおかしいぞって、きっと先生以外の大人たちも気づいてた。けど先生がこういうものだって言えば、誰も何も言えなかった。だってここはルーシー教圏外。学校にいる魔法使いは先生だけだったから」

「子どもたちの親は？」

ハルカリが尋ねる。

「それほど多くの犠牲者が出るんなら、さすがに島の大人たちが黙っていないんじゃ？」

「これも後で知ったことなんだけど、学校で天然痘が流行ったことになっていたわ。多くの子どもたちの麻痺や死は、病気のせいってことになってた。学校は全寮制で、山の奥の人目につかない場所にあったから、親たちはそれを信じるしかなかったんだよ」

「じゃあ、お前はその割礼術を生き残ったのか」

次にネルが尋ねた。グリンダが視線を移して頷く。

「そうだよ。これがその時の傷」と、グリンダは手の甲に刻まれた傷のうち、もっとも大きな傷跡を指さした。そして次にその人差し指を、傷と交差する二本目の傷へと移す。

「で、これが二回目の傷」

「二回目？」と、ネルが眉根を寄せる。「割礼術に二回目があるのか？」

「ある。一回目の施術で神なる竜に認められて、めでたく魔法の才能を開花させた子どもたちは〝修道教室〟に集められるの。そこには、最高で二十一名の修道士や修道女がいた。身体のどこかに麻痺の残る子どももいた。私たちはその教室で、先生から魔法に関する授業を受けたの」

選ばれた子どもたちは、魔法使いになれたことを素直に喜んだ。これで《エメラルド家》の侵攻から、自分たちの村や町を護ることができると。自分たちには、それだけの力を持つ権利が与えられたのだと。神なる竜に選ばれたことが、誇らしかった。

「私たちは魔法の使い方を学びながら、時期が来たら施術を重ねて魔力を強化させる。昇格試験と言ったらわかりやすいかな。二回目の施術を耐え抜いた子は二回生に昇格して、三回目の施術まで耐え切れたら卒業だった。三回を耐え抜いて初めて、魔法使いとして認められるんだよ」

「……おいおい。難易度が高すぎないか？」

グリンダと同じように、割礼術で魔女となったハルカリとネルは息を呑んだ。

ネルの右目にも、竜の爪に裂かれた三本の傷があるが、一度につけられた傷なのだから施術は一度と数えられるだろう。その一度の施術でさえ、身体を内側から焼きつけるような発熱が続き、死にかけるほどに苦しかったというのに、すでに魔法を使える者が、そのリスクを二度も三度も重ねるとは、正気とは思えない。

割礼術はあまりにも危険性が高い。ゆえに教会でも禁じられているのだが、それでも人知れず施術を行う者はいた。すでに魔法を使える魔術師が、魔力の向上を求めて施術に挑む事例もあった。魔法を竜の奇跡と位置づける彼らにとって、竜の爪に裂かれて直接マナを注がれるという行為には、竜の赦しをこいねがうという宗教的意味合いもあった。

割礼術を重ねた者には、確かに魔力の向上が認められた。では施術を重ねるごとに魔力は向上し続けるのか？　人はどこまで魔力を向上させられるのか？　疑問は浮かんでも普通なら、リスクのある施術を繰り返す者はいない。

だがオズ島に設けられた魔法学校は非公式だ。パルミジャーノは自分の興味の赴くままに、施術の経過を見ることができた。子どもたちは実験材料にされたのだ。

「先生には、『〝科学〟に対抗するため魔法使いを育てる』っていう羅針盤同盟とはまた別の目的があったんだよ。あの学校は実験場で、私たちは実験材料だった。これが三度目の傷」

グリンダは手の甲に残る、三つ目の傷を指さす。

「大陸にも、三度の施術を生き残った人はいないんだって」

ふふふ、とグリンダは目を細める。誇らしげな微笑みだった。

「オズ島には三人もいるのにさ」

「三人も!?」

割礼術の辛さを知るハルカリとネルが声を揃えた。カプチノだけがポカンとしている。

「そう、私含めて三人ね？　しかも一人は、四回の施術を乗り越えたからね」

「四回も!?」

ハルカリはため息をついた。

「あたしたちの力を借りなくても、そいつに助けてもらえばいいだろう」

「あ……違う。ごめんなさい。三人も……いた、だわ。過去形なんだ。その四回目の施術を受けた子は……モネは、もう死んでしまったから。〝西の魔女〟として退治された」

〝西の魔女〟――最凶最悪と名高い魔女の名前がここで出た。だが魔女はもう死んでいた。

「退治された？　四回もの施術を乗り越えた魔女がか？　銃のせいか」

「いいえ、違う。銃や大砲の砲弾なんて、私たち魔法使いは、そんなものを恐れたりしないわ」

グリンダは、執務机に立て掛けているマスケット銃を見つめる。そして目を伏せて言い淀んだ。

「〝科学〟なんて怖くない。本当に怖いのは……。モネを、殺したのは……――」

「…………」

一同は言葉の続きを待ったが、グリンダは「ふう」と息をついた。

「ちょっと、話し疲れてしまったわ。一杯いただいてもいいかしら」

腰をもたれていた執務机から身体を起こし、マスケット銃を手にして部屋の隅にあるサイドテーブルへと向かう。ハルカリたち三人はその後ろ姿を目で追った。

グリンダはマスケット中を壁に立て掛けた。そしてサイドテーブルに置かれていたガラスのポットを持ち上げて、琥珀色した液体をグラスへと注ぎ入れる。トポポッ……と静かな室内に、液体の落ちる音がする。焦れったい緩慢な仕草だった。

ネルが耐えきれずに口を開く。

「怖いのは何だ？　もったいぶってないで早く言え」

「話すよ、もちろん。私はあなたたちを仲間に引き入れたい。だから聞いて欲しい。私たち、オズ島で育った魔法使いたちの物語を」

だがまだ話そうとしない。グリンダはすまし顔でグラスを傾ける。

ハルカリは肩をすくめた。

「なるほど、これも交渉か。話の続きを聞きたいのなら、仲間になれと？」

「そんなに意地悪なものじゃない。ただ、私たちの過去について話すから、同じ魔女として私が〝信用〟に足るかどうか、判断して欲しいとお願いしているの」

「残念ながら」

ハルカリは腕を組んだ。

「力を貸すかどうかは、あんたの過去とは関係ない。ずいぶんとくたびれた過去をお持ちのようだが、自己憐憫（れんびん）に浸った自分語りを聞いているほど、あたしたちは暇じゃないんだがな」

だがハルカリの後ろを横切ったネルは、部屋の隅に倒れていた椅子を起こした。脚が一本折れてしまっているが、構わずに椅子の背もたれを抱くようにして座る。ハルカリとは対照的に、グリンダの話を聞く気満々の姿勢である。

「よし、話せ。聞いてやる」

「あん?」と、ハルカリが振り返った。

「いいじゃないか、四回も割礼術を生き延びた魔女を殺したのは何者なのか、興味がある。協力するかしないかは、話を聞いてから決めればいい。それとも忙しかったか?」

「…………」

グリンダはふっと表情を綻ばせた。新たなグラスに液体を注ぎ、ネルへと差し出す。

「良かったら、あなたもどう? 南部で収穫されたライ麦から作られた蒸留酒よ。香りがとても豊かなの」

しかしネルは首を振って断る。

「気持ちだけ貰っておこう。私は食事を取らない」

「そう……じゃあ」とグリンダはカプチノへとグラスを差し出す。「あなたは飲む?」

「あ、すいません……私、お酒はそんなに得意ではなく……」

「まあ残念……美味しいのに。あなたは?」

グリンダはハルカリを横目に見た。窺うような視線である。

「ちっ」と、ハルカリは頭を掻いた。

そしてグリンダの前へと歩き、彼女の持っていたグラスをかすめ取る。

「話してみろ。なるべく短くな」

「ええ。もちろん、短くね」

グリンダは微笑む。ハルカリはグラスを持ち上げて、琥珀色の蒸留酒を一気に煽った。
そのアルコール度数はすこぶる高い。喉が焼けるように熱くなった。

魔女と猟犬

Witch and Hound

– Touch the veil –

第三章　パルミジャーノの子どもたち

1

屈んだ少女は唾（つば）を垂らした。狙うはキリギリスの死骸を運ぶアリの行列だ。

大きな獲物を意気揚々と運んでいたアリたちは、降ってきた唾のかたまりに驚いて、散り散りになって逃げていく。その慌（あわ）てた様子が愉快でたまらず、少女はまた唾を落とした。

アリたちの気持ちを想像して代弁する。

「わー逃げろー」

「溺れちゃうー」

「助けてくれー」

他者が何を考えているのかを想像し、察する。これはマーヤという医師が教えてくれた〝人間になるための特訓その一〟だった。最初の頃は、犬や猫の気持ちを想像するところから始めた。あの犬は怒っている、この猫は悲しんでいる——動物は表情がないから、感情を読み取るのが難しい。次に草花の気持ちを考えるようになった。ちぎれば痛い。枯れれば苦しい。植物は表情どころか、動きさえしないからもっと難しかった。

だが少女は優秀だ。医師マーヤの献身的な教育もあり、今では昆虫の気持ちさえ代弁できるようになっている。そんな自分に満足して、少女は微笑（ほほえ）む。

と、ちょこまか慌てふためきながらも、死骸のそばから離れようとしない一匹のアリを見つける。大きな獲物を諦めきれずにいるのか。がめつい奴だ。あるいは女王アリへの忠義か。このアリの気持ちを代弁するなら――。

「逃げなきゃ。でもご飯が……これ持ってかないと女王様に叱られちゃうよー」

一方で、足の一本が取れてしまった仲間を、引きずって逃げるアリを見つけた。引きずられた仲間はまだ生きていて、足をバタバタとさせている。一体どこへ連れて行くつもりなのだろう。少女は考えた。まさか助けているわけではあるまい。負傷したアリには、もう何の価値もないのだから。

「…………」

少し考えて、理由を見つけた。仲間を引きずったアリの気持ちを代弁する。

「キリギリスはここに置いてけ。今日の夕食は代わりにこいつを食べようぜー」

少女の右手の甲には傷がある。手首の部分から甲にかけて、斜めに裂かれた大きな傷と、それに交差してもう一本。合わせて二本の十字傷は、神なる竜に魔法使いであることを認められた証だ。

「モネ！　どこにいるの、モネ！　助けて」

自分の名前を呼ぶ声に気づき、少女は顔を上げた。

辺り一面真っ赤な花畑の真ん中で、モネは立ち上がる。襟足を刈り上げた黒い髪。短髪のせいでよく少年と間違われるが、十三歳の少女である。モネは辺りをきょろきょろと見渡した。花畑の中から、白い腕が一本だけ挙がっている。

「こっちよ、モネ。早く来て」

赤い花畑のあぜ道を走り、モネは妹のエレオノーラを見つけた。

「ごめんなさい、畑の溝に車輪を取られてしまって……」

エレオノーラは、一つ年下の十二歳だ。両足が麻痺して動かせないため〝車椅子〟に乗って生活している。木組みの椅子に車輪のついた、オズ島産の特注品だ。花畑の中で傾いた車椅子を起こしてやると、エレオノーラは申し訳なさそうに微笑んだ。

「ありがとう、モネ。わたくしとしたことが……お荷物だわ」

「いいよ」

エレオノーラの右手の甲にも、手首から一本、大きく裂かれた傷があった。

ただし彼女の傷は一本だけだ。割礼術が行われたのは一度きりで、両足の麻痺はこの施術を受けた時に発生したものだった。それでも施術は成功している。竜の爪に裂かれ、体内にマナを流し込まれることで魔力を練る感覚を摑むことはできた。エレオノーラは魔法使いになった。だが一度に注入された大量のマナに、その身体は耐えられなかったようだ。魔法を使えるようにはなったが、車椅子生活を余儀なくされた。

先生であるパルミジャーノは、時が経てば回復し、また歩けるようになるかもしれないと言った。あるいは施術を重ねて、魔力をさらに向上させることで回復効果を得られるかもと。まるでショック療法だ。先生は気休めにそう言ったのかもしれなかった。今まで麻痺を発生させた子どもたちの中で、元のとおりにまで回復した事例はなかった。

「見て、畑の中で見つけたの。きっとシャム猫の赤ちゃんだわ」

エレオノーラの膝の上には、生まれたばかりの仔猫が寝かされていて「ニー、ニー」と鳴いていた。エレオノーラはこの仔猫をすくい上げようとして、溝に車輪を取られたのだ。

毛並みはヨレヨレで土に汚れていて、閉じた目頭には目やにが付いている。エレオノーラは「可愛いでしょう？」とその首を撫でたが、モネにはそうは思えなかった。

「この子、何て言ってるかわかる？」

尋ねられ、モネは少しだけ考えた。

「……お腹が空いた、かな」

「たぶん正解っ。連れて帰りましょう」

車椅子の前輪が曲がっていることに気づき、モネは椅子のそばに屈んだ。車輪の向きを直していると、エレオノーラがモネの黒髪に触れる。

「毛先、また跳ねてる」

一つ年下の妹のほうが、モネよりもお姉さんのようだった。

黒髪のモネとは違い、エレオノーラの髪は焼き菓子のような焦げ茶色。黒い瞳のモネとは違い、エレオノーラの瞳は濃い緑色に煌(きら)めいていた。二人の父親は同じだが、母親が違うのだ。エレオノーラは正妻の子であり、《ブルーポート家》の正式な跡継ぎだった。対してモネは、ブルーポート卿が気まぐれに生ませた妾(めかけ)の子。モネは自分の立場を理解している。

「ちゃんと伸ばしてお手入れをすれば、絶対に綺麗(きれい)になるのに」

エレオノーラは、モネの頭を撫(な)でて残念そうに言う。だがモネに髪を長くするつもりはない。伸びた髪は鬱陶(うっとう)しいだけで、モネにとっては何の利点もなかった。だから伸びれば自分で切ってしまう。適当に、大雑把(おおざっぱ)に。そのたびにエレオノーラに叱られて、綺麗に整えさせられる。

「帰ったら髪を梳(と)かしてあげるね」

「うん……」

「ま！　嫌そうな、うん」

モネは車椅子の後ろに回り、そのグリップを握った。エレオノーラの長い髪からは、ふわりと石けんの匂いがする。姉妹は昼の散歩を再開させる。

農作や生花産業の盛んな南部では、広大な敷地に咲き誇る花々はそう珍しいものではなかった。ただしここまで強い赤色の花畑は、南部でもそう見られるものではない。

甘い香りに誘われて、蝶々が赤い花に留まる。

青い空からは、暖かな春の陽光が差していた。

二人がよく散歩する花畑は、在籍する学園の中にあった。

そこは元々羅針盤同盟にも名を連ねる南部の名家が持っていた荘園で、「《エメラルド家》に対抗するための魔法学校を創る」という目的に賛同して提供された施設だった。

学校の建つ広大な敷地は人里離れた山間にあり、人の出入りが非常に少ない。この閉鎖的な空間は、《エメラルド家》から魔法学校の存在を隠す秘密の里として機能していた。

元いた領主はこの山奥で赤い花の栽培を行っていたため、敷地内には領主館や来客用の交流館の他に、工場や馬屋、畑で働く従業員たちのための宿泊施設などがあった。食堂や井戸も完備されており、同時に千人以上の子どもたちが、何不自由なくそこで暮らすことができた。

だがモネやエレオノーラのように、割礼術によって魔法の才能を開花させる子どもは稀だ。多くの子どもたちが才能を開花させることはできず、施術は失敗に終わる。

割礼術の順番を待つ子どもたちや、施術後に体力を回復させた子どもたちは、魔法使いを育てるための〝修道教室〟ではなく、剣や弓で戦うべく鍛錬に励む〝普通教室〟に通うこととなる。彼らは羅針盤同盟の兵士となるべく授業を受ける一方で、職員たちの指導を受けて農作物を育て、自分たちで食事を作り、学校内の施設を管理した。

学校には、たくさんの大人たちが職員として働いていたが、子どもたちの数のほうが圧倒的に多かった。自給自足で営まれる荘園は、まるで小さな村のようだ。

一方で割礼術を耐え抜き、魔法の才能を開花させた子どもたちは、労働を免除されていた。

神に選ばれた子どもたちに働いている暇などない。魔術師の卵——つまり修道士や修道女として、生活のすべてを祈りや魔法の習得に費やすことになる。

彼らの学び舎である修道教室は、荘園における最も上等な建物——領主館の二階にあった。ツタに覆われた年季の入った大きな館が、彼らの校舎だ。

十四歳のグリンダ・ポピーが、当時教室として使われていた広間の出入り口から、ひょっこりと顔を出す。絨毯の敷かれた長い廊下の向こうから、鳥の仮面を被ったパルミジャーノが歩いてくる。グリンダは慌てて顔を引っ込める。

「先生来た！　みんな席に着いて。先生が来たよ！」

毛先が内巻きにカールした柔らかなブロンドに、幼げな丸みのある目尻。グリンダの溌剌とした笑顔は、いつも周りの皆を明るくさせる。黄みがかったオレンジ色のつぶらな瞳は、純真無垢に煌めいていた。

グリンダは南部で生花業を営む農家、ポピー家の娘だった。広大な敷地を持つポピー家は大家族で、収穫時期などは子どもたちも作業に駆り出され、学び舎へ通う暇もないくらいに忙しくなる。家のモットーは『働かざる者、食うべからず』だ。その働き者の精神は、学校でも遺憾なく発揮される。グリンダはクラスの年長者の一人として、パルミジャーノからリーダーを任されていた。

広間の前には教卓があり、二十組ほどの机と椅子が教卓を向いて並んでいる。洋館の一室ながら、教室の様相を呈していた。

グリンダの合図でそれぞれ気ままに過ごしていた生徒たちが、一斉に自分の席に走る。グリンダもまた席に着き、背筋を伸ばしてパルミジャーノを待った。見事な先導だ。きっと先生も「さすがは竜に選ばれし子どもたちです」と修道教室の生徒たちを、ひいてはそのリーダーであるグリンダを、大いに褒めてくれるに違いない――と、すまし顔で先生を待っていたのだが。

「……あれ。ちょっと、モネ様は!?」

隣の席の生徒がいない。グリンダは教室を見回した。クラスメイトの皆が席に着く中、一人だけ席に座らず、教室後方の窓枠に肘をついて外を眺めている子どもがいる。モネだ。こんな時、グリンダを困らせるのはだいたいモネである。自分勝手で自由気ままで、ちっともグリンダの言うことを聞かない。クラス一の問題児だ。

グリンダは席から立ち上がり、襟足を刈り上げた少年のような後ろ姿を睨みつけた。

「モネ様！　席に着いてってば。先生来ちゃうよ」

その言葉は無視される。言って聞かないなら実力行使だ。グリンダは教室の後方へ大股で向かい、モネの背後に立った。一体何を眺めているのかと後ろから覗いてみれば、モネは景色を見ていたわけではなかった。窓枠に両肘を置き、その手に広げていたのは本である。本に夢中になっていたから、グリンダの声が聞こえていなかったのだ。

「本っ……！　だったら自分の席で読んでくださいよっ」

苛立つグリンダは、モネの肩を乱暴に引っ張った。するとその拍子に「あっ」とモネの手元から本がこぼれる。グリンダは慌てて窓枠から身を乗り出した。

　本は眼下の砂地へと落ちる。

「うあっ、ごめっ……。どうしよ、大事な本だった？」

グリンダは申し訳なさそうに隣のモネを見た――が、またいない。

「グリンダ、窓の外に何か面白いものでもありますか？」

振り返ったグリンダは、教室へ入ってきた先生と着席する子どもたちの視線を一身に浴びて、ぼっと顔を赤くした。

「始業時には席に着いておくよう、言っているではありませんか。時計は読めますね？　グリンダ、リーダーであるあなたが皆の模範とならなくてどうするのです」

「だっ……だって、モネ様が」

モネはどこだと教室を見渡せば、ちゃっかり自分の席に戻っている。モネは「え？　僕？」とでも言いたげに小首をかしげた。

「くっ……！」

グリンダはオレンジ色の瞳を潤ませる。先生に褒められたかったのに、逆に悪目立ちしてしまった。全部モネのせいだ。恨みながらも、手を挙げた。

「先生っ……本を窓の外に落としちゃったの。取ってきていいですか？」

「やれやれ、急いでください。グリンダが戻ってきたら授業を始めましょう」

教壇に立ったパルミジャーノの背後には、一枚の絵が飾られていた。年端のいかない少女の肖像画だ。長い髪も着ている衣装もすべてが純白で、霊験あらたかな雰囲気を醸している。その柔らかな微笑(ほほえ)みは、見ている者に安らぎを与えた。ルーシー教の教祖〝竜の子〟ルーシーである。

彼女には九人の使徒がいる。そのうちの一人がグリンダたちに魔法を教える先生、パルミジャーノだった。常に全身を覆うローブを羽織り、革手袋を嵌(は)めている。大きなくちばしのある鳥の仮面を被(かぶ)っているために、生徒の誰もその素顔を見たことがない。

声は優しい男性のものであることから、男であるだろうとは思われた。だが好奇心旺盛な生徒たちの質問に答える形で、パルミジャーノはこう言った。

「男だとか、女だとか。そのような型で区別しようとすると本質を見失います」

そしてしーっと、くちばしの前に人差し指を立てる。

「私は、私。境界はありません。大切なのはあなた方が今……第六の使徒〝錬金術師(アルケミスト)〟パルミジャーノ・レッジャーノに師事しているという事実です」

先生はとても偉くて、とても強い。修道教室で学ぶ子どもたちの誰もが、彼の期待に応えようと勤勉に励んだ。自分たちは竜に——そして一流の魔術師(ウイザード)である彼に選ばれた子どもたちなのだ。「誇ってください」とパルミジャーノは言った。

「自分たちが選ばれた者だという自覚を持って、立派な魔法使いになってください」

「……ごめんなさい、グリンダ」

授業が開始された直後、本を拾って戻ってきたグリンダに、後ろの席のエレオノーラがひそひそ声で言う。車椅子のため、元々あった椅子をどかして机に向かっている。

「……気になさらないでください」

居住まいを正したグリンダは前を向いたまま、ほんの少しだけ振り返って応える。

「悪いのはモネ様であって、エレオノーラ様ではありませんから」

グリンダとこの姉妹とでは、身分が違う。南部で生花業を営むグリンダの一族と違い、モネとエレオノーラの姉妹は、羅針盤同盟の東部代表でもある《ブルーポート家》の血を引いている。《ブルーポート家》は、オズ島にトランスマーレ人が渡ってきた当時から存在している歴史ある家系だ。そんなエリート家系の子どもたちが、どうしてこんな、前線に立つための学校にいるのか不思議なくらいである。しかしエレオノーラは気さくだ。

「モネには後でキツく言っておくわ。それから前にも言ったけれど、様はつけなくてもいいのよ、グリンダ」

「いいえ、そんなわけには……」

「だって今は同じ教室で魔法を学ぶクラスメイトでしょ？　お友達に様づけはおかしいわ」

「……何だか落ち着きません」

グリンダはもじもじとしている。その隣の席に座るモネは、グリンダが拾ってきた本を両手に持ってしょんぼりとしていた。グリンダにも聞こえる声でつぶやく。

「大切な本が汚れちゃった……」

「くっ……。だって、それはモネ様が……言うこと聞かないから」

後ろの席のエレオノーラが、グリンダに助け船を出した。

「そうよ、モネ。こういう時は『ありがとう』を言わなきゃ」

「どうして？」とモネは妹へと振り返る。「落としたのはこの子なのに」

「だって本を取ってきてくれたんだから。それには感謝しなきゃいけないでしょ？」

本を落としたグリンダが、本を拾ってくるのは当たり前のことではないのか？　なぜ感謝しなくてはいけないのか、その理屈がわからずに、モネは本に視線を落としたままムスッとした。

「…………」

「いいですよ、別に。落としたのは私ですし」

そんなことよりも授業中だ。先生の言葉に集中しなければ――と、前を向くグリンダだったが、横からの強い視線を感じる。モネがじっとこちらを見ている。

「グリンダ・ポピー……」

「……何ですか？」

「ポピーって、花？　変な家名」

「変って……！　南部じゃあちょっとした名家なんだから」

からかうように言われ、つい小声で反論してしまった。

「なるほど……君はポピーっぽいかもしれない。パッて能天気に咲く花みたいな」

「何ですか能天気って……！　綺麗だもん、ポピー！　じゃあ、じゃあモネ様は……」

一度、様をつけてから、グリンダは言い直した。

「モネはユリねっ。真っ黒で不気味なユリっ……！」

「グリンダ、授業中ですよ」

パルミジャーノに注意され、グリンダは下唇を嚙んだ。隣席を指さす。

「だってモネが！」

いつの間にか開いた本に視線を落としていたモネが顔を上げ、「え？　僕？」とでも言いたげに小首をかしげる。これではグリンダが一人で喚いているかのようではないか。

「くっ……！」

二人の背後で、エレオノーラはくすくすと笑った。

この時、修道教室には九歳から十四歳まで、合わせて十七人の子どもたちがいた。最年長の一人であるグリンダの右の手の甲には、エレオノーラと同じような一本の傷がある。つまり一回目の割礼術を乗り切ったという証だ。

教室には〝一回生〟が十三名、そして二度の割礼術を乗り切った〝二回生〟が四名いた。モネはこの四名に数えられている。二度も竜に認められたモネはグリンダよりも魔力が強く、本来なら敬うべき相手である。グリンダも早く二回生になりたいと、二度目の施術を切望していた。だが割礼術のタイミングは先生が見極めるため、子どもたちは指名されるのを待つしかない。自分も早く二回生になれば、モネもクラスのリーダーとして認めてくれるに違いないのに。

魔法使いとしての才能を開花させた子どもたちのうち、三分の二が女子だった。女性のほうが魔力を練る器用さに長けているのか、あるいは痛みに強いのか。確かな理由はわからないが、それも子どもたちから得られた大切なデータだ。パルミジャーノは、数多くの割礼術によって得られたデータを一つ一つ数値化し、丁寧に記録していった。

2

錬金型魔法使いの使う錬成魔法には、二種類ある。武具やアイテムに属性や魔法的効果を付与させる〝付与〟と、魔力を一から粘土のように捏ねてアイテムを生み出す〝創造〟だ。

「――さて、この二つのうち上位の魔法はどれでしょう」

パルミジャーノが質問をすると、生徒たちが一斉に手を挙げる。最も姿勢が良く、高々と腕を伸ばしているのはグリンダである。パルミジャーノが指を差して立たせる。

「〝創造〟です。先生」

「正解です。よく勉強していますね、グリンダ。あなたは変質型の魔法使いなのに」

「もちろんです。他の型を学ぶことも大切だって、先生が仰ってましたから」

「素晴らしい。皆さん、グリンダに拍手を」

パラパラと拍手が起こる。グリンダは「えへへ」とはにかんで着席する。

「〝創造〟は術者の魔力を使って、アイテムを一から創作する魔法です。術者の都合に合わせて創られるため融通が利き、持ち歩く必要がないため、かさばりません」

パルミジャーノは人差し指を立てた。

「一方で〝付与〟も侮ってはいけません。魔力を元にした〝創造〟と違い、元々あるアイテムに魔法を掛けるので、他人に譲渡することができます。また〝創造〟で創られた錬金物は、術者が死ねば魔力の供給が途絶えて消えてしまいますが、すでにある物に〝付与〟された錬金物は魔力の供給を必要としないため、術者が死んだ後もその効果が消えることはありません」

そのため魔法的効果の付与されたアイテムを欲しがる者は多い。魔法使いではない一般人にとって、そのような錬金物は魔法を身近に感じられる夢のようなアイテムだ。

「それではわたくしの〝付与〟魔法は、わたくしが死んでからも消えることはないのね」

車椅子のエレオノーラは嬉しそうにつぶやく。彼女は自身の錬成魔法を、お気に入りの靴に掛けていた。割礼術を経て麻痺が残り、自分の足で歩くことはできなくなったが、エレオノーラはいつもその靴を履いていた。自分の死後もこの銀色の靴が、自分の掛けた魔法と共に残り続けるというのは、何だかロマンチックに感じられた。

「そうです」と、パルミジャーノはエレオノーラに頷く。

「〝付与〟によって創られた錬金物は、とても価値のあるものです。誇ってください。ただしそれだけで満足してはいけませんよ。これから錬金術師として励んでいくのなら、上位魔法である〝創造〟も使えるようになってください」

パルミジャーノは教壇の上から伝える。

「魔力を練って美しい靴を一から作れるようになれば、一流の魔術師と言えるでしょう」

「はい。励みますわ、先生」

エレオノーラは微笑んで応えた。しかしエレオノーラに一から靴を創るつもりはなかった。お気に入りなのはこの靴だ。この銀色の靴に魔法が掛かっているというのがいいのだ。

「先生、先生っ！」と、教室に大きな声が響く。

「じゃあうちの操作魔法は？　〝創造〟より強い？」

教室のほとんど真ん中で手を挙げたのは、十二歳の少女チキチキである。髪を頭の後ろで二つ結びにしたツインテールの少女は、クラスで最も背が低い。だが誰よりも頑丈で声が大きく、元気がよかった。

「見とくれ、先生！　うち、もっと大きな〝精霊〟を創れるようになったんじゃ」

チキチキは持参した麻袋を、机の上にひっくり返した。砂や石ころ、土くれが机上にぶちまけられて、周りのクラスメイトたちから「わあっ」と非難の声が上がる。

チキチキはペロリと上唇を舐めて、ポケットからまた別の石を取り出す。拳大のこれがチキチキの〝アトリビュート〟だ。石に魔法を掛けて机の上に置くと、先ほどぶちまけた砂や石ころが、発光したそのアトリビュートを中心に集結し、固まって人の姿を象る。机の上に生まれたのは、肩に乗るくらいの小さなゴーレムだ。力こぶを作るように両腕を持ち上げ、胸を張っている。声は聞こえないがそのジェスチャーは、「うおぉ」と雄叫びを上げて周りを威嚇しているかのようだ。

「ほらっ！　な？　ちょっと大きくなってるじゃろ？　きっと〝創造〟より強いぜ」

「そうですね、チキチキ。あなたのゴーレムは誰よりも強そうです」

「うへへっ！」

チキチキは北部からやって来たドゥエルグ人の娘だった。右手の甲には、一本の傷がある。

かつてはドゥエルグ人というだけで下に見てくるクラスメイトもいたが、チキチキはその度に右手の傷を見せつけ「竜様が認めてくれたんじゃ。お前ら竜様に文句があるんか？」とケン力を吹っかけては差別の声を黙らせてきた。確かに割礼術を乗り越えたその実績は、称賛に値するものである。竜に認められたドゥエルグ人を、非難する者はいなくなった。ただ一人を除いては。

「バカやろう！　今は錬成魔法の授業中だろ？　空気の読めないドゥエルグ人は黙ってろ」

声を荒らげたのは、チキチキと同じ十二歳の少年だった。東部出身のジュードは錬成魔法を使う。自分にとって大切な課目の授業中に、邪魔をされたのが許せなかったのだ。錬成魔法より、操作魔法のほうが強いというような言われ方をしたのも面白くない。

「そんな小っちゃなゴーレムで何が大きくなっただ！　ちびドゥエルグの作るゴーレムはやっぱ小っちぇえなあっ！　猫とでも戦うのか？　勝てるといいな、応援するぜ」

「はあ？　お前にだけは言われとうないわ。戦闘じゃちっとも使えん魔法のくせに」

「はあ？　使えるし！　バーカ。見てろよ、お前」

ジュードは手首に嵌めていた金の腕輪を外した。その輪っかを口元に当てて、チキチキへと向ける。するとその魔法を知っている生徒たちは、慌てて席を立った。モネもグリンダも席を離れ、ジュードの輪っかが向けられた軌道上から逃げて、両耳を塞ぐ。

その錬成魔法は、金の腕輪に〝付与〟されている。腕輪の穴を通して発言することで、声の質を変えるという魔法だった。臓腑に響かせる低い声から、常人の出せない金切り声まで——さらには大声を張り上げて、拡声器のように使うこともできる。

金の腕輪が発光し、チキチキは「ひっ」と耳を塞いでしゃがみ込んだ。その肩に小っちゃなゴーレムが飛び乗ってしがみつく。

「生意気なドゥエルグ人め、耳をキンキンにしてやる。食らえッ……——」

「こらこら、ストップです」

と、いつの間にか隣に立ったパルミジャーノが、ジュードの輪っかを手で塞いだ。

「やめなさい、ジュード。今は授業中であることをお忘れですか？」

「……だって」

パルミジャーノの厳しい口調に、ジュードは大人しく腕輪を下げる。腕輪の発光が止まる。

「それからチキチキ、あなたも挑発しないで。竜の奇跡たる魔法を、〝使えない魔法〟だなんて言うのはいただけませんね」

チキチキは机の向こうから顔を覗かせた。その肩にしがみつくゴーレムも震えている。

「どんな魔法も賜り物です。ジュードの錬金物だって、素晴らしい武器になるではありませんか。声による攻撃は強烈です」

チキチキはおずおずと立ち上がった。

「……声が攻撃になるのか？」

「現に今、あなたはジュードの魔法を恐ろしく感じたでしょう。自慢のゴーレムも震えているではありませんか。声は障害物を越えて攻撃できる強力な武器です。研鑽を積めば、音の反射で周りの障害物を把握し、暗がりの中を進めるようになるかもしれません。コウモリが暗い洞窟の中を、自由に飛び回ることができるようにね」

「そんなこと、できるの？　先生」

尋ねたジュードに、パルミジャーノは頷く。

「できる、ようになるかもしれない。あなたの努力と、神なる竜の御心次第でね。魔法という奇跡をどうか侮らないで。鍛錬を諦めないでください。あなたはきっと素晴らしい魔法使いになれる」

「……うん」

ジュードは照れを隠すようにうつむき、腕輪を嵌めた。

パルミジャーノは博識で、どんなことでも知っていた。大陸でも多くの修道士、修道女たちを魔術師へと昇格させた立派な教師だった。パルミジャーノは生徒たち一人一人と向き合い、マナの取り込み方や魔力の練り方、魔法の応用方法を指導した。

それぞれが持つ〝固有魔法〟の特性は、術者の個性に由来すると言われているが、その法則は知られていない。剣が好きだからといって剣の才能を持てるわけではないように、望みの魔法スタイルを自由に獲得できるわけではない。

ジュードも声の魔法を使いたいと望んでいたわけではなかったはずだ。しかし魔法とは神なる竜よりもたらされた奇跡だ。いただいた奇跡を嘆き、〝はずれ〟と評価するのなら、それは術者の使い方が悪いのだ。

好みによって型（スタイル）を選ぶことはできないが、自分の魔法を知ることで好きになることはできる。パルミジャーノはそれぞれの魔法の魅力や、効果的な使い方を子どもたちに教えた。

例えば、二度の割礼（かつれい）術を乗り越えた二回生であったが、自身の固有魔法を持て余していた。

その魔法とは、ダガーナイフに掛ける〝付与（エンチャント）〟魔法だ。このナイフで生物を傷つけても、傷つかないという不思議な錬金物。ナイフで指を切り落としたとしても、黒い断面が覗（のぞ）くだけで出血はなく、痛みもないのに感覚は繋（つな）がったまま、切り離された指先を動かすことができた。

マジックとしては面白いのかもしれないが、切っても切れない刃で一体どうやって戦えばいいのか。ビビー＝ルー自身でさえ使い勝手のわからない固有魔法を、パルミジャーノは「素晴らしい」と褒（ほ）めそやした。

「そのナイフは拷問（ごうもん）に使えましょう。自身の肉体が切り離されるという恐怖は、視覚的に強力です。そして交渉にも使える。切り落とした身体（からだ）の一部を質に取って、時々、つねってやるのも有効かもしれません」

また切り離された肉体は、元のとおりにくっつけることができた。そこに着目して〝くっつける〟という部分を磨けば、新たな魔法の使い方ができるかもしれないと、その可能性を挙げた。

「例えば、腕が十本ある戦士を生みだす……とかね」

「それは……気持ち悪いでしょ、先生」

普段は寡黙なビビー＝ルーが苦い顔で言うと、パルミジャーノは柔らかく笑った。

「では気持ちの悪くない戦士を作ってください。ビビー＝ルー、あなたの思うがままにね」

また東部からやって来た奥手な少女セーラム・ウィナー――最年少であった九歳の少女の魔法は、纏う魔力を透明なものに変質させるというものだった。透明化という、実用性の高い変質魔法だ。セーラムが教室で魔法を発現させると、その姿は肉眼で見ることはできなくなった。

「わあ！」「どこにいるの？」「すごいよ、セーラム」――驚愕して辺りを見渡す生徒たちに、パルミジャーノは言った。

「肉眼に頼らないで。私たちは魔法使いです。魔力を感じるようにしてください」

言われたとおりに魔力を探ると、いつの間にか教室の隅に移動したセーラムの姿を感じ取ることができる。クラス中の視線を浴びて、セーラムはぎょっとして魔法を解いた。

「魔法の使用が悟られてしまっては、せっかくの透明化も意味がありません。視覚的だけでなく、感覚的にも透明化できるよう頑張ってみてください」

「え？　どうやって？」

セーラムが目を丸くしたのも無理もない。周りの生徒たちも、魔力を悟らせないように透明化するなんて、何をどう練習すればいいのかわからない。

「瞑想して心を研ぎ澄ますのです」

パルミジャーノは言った。

「自然と波長を合わせ、自然に溶け込んで風景の一部と化すのです」

言っていることはよくわからなかったが、瞑想を続けたセーラムの存在は、確かに日が経つ毎に希薄になっていった。

パルミジャーノの行う魔法の授業は面白かった。魔力にはそれぞれ個性がある。生徒たちはお互いの魔法を見比べ、讃え合って、時に誰が秀でているかを競い合った。

グリンダの魔力は白かった。袖をまくった腕に魔力を纏うと、まるでその腕だけが、濃い霧に包まれているかのようだ。霧の中に、粒子がキラキラと煌めいているようにも見えた。グリンダが腕をゆっくりと動かせば、白い残像が尾を引いてたなびく。それはまるで白いベールのように。

「グリンダの魔法、とっても綺麗！」

生徒たちに囲まれて、グリンダは得意げだった。

「綺麗でしょう。ねえジュード、私のほっぺたにパンチしてみて？」

「ああん？　手加減抜きでか？」

指名されたジュードは拳を握りながら、グリンダの前に出た。その腕を大きく振りかぶって、グリンダの頬へとパンチを放つ。寸止めするつもりだったが、その直前に立てられたグリンダの腕にいなされて、ジュードの拳は頬ではなく、明後日の方向へ逸れる。

「うおっ」と前につんのめるジュード。突き出した腕に触られた感覚はなかった。なのにふわりと不思議な力に押され、攻撃が受け流されてしまったのだ。

「今はまだ腕にしか纏えないんだけど、この魔力を全身に纏うことができたら凄くない？　誰も私に触れられないの。そしたら私、無敵の魔法使いになれるわ」

グリンダが得意げに胸を張ると、車椅子のエレオノーラが拍手した。

「防御系の魔法ね。攻撃が当たらないなんて素敵。きっと戦場でも大活躍するに違いないわ」

「確かに物理的には強そうじゃな……。うちのゴーレムでは不利か？」

チキチキが難しい顔で腕を組み、一体どうすれば攻略できるかを考えている。肩に乗っている小さなゴーレムも、同じポーズで小首をかしげた。

「……僕なら倒せると思うけどな」

ふとつぶやかれたその声に、グリンダを取り囲んでいた生徒たちが、一斉に振り返る。開いた本を机に置いて、退屈そうに頬杖をつくモネがいた。

「倒せるって？　お前の魔法でか？」

ジュードが聞き返すと、モネは静かに立ち上がる。

「たぶん、だけど。物理が通じないんなら、魔法でアプローチすればいいんじゃない？」

モネが歩きだすと、人垣が割れた。グリンダの姿が現れる。

「どう？　グリンダ。試してみる？」

　モネは歩きながら袖をまくり、二本の傷がある右手を晒す。モネはその腕にじわりと、黒い魔力を纏った。グリンダの白い魔力とは違って、モネの魔力は不気味な雰囲気を醸している。

「もちろん、君が怖くなければ、だけど」

「い、いいわ……やってやろうじゃない」

　ここで退けばクラスのリーダーの名が廃る。グリンダも右袖をまくった。

「僕の腕をいなしてみて。いい？」

　モネはグリンダの前に立ち、魔力を纏った右手を差し出した。まるで握手するかのような仕草だ。スピードもなければ殺意もない。だが纏う魔力には邪気がある。モネの固有魔法もまた、纏った魔力の質を変える変質魔法だ。魔力を〝生気を吸い取るもの〟に変質させる。その魔力に触れたものは、力が抜けて弱ってしまうのだ。

　だがそんな怖い魔法も、その手に触れなければ恐れることはない。先ほどジュードにやったように、伸びてくるモネの右手を魔法でいなしてしまえばいいのだ。グリンダは白い魔力を纏った腕で、モネの手を払おうとする。

「……え？」

　しかしグリンダの纏った白い魔力は、まるで靄のようにうねり、モネの黒い魔力に吸い込まれていく。生気を吸い取るその魔法は、相手の魔力さえ吸い取ってしまう。モネは白い魔力を打ち消して、容易にグリンダの手首を握った。

瞬間、グリンダは腕から力が抜けていくのを感じた。

「あ、ちょっ……と。離しっ……」

勝負ありだ。だがモネは手首を離さない。掴んだ手に力を込めたまま、じっとグリンダの顔を観察している。黒い瞳にグリンダの顔が映る。モネが一体何を考えているのか——グリンダにはわからない。わからないから、怖い。ごふっ、とグリンダは泡を吹いた。この子、まさか私を殺そうとして——。

「モネ、もうやめて！」

エレオノーラが叫んだ次の瞬間、グリンダはガクンと膝を折った。モネはやっと手を離す。仰向けに倒れたグリンダの背中を、そばにいたチキチキが抱きかかえる。

「グリンダ！　お前、大丈夫か？」

「せっ、先生！　先生呼んでくる！」

ジュードが叫んで踵を返す。人垣から抜けて、廊下へと駆けていく。

「先生！　グリンダが死んだ！　グリンダが死んだー！」

「生きてる……まだ生きてるわ……」

チキチキの腕の中で、グリンダは目を回していた。その顔は真っ青で、小刻みに震えている。

「何してるの、モネ！　グリンダを殺す気？」

車椅子のエレオノーラが、非難の目でモネを睨み上げた。モネは肩をすくめる。

「ちょっとふざけただけだよ」

「お前の魔法が一番怖いな！」

叫ぶチキチキの腕の中で、グリンダは白目を剝いて気絶した。

3

オズ島を支配したトランスマーレ人たちは、長い間、領土を巡って対立を続けてきた。

これでも島に平和をもたらすため、人々は努力してきたつもりだった。同盟を組んだり、破棄したり、干ばつが続いて農作物が不足し、戦争どころではなくなった時期は休戦協定を結んだりもした。

しかし付け焼き刃の和平条約では意味がない。人々は強欲だ。争いが大好きだ。平和になったと思えば必ずどこかで誰かが不平不満を口にだし、武力に訴えて戦火を灯す。恨んでは恨まれての繰り返し。奪っては奪われての繰り返しである。

それがこの時期、東西南北の四つの陣営に分かれた家々は、《エメラルド家》という共通の敵を前にして同盟を組み、まとまり始めていた。各地から集められた子どもたちは、学校で戦法や戦略を学び、屈強な兵士として育てられる。

暴虐な《エメラルド家》の侵略から、島を護(まも)るために。

〝異世界人〟や〝科学〟から、大切な家族を護るために。

それはまごう方なき正義だった。

修道教室においても、打倒《エメラルド家》の精神はしっかりと子どもたちに浸透していた。魔術師パルミジャーノから魔法やルーシー教の歴史に関する授業を受ける一方で、他の教師たちからは一般的な戦術や剣術、そしてオズ島の歴史を学んだ。

領主館には、ルーシー教徒(ルシアン)として育てられる子どもたちのために礼拝室が用意されていた。修道士(モンク)や修道女(シスター)の毎日は祈りから始まる。日曜日には礼拝の義務がある。またすべての授業を終えた後も、子どもたちは礼拝室へ向かった。今日一日の成長を神なる竜に報告し、無事平穏に過ごせたことを感謝して祈り、そうしてそれぞれの部屋へと戻り眠りにつくのが日課だ。

モネは、この祈りをよくサボった。不信心極まりないことである。

「あ、いた」

夕刻。グリンダはいつものように〝終わりの祈り〟をサボったモネを、領主館三階のバルコニーで見つけた。館の奥まった場所にあり、普段から使われていないため人のほとんど訪れないバルコニーだ。

モネは石膏(せっこう)の手すりに両肘(りょうひじ)をついていた。グリンダはその後ろ姿を見る。代わり映えのしない山々を眺めて何が面白いのだろうと思ったら、跳ねた黒髪の後ろ姿はうつむいている。手すりに両肘(りょうひじ)を置いて、いつかのように本を読んでいたのだった。

「モネ！　またお祈りをサボったそうじゃない。エレオノーラが捜してたよ」

モネは本のページに人差し指を挟んで閉じ、気だるげに振り返った。

「わざわざ捜しに来たの？　エレオノーラに見つからないように、三階まで来たのに」

「車椅子だからここまで来られないと思って？　意地悪な人ね」

グリンダはモネの隣に立つ。夕雲のたなびく茜空に、カラスが何羽か飛んでいる。

「また本を読んでいたんだ？」

モネの持つ本の表紙を覗(のぞ)き見れば、それは以前教室から落とし、グリンダが拾いに行った本だった。タイトルは『錬金術師(アルケミスト)の恋』――かつて錬成魔法を極めたと言われる大魔術師の自伝的長編小説だった。タイトルに恋、とついているのだから恋愛小説なのだろう。モネがそんなものを読むのは意外だった。

「ずっと同じ本を読んでいるの？」

「シリーズものだよ。これは第四巻」

「へえ。よほど面白いのね」

「面白いというか……これは特訓だから」

「特訓？」

思わぬ返答にグリンダは横を見る。モネは手すりに両腕を重ね、その上にあごを載せている。

「〝人間になるための特訓その二〟――本を読んで登場人物の感情を想像して、なりきるの」

「何それ、変なの。そんなのが特訓？」

「そう。マーヤが教えてくれた特訓」

「マーヤって誰？」

「《ブルーポート家》専属のお医者さん。女性だけど精神医療の権威で偉いんだって」

「へえ……？」

モネの回答は言葉足らずで要領を得ないが、つまりモネは故郷の《ブルーポート家》で、心の病の診療を受けていたということなのだろうか。その治療の一環として〝人間になるための特訓〟を行っていると。

「あなた人間じゃないの……？」

「マーヤが言うにはね」

ぼんやりと景色を見つめながら、モネは応えた。

眼下には、赤土の敷かれた広場があった。円形でだだっ広い、鍛錬(たんれん)や運動に使われる広場だ。もう夕方だというのに普通教室の子どもたちが円となり、その中央で二人の少年が長棒を打ち合っている。棒を槍(やり)に見立て、槍術を学んでいるのだ。二人の少年の間でジャッジをしている体格のいい大人が指導員だろう。

「エイ、ヤー」と勇ましいかけ声と歓声が、緑の山々に響いている。

「それよりも」

モネは戦う少年たちを眺めながら言う。

「もう元気になったみたいだね。あんなに派手に泡吹いて倒れてたのに」

生気を吸い取る魔法で、グリンダを気絶させたのは昼間のことだ。あの後、療養室に運ばれたグリンダは、午後の授業をすべて休むことになった。

モネは皮肉を言ったのかもしれない。だがグリンダは「何でもないよ」と肩をすくめた。

「ちょっと寝たら回復した。回復力すごいでしょ。だから負けてない」

「負けてたでしょ」

モネは呆れてため息をつく。グリンダはどこ吹く風だ。

「あなた、あの後、先生に叱られたんだってね。だからここで拗ねてるの？」

「拗ねてない。そもそも君が弱すぎて倒れたから悪いんでしょ。僕は悪くない」

「そんなことばっか言ってるから、クラスのみんなに怖がられるんだよ。ただでさえ〝生気を吸い取る魔法〟なんて物騒すぎて、みんなびびってるんだから」

「勝手に怖がればいいでしょ。強い僕が、弱い君たちに気を遣う必要ある？」

「おう……嫌なやつ。でも確かに、それはそうかも」

むうっとグリンダは唇を結んだ。しばらく沈黙が降りる。モネにとっては、意味のわからない沈黙だった。言いたいことがないのなら、もう帰ればいいのに。モネは一人になりたいのだ。

「……あのさ、僕は放っておいて欲しいからここにいるんだけど」

「そうはいかないよ。だって私は年長者で、クラスのリーダーを任されているんだもの。修道教室のみんなをまとめなきゃいけない。誰一人こぼさないわ」

「つまり君の自尊心を満たすために、僕にルールに従えと？」

「わ、嫌な言い方っ。否定はしないけど」

「しないんだ」

ふっ、とモネは思わず笑った。自尊心──それは人間らしい感情の一つかもしれない。

「単純な疑問なんだけどさ、グリンダ・ポピー。君はどうしてそんなに頑張るの？　そんなに他人に認められたい？」

「もちろん、認められたいわ。ポピー家のモットーは『働かざる者、食うべからず』なの。ちゃんと働いてるところを見せつけとかないと、ご飯にもありつけない」

「ここはポピー家じゃないでしょ。働かなくても食事は出てくるよ」

「働くってことが染みついてんの。逆にあなたはもっと働くべきだよ。学生の〝働くこと〟とは、学業を頑張ること！　そして修道女（シスター）の〝働くこと〟とは、祈りを捧げること！　あなたは、そのどちらもちゃんとできてない」

「説教なら聞きたくないです。もう行っていい？」

「ダメ。同じ教室で学ぶ修道女同士、もっと交流しようよ」

「じゃあ戦争でもする？」

「え」

また思わぬ答えが返ってきて、グリンダは素っ頓狂な声を出した。

「どうしてそうなるの」

モネは両腕に頭を置いたまま、頬を潰して隣のグリンダを見る。

「君は僕をコミュニティーに取り込みたい。僕は取り込まれたくない。似てない？　侵略を始めようとする《エメラルド家》と、取り込まれたくない羅針盤同盟と。これはもう戦うしかないね。同じ島の住人同士でさ」

「…………」

「君は今、僕を侵略しようとしている。違う？」

「……大げさだね。領土問題とあなたの自分勝手を一緒にしないでよ」

「意見の違いを〝自分勝手〟と決めつけるのはどうかと思うな。その傲慢さが戦争の火種となるんだ」

「……あなた本当に十三歳？　意外と頭がいいんだね」

「本を読んでいるからね」

「…………」

グリンダは逃げるように視線を逸らした。欄干の手すりに手を置いて、広場を見下ろす。

「勝負ありッ！」「わあっ！」——広場では、少年同士の戦いに決着がついたようだ。尻餅をついた少年の隣で、勝者の少年が嬉しそうに棒を掲げている。

「……ここだけの話、してもいい？」

バルコニーにまで届く拍手喝采を聞きながら、グリンダはそっと尋ねた。

「いいわけないじゃん。僕は一人になりたいんだってば」

「私たち魔法使いはさ、いつかあの子たちを先導しなきゃいけないいんだよね」

グリンダは勝手に話し始めた。モネはムスッとしてそっぽを向く。

「……話すんかい」

「先生はさ、私たち魔法使いが人々の先頭に立って、《エメラルド家》を討ち滅ぼさなきゃいけないって言ったわ。けど、ここだけの話。私は《エメラルド家》とも仲良くしたいの」

「……それは問題発言かもね」

「《グリーン家》は元々ただの農家だったのに、《エメラルド家》として王家を名乗った……確かに調子に乗っているよね。東西南北の人たちが怒るのもわかる。でも《エメラルド家》は、ホントに私たちを侵略しようとしているの？　今のところ、実際に彼らがどこかに攻め入ったって話はないいじゃない？」

この時、《エメラルド家》対羅針盤同盟の戦闘はまだ始まっていなかった。ただ〈宝石の都エメラルド〉を取り囲む高い壁の向こうでは、《エメラルド家》が重装備を誇る〈緑のブリキ兵団〉を組織し、着々と戦争の準備を始めていると、確かな情報筋からそう報告されていた。だからこそ危機感を覚えた四つの家々は同盟を組み、《エメラルド家》への抵抗力としてこの学校を作ったのだ。

「……異世界人って、確かに不気味。〝科学〟ってのもよくわからなくて怖いわ。でもきっと、怖がるからいけないいんだと思う。知ってみれば案外、大したことなかったりして」

羅針盤同盟は〝科学〟を知らない。知らないから推し量るしかない。すると常に最悪が想定されるから、それが無性に怖いのだ。やつらはきっと侵攻してくるに違いない。きっと人道を外れた虐殺を行うに違いない。妄想は恐怖心で膨れ上がり、強大な敵を作り上げてしまう。

「もっと相手をよく知れば、私たちは仲良くできるんじゃないかな？　《エメラルド家》だって私たちと同じ、この島の人間なんだし」

「やっぱり能天気だね、グリンダ・ポピー」

モネは身体を起こした。

「その言葉は理想でしかないよ。戦争で最初に死ぬやつの思考だな」

「だってさ！　ブリキの兵団は、まだどこも襲ってないじゃない。ホントに侵略のための兵団なの？　わからなくない？　だって〈宝石の都エメラルド〉は島の真ん中にあるんだよ？　戦争ばっかしてる家々に囲まれた都なんだよ。そりゃあ街を護るために高い壁を作るよ。壁を壊されないために、兵団を作るよ」

　グリンダはモネを正面に見る。夕風に、よく手入れのされたブロンドの毛先が震える。黄みがかったオレンジ色の瞳は、そうであってほしいという願いを込めて揺れていた。

「《エメラルド家》はもしかして、私たちと仲良くしたいと考えているかも」

「そんなわけない」

「どうして？」

「それなら王家なんて名乗って、周りの家々を刺激したりしない」

「…………」

　モネは言い切った。元々農家だった《エメラルド家》は、力を持ったことで王家を名乗った。これは言わば宣戦布告に等しい。四つの勢力がしのぎを削っていたところに、参戦を表明したわけだ。もちろん、この戦いに勝ち残れるという勝算があってのことだろう。

「……じゃあ、もういっそ羅針盤同盟が王家を認めて、《エメラルド家》にオズ島を統一してもらうってのはどう？」

「それは羅針盤同盟の負けだよ。自分が何を言っているのかわかってる？」

「……戦わないで済むのなら、それがいいよ。多くの血が流れるのを止めることができるなら、私はそれでもいいと思う」

「侵略を受け入れるってこと？」

「受け入れるっていうか……王家を認めてあげる代わりに、《エメラルド家》には条件を呑(の)んでもらうの。羅針盤同盟の領地や、そこに住む人々の生活はそのままで、お互いに協力し合っていきましょうって」

「……君が良くても、それで人々は納得するかな」

モネは手すりに胸を近づけ、眼下を見る。広場で棒を振るう少年たちを。

「あの子たちを見てごらんよ。打倒《エメラルド家》を掲げて、あんなに鍛錬を重ねてるのにさ。いきなり王家を認めようなんて言われても、振り上げた棒をそう簡単に振り下ろすことはできないでしょ」

「だから時間を掛けて対話すればいいんだよ、《エメラルド家》とさ。あの子たちだって、エメラルドの住人とちゃんと心を開いて話せば、きっと理解し合えると思うけど」

「君はあるの？　エメラルドの住人と向き合って話したこと」

「……ない。ないからこそ、あの人たちが悪い人かどうかなんて、わかんないじゃん」

「憶測だね。何だろう……。イライラする」

モネは、手すりの上に置いた本の表紙に手を添えた。

「この本は、かつて錬成魔法を極めた大魔術師〝マチルダ〟によって書かれたものなんだ」

「ふうん。それが何か？」

「そのマチルダによると、人間は善か悪かにカテゴライズできるものではないらしい。善人か悪人かなんていうのは、見る側によって変わるものだから。例えば子鹿を狩るオオカミは一見して悪に見えるけど、オオカミからして見れば、獲物を狩って家族を養わなきゃいけない。それは善だ。わかる？」

「……何となくわかる」

「つまり《エメラルド家》の人たちがいい人か、悪い人かなんて関係ないってこと。彼らには彼らの正義があるの。だから見るべきは、相手が力を持っているかどうかなんだよ。そして力を持つ強者が、弱者の気持ちに寄り添うなんてあり得ない」

「あり得ないかな……？」

「あり得ないね。だってオオカミは子鹿を食べるでしょ？　そりゃあ食べるよ。お腹が空いた時に、食べようと思えば食べられるんだもの。強者は打ち負かした家々や、そこに住む人々から搾取(さくしゅ)する。奪って、なぶって、陵辱(りょうじょく)するよ。なぜなら勝者による侵略は〝悪〟じゃない。〝権利〟だからだ」

「…………」

「ね、理解できた？　僕たちと《エメラルド家》が相容(あいい)れないってこと」

グリンダは唇を結んでいる。納得はいっていない表情だ。

「相容れるよ。同じ人間でしょ？　人間なら話し合おうよ」

「人間だから話し合えないんだ。一体、何を見てきたのさ」

二人はいつの間にか向かい合っている。モネは両手を広げた。

「この島だって、東西南北に分かれてずっと戦争をしてきたじゃないか。同じ島の住人同士でさ。君は南部の出身で、僕は東部の出身だ。時代が違えば殺し合ってた」

「でも今はこうして話してるでしょ?」

「話してるって言うか、ケンカしてんじゃん?」

「ふんっ」

グリンダは景色へとそっぽを向いた。モネは「はあ?」と思わず口を開ける。

唐突に会話を打ち切られたようなモヤモヤを胸に残しながら、手すりに手を置いた。

「ふん、て何なの……子どもなの?」

「子どもじゃなくても、ふんってくらい言うわ。話し合おうとしてくれないんだもの」

「してるでしょ。君が聞こうとしないだけじゃん」

山の向こうに日は落ちて、いつの間にか空にはぼんやりと月が灯っている。

広場で長棒を振っていた子どもたちは、鍛錬を終えて片付けを始めていた。鍛錬中は凜々しい顔をしていた子どもたちも、武器を手放せば「疲れた」だとか「夕ご飯は何だろう」だとか、年相応の表情を見せていた。

広場を挟んだ向こうには、大人たちの常駐している交流館や、普通教室の子どもたちが過ごす宿泊施設が並んでいる。夕食の準備が始まっているのか、一階の食堂がランタンの灯火で明るい。その柔らかな光を見つめながら、グリンダはつぶやいた。

「……でも一つ、わかったことがあるわ」

「何」

「あなたって、何考えてるかよくわからなくて、ちょっと怖かったけれど……意外といろんなこと考えてて、けっこう喋る人だったのね。あと人間が嫌い」

「わかったような口をきくよね。そんなところが嫌いかな」

「ふーん？　どうでもいいけど」

「…………」

「…………」

　またしばらく沈黙が降りた。モネはふと、口の中が乾いていることに気がついた。少し喋りすぎたかもしれない。エレオノーラとも、ここまで意見を交わし合ったことがあっただろうか。このグリンダという女が能天気すぎるせいだ、と思う。自分の意見が通じないことが、こんなにも苛立つなんて。

　ふいに「あっ」とグリンダが顔を上げた。

「つい話し込んじゃった。行かなきゃ、お祈り！」

「行ってらっしゃい」

「何言ってんの！　一緒に行くの」

「一人で行って。僕はもう少し読書してから行く」

「日が落ちてもう読めないでしょ。見つけたからには絶対に連れていくからね！」

グリンダはモネの手首を掴んで、手すりから引き離す。無理やりにでも引っ張っていこうとするが、目を丸くしたモネの表情に気づき、「どうしたの？」とまばたきをした。

「いやよく摑めるよね、僕の右手。昼間、倒れたばかりなのに」

グリンダはモネの魔法を思い出した。そして〝生気を吸い取る魔法〟を警戒し、反射的に手を離す。

「きゃっ！　危なっ」

「……やっぱり能天気だね。グリンダ・ポピー」

夜風が汗ばんだ肌を撫でる。春がもうじき終わろうとしていた。

4

山間に建つ学校はちょうど風の通り道となっていたため、時折涼しい夏風が吹いた。

その頃、領主館二階の広間を使用していた修道教室が、一階へと移されることになった。車椅子を使う生徒が増えて、二階への移動が不便になってきたからだ。この時、エレオノーラも含め車椅子の子どもは四人いた。

定期的に行われる割礼術によって、生徒の数は変動する。新たな修道士や修道女を迎え入れることもあれば、二回目の割礼術を乗り越えられずに療養室へ送られたり、死んでしまう子たちもいる。

せっかく魔法の才能を開花させた子たちを、度重なる割礼術によって失ってしまうのは羅針盤同盟にとって、非常に惜しいことだった。だが魔法の権威であるパルミジャーノの教育方針に、意見できる者はいない。

オズ島にパルミジャーノ以外の魔術師はいなかった。ルーシー教圏外であるこの島で、九使徒にも数えられる偉大な魔術師が、教鞭を振るうということ自体がイレギュラーな展開なのだ。

王国アメリアに属するパルミジャーノが表立って戦場に立てば、魔法使いを独占したいアメリアとの政治的な外交問題に発展しかねない。王国アメリアはあくまでも不干渉。だが、島出身の子どもたちに魔法のいろはを教えるだけであれば――という条件つきでパルミジャーノは学校にいる。

羅針盤同盟は彼に頼み込み、指導をお願いしている立場だ。強いことは言えない。むしろもっと、もっと子どもを集めてくださいと言われるがままに、各地の村々に役人を派遣し、次なる生徒を補充していった。

村を訪問した役人たちは、まず手始めに笛を吹き、村人たちへ広場へ集まるよう合図を出す。学校への入学は強制ではなく、任意である。しかし《エメラルド家》の脅威から、村や家族を護(まも)るためだと言われてしまえば、よほどの理由がない限り、自分の子どもを兵士として送り出さないわけにはいかなかった。

役人たちの子ども集めには節操がなかった。ある時は奴隷商人から大量に買い取ったり、またある時は孤児院を巡って一度に大勢を連れていったりした。人々はその躍起さを不審がった。ルーシー教圏外であり、魔術師という存在の理解が広まっていないことも相まって、どうやら「鳥の頭をした怪しげな男が、役人を遣わして子どもたちを集めているらしい」などという怪しげな噂まで広まった。

役人たちが吹く笛の音を聞けば、大人たちは慌てて子どもを隠す。町では、軽やかなステップで笛を吹いて、子どもたちを連れ去る〝笛吹き男〟の風刺画まで描かれるようになった。

羅針盤同盟がこうまでしてパルミジャーノの要求に応えるのは、彼が一定の成果を見せていたからだ。度重なる割礼術によって再起不能になる生徒はいたが、それを乗り越えた子どもたちには、確かに魔力の向上が認められた。

ある夏の日。魔法学校の出資者たち――言わばスポンサーである羅針盤同盟の幹部たちが学校を訪れた。魔法とは本当に《エメラルド家》に対して通用するものなのか――その有用性や学校施設としての成果を確認するためだ。

赤土の敷かれた領主館前の広場に、修道教室の生徒たちが集められた。

そして彼らの演習相手として、普通教室で兵士として鍛錬を積む少年たちが招集された。彼らは上半身裸で、その手にはそれぞれ長棒を握っていた。

円形の広場を囲んでテントやテーブルが設置され、同盟に名を連ねる領主やその家族、豪商や政治に携わる者たち、各領の騎士団の幹部たちなど、多くの権力者たちが演習を見学する。

取り巻きも多いため結構な数だ。扇子でパタパタと扇ぐ貴婦人や、洒落たカツラを被った領主など、山深い緑に囲まれた片田舎の学校には場違いな貴族たちも多かった。北部の家々を統べる《パープルロック家》領主などはテーブルにブドウ酒を用意させ、切り分けたオレンジをしゃぶりながら、まるで行楽のような有様だ。

一方、テントの脇で演習を見守る学校の職員たちは、この発表会によって学校の存続が危ぶまれる恐れもあるため、気が気でない様子だった。スポンサーたちの気分が損なわれないようにと祈る。結果的に、その心配は杞憂だった。

「参った、参りました……！」

カラン、と少年の握っていた長棒が赤土の上に落ちた。同時に尻餅をついた少年が、じりじりと尻を擦って下がっていく。正面に立つ魔法使い、ビビー＝ルーを畏怖の眼差しで見上げながら。

ビビー＝ルーは右手にダガーナイフを握り、一方で左手に少年の手首を持っていた。彼女の錬金物であるダガーナイフで切り離された手首だ。その切り口は黒いだけで出血はなく、痛みもなければ身体的ダメージもない。だが手首が切り離されるという体験のインパクトは絶大で、少年は半泣き状態で降参した。周囲から拍手と喝采が送られる。

普通教室の少年たちと、修道教室の生徒たちは、普段から交流することはない。そのため少年たちは魔法を見ることに慣れておらず、戦い方もわからないまま翻弄されている。繰り出される魔法に素直に驚き、同じくらいの年齢である修道教室の魔法使いたちを、恐ろしげに見た。

ビビー＝ルーは奪い取った手首の断面を少年に向けて、差し出した。

その意味がわからず戸惑う少年に、腕を伸ばせとあごで示す。地面に尻をつけたまま、切断された腕を恐る恐る前に差し出す少年。ビビー＝ルーはその腕の断面に、手首の断面をぴたりと合わせた。するとその斬り口が発光し、光がかき消えると傷がなくなっている。きょとんとした少年が手をにぎにぎと開閉させると、観客席からまた喝采が生まれた。

手を叩く観客たちの近くには、パルミジャーノの姿もあった。夏の暑さをものともせず、いつもの鳥の仮面を被り、全身をローブで覆い隠している。ただし日差しばかりは苦手なようで、陽光の照る場所では日傘を差していた。

演習はおおむね好評だった。

透明な魔力を纏う九歳の少女セーラム・ウィナーは、演習開始と同時に姿を消した。すると観客席から「おおっ」と感嘆の声が上がる。戸惑う演習相手の握っていた棒が勝手に浮き上がり、その少年の頭を小突く様は見た目にも愉快だ。観客席からは笑い声さえ起きた。

グリンダは白い魔力を全身に纏えるようになっていた。演習相手がどれだけ長棒を振り下ろしても、白いベールを纏うグリンダの身体には当たらない。突いても、薙いでも、振り上げても、少年の攻撃はいなされ、かわされる。「しっかりやれ」と少年にヤジが飛ぶ。

一方で少年は真剣な顔だ。なぜ当たらないのかと焦り、冷や汗を搔き、歩いてきたグリンダを恐れて後退りする。そしていとも簡単に棒を奪われ、頭を叩かれて地面に倒れた。

グリンダは観客に向き直った。スカートの両端を摘んで持ち上げ、いじらしい仕草でお辞儀をする。下げた頭に拍手喝采を浴びながら、上目遣いで、とある貴族を見た。

ポマードで撫でつけられた黒髪に、薄い口髭を蓄えた中年の男。鋭い眼光と大柄な身体。コバルトブルーの軍服からは、上に立つ者の威厳が感じられる。東部の家々をまとめる大貴族《ブルーポート家》の当主だ。東部の長である彼は〝提督〟という役職に就いていた。その胸には、東部兵長であることを示す船の銀バッジが付けられている。

――あの人が、モネとエレオノーラのお父さん……。

ブルーポート卿の隣には、車椅子のエレオノーラが控えていた。《ブルーポート家》の令嬢であるエレオノーラは演習する側ではなく、観客席に呼ばれていた。その膝の上には、こっそり部屋で飼っているシャム猫が眠っている。

しかしそのテントの中にモネの姿はない。同じ父を持ちながら、二人は明らかに区別されていた。グリンダはつい先ほど見た光景を思い返す。

テントのそばに呼び出されたモネが、ブルーポート卿に怒鳴られていた。一体何を叱られているのか、遠くから見ていただけのグリンダにその内容までは聞き取れなかったが、「出来損ない」だとか「恥を知れ」だとか、辛辣な言葉を投げかけられていたのは確かだ。

向かい合った二人は父と娘というよりも、厳しく指導に当たる上官とその部下のように見えた。いつも気だるげに背中を丸めているモネが、両手を前に重ねて堅くなっていた。あんなに緊張したモネの表情を見るのは初めてだった。

その時だ。ふいにモネが張り手をされて、グリンダは「あっ」と声を上げた。

地面にふらついたモネの元へ駆け寄ろうと前に出たのだが、それよりも早く、エレオノーラが車椅子を走らせて、モネを庇うように近くに寄った。ブルーポート卿を見上げ何事かを訴えていた。

よその家族間のことだ。部外者である自分が割って入るのも違うかと思い、グリンダは足を止めた。けれど殴られながら言い返すこともできない弱気なモネが、ずっと気になっていた。

演習は続く。

チキチキは担いでいた麻袋から、石や砂、土くれを赤土の上にぶちまけた。

「どうじゃ！　恐れおののけぇいっ」

そこに〝アトリビュート〟である拳大の石を放ると、それを中心にしてぶちまけた石や砂や土くれが赤土を巻き込み、ひとかたまりにまとまっていく。そして人の形を象っていく。

警戒して長棒を構える少年。その顔が、塊が大きくなるに連れて上を向いていく。驚愕するその表情が陰った。目の前に現れたのは、威嚇するように胸を張り、力こぶを見せつけるようなポーズを取る巨大なゴーレムだ。派手な魔法は観客の反応も大きい。ゴーレムの登場に観客席からは、この日一番の歓声が上がる。

このゴーレムを倒すには、コアとなっている〝アトリビュート〟の石を壊すか、背後で操作しているチキチキを狙うのがセオリーだが、もちろん少年はその攻略方法を知らない。愚直にもゴーレムを棒で突くが、固い岩肌のゴーレムはびくともしない。

「食らえッ。ゴーレムパンチじゃ！」

チキチキの振りかぶった腕に呼応して、ゴーレムが少年のボディを打ち抜く。憐れにも宙を舞った少年は、赤土の上に倒れた。

「よくやったッ、チキチキ！　褒美に骨つき肉一年分をやろうッ！」

勢いよく立ち上がったのは、オレンジの切り身をしゃぶっていたパープルロック卿である。北部出身のチキチキは、卒業後《パープルロック家》に仕える手はずとなっている。北部出身者の活躍は、そのまま北部の今後の力を、他の家々に見せつけることにもなる。褒美を約束されたチキチキは満面の笑みだ。

モネは広場の脇でチキチキの活躍を眺めながら、自分の順番を待っていた。

魔法使い側は、自分の武器を選ぶことができる。魔法を見せる場なのだから当然のことだ。錬成魔法の使い手は、ビビー＝ルーのように自身の錬金物を持ち出すし、チキチキのような操作魔法の使い手は、精霊を生み出すためのアイテム――〝アトリビュート〟を持ち込む。セーラムやグリンダのように魔力を身体(からだ)に纏(まと)う魔法使いは、武器を必要としない場合もある。

モネはと言えば長棒を手に持っていた。演習相手である少年たちが使っているものと同じ棒だ。動きやすいタンクトップ姿で、長棒の先端を地面について立っていた。

隣にグリンダがやって来る。

「それ使うつもり?」

モネは「うん」と広場から目を離すことなく端的に答える。

「あなた、棒使えたっけ? 使ってるとこ見たことないんだけど」

「見せたことないからね。君は常に僕を監視しているつもりでいるの?」

ブルーポート卿の前で萎縮(いしゅく)していた先ほどのモネとは違い、いつもどおりの生意気な態度にグリンダは何だかほっとした。チラリと見たモネの左頬(ほお)は、まだ赤く腫(は)れている。

「……実はさっき、ちょっと目に入ってしまったのね。あなたが殴られるところ」

意を決して尋ねる。完全なる好奇心だ。嫌がられるなら深くは聞かないつもりだったが、モネは意外にも「ふふ」と小さく笑った。

「やっぱり常に監視してるようだね。さすがはリーダー、鬱陶(うっとう)しいなあ」

「……あの人。ブルーポート卿、あなたたちのお父さんだよね? あなたに、とても厳しくしているように見えた。エレオノーラには優しいのに。何があったのかは知らないけれど、人前で殴るなんてひどいよ」

「別にひどいことじゃない」

モネは無感情に応える。

「エレオノーラの母親は、由緒正しき血筋の正妻だからね。対して僕の母は行きずりの娼婦。しかも父を脅して慰謝料を要求した挙げ句、僕を押しつけて逃げたんだとか。そんな女の娘に優しくできるわけがないでしょ」

モネはまるで人ごとのように言う。そして実の父を「彼」と呼んだ。

「彼は大切なエレオノーラが車椅子になってしまったのに、僕が元気にピンピンしているのが許せないんだよ。なぜ身代わりにならなかったのかって、叱られた。生きてて恥ずかしくないのかって」

「……そんな。理不尽だわ」

「理不尽だよ。そんなものでしょう、世の中って」

広場ではジュードが少年を相手に戦っている。金の腕輪を外し、口元に持っていくジュード。決して観客席のほうへ向けてはいけないと先生から厳しく言われているため、さり気なく立ち位置を移動して調節している。観客席を背中にすれば、自然とモネやグリンダの立ってる位置が攻撃範囲に入った。二人は揃って移動しながら、攻撃の軌道上を避けた。二人とも両手で耳を塞ぎながら。

ジュードの魔法を知っている周りの生徒たちも皆、両手を使って耳を塞ぐ。

「ダッシッ!!」

ジュードは叫んだ。その言葉に意味はない。声を発しさえすればいいのだ。大喝一声の直撃を食らった演習相手は、目を回して仰向けに倒れた。

一方でモネやグリンダたちは、ビリビリと空気の振動を感じたものの、少年のような鼓膜へのダメージはない。ジュードは狙った対象のみに攻撃を与えるよう、コントロールの練習を重ねている。その効果が出始めているのだ。どれだけの声を発せば、どれほどの距離に届くのか、把握できてきている。

「よっしゃっ！」

拍手喝采を浴びながら、拳を高々と突き上げるジュード。グリンダはその足下に倒れた少年を見た。彼らも日々鍛錬を重ねているだろうに、魔法使い相手では防御が取れない。気の毒に、と同情してしまう。

「さて。かるーく流してこよっかな」

まだ拍手も鳴り止まない中、長棒を握ったモネは広場へと向かった。

軽くと言ったその言葉とは裏腹に、モネの動きは懸命だった。

相手から伸びてきた長棒の先端を、自身の長棒で打ち下ろしてさばき、すかさず切り返して反撃を放つ。打たれた少年は痛みに耐えて、負けじとまた棒を振る。息もつかせぬ攻防だ。驚くのはモネが、魔法を使っていないことだ。

対戦相手の少年は、細い身体をしていた。それでも彼から放たれる一撃一撃には気迫がみなぎっている。少年は日々鍛錬を行っていたはずだ。立派な兵士になるべく槍術を学び、腕を磨いてきたはずだ。しかしその表情に滲むのは、悔しさや歯がゆさである。魔法使いを相手に魔法で倒されるならまだしも、槍術で負けるわけにはいかない。なのに棒で圧されている。少年にも矜持がある。声を上げて反撃に転じる。

「うああっ……！」

少年が横に振った棒を避けて、モネは身体を後ろに反らした。その先端が前髪を掠める。続けざまに繰り出された足払いを、モネは棒を地面に突き立て防ぐ。カツンッ、と棒の当たる乾いた音が広場に響いた。地面に立てたその棒を軸にして、モネはハイキックを繰り出した。側頭部を蹴られた少年はよろける。だが足を踏ん張りまだ倒れない。ダメージを負いながらも前に出て、棒を振り続けた。カツン、カツンと打ち合う音が、夏の空に響き渡る。

「モネって、体術あんな強かったの……？」

広場の脇で見ていたグリンダは、驚いた。

グリンダだけでなく、他の生徒たちもまた、モネがあれほどまでに躍動するのを見るのは初めてだった。汗を掻き、息を弾ませ、がむしゃらに棒を振っている。その攻撃には鬼気迫るものがあった。怒りを、憎しみを少年にぶつけている。

「あいつ、一体何を怒ってるんだ……？」

そばで観戦していたジュードは訳もわからずにつぶやいたが、グリンダは察していた。あの怒りは、憎しみは、きっとブルーポート卿に向けて放たれているものだ。モネは賢い。《ブルーポート家》における自分の立場や、世の理不尽さを理解している。それでも――。

……ムカつくものは、ムカつくものね。

グリンダは思わず笑った。

見応えという点では、これまでで最も目の離せない試合だった。しかしこれは魔法の発表会だ。魔法を披露しなくては意味がない――と、モネが距離を取った次の瞬間、放った突きの棒の先に、グリンダは黒い魔力を見る。

――使った……！

少年の胸を突く打撃の一瞬、モネは〝生気を吸い取る魔力〟を棒の先に纏わせた。胸を突かれた少年は瞬間的に脱力し、膝を折った。白目を剝いて仰向けに倒れる。勝負ありだ。だがモネは止まらなかった。足を踏み込み、仰向けに倒れた少年の頭上に長棒を振り上げた。そして。

「だめよ、殺しちゃ！　モネッ……！」

観客席でエレオノーラが叫んだ。膝に乗っていたシャム猫が、その声に驚いて飛び跳ねる。

ガツンッ……と振り下ろされた長棒は、少年の頭のすぐ横の赤土を穿っていた。

　モネは丸めた背中を上下させて、息を切らしている。首や背中にじっとりと汗を掻きながら、観客席を横目に見た。何でもないよというふうに、うっすらと笑みさえ浮かべて。

「……殺すわけないじゃん、エレオノーラ」

　辺りはしん、と静まり返っていた。拍手も喝采もない。皆モネの気迫に臆し、戸惑っていた。

　パープルロック卿の指先から、切り分けたオレンジがぼとりとこぼれ落ちる。

「……殺して、ないんだよな？」

　卿が隣の従者に尋ねたと同時に、テントのそばに立っていたパルミジャーノが動いた。傘を畳みながら早足で広場を歩き、ぐったりとして動かない少年のそばに膝を曲げる。少年の細い身体を抱き起こし、あばらの浮いた彼の胸の部分をぐっと押した。すると少年は咽せて咳をした。生きている。

　パルミジャーノが腕を上げ、辺りにOKサインを示す。

　場は一転して安堵に包まれた。パープルロック卿が誰よりも先に手を叩き、モネの健闘を称える。すると周りからも次々と拍手と称賛の声が送られた。

　グリンダもまた、手を叩いてモネを称えた。一時はどうなることかと思ったが、平穏無事に終わってよかった。ただグリンダは一抹の不安を拭いきれずにいた。モネはエレオノーラに〝殺すわけないじゃん〟と言った。本当だろうか。本当にモネはあの黒い衝動を……自身の魔法をコントロールできていたのだろうか――。

グリンダは、広場から出ようとして歩くモネの姿を見つめる。それからふと気になって、モネの向こうに見える観客席のテントへと視線を移した。車椅子のエレオノーラが、ほっと安堵した様子で手を叩いている。

そして拍手喝采の沸き起こる中、ただ一人、モネの父であるブルーポート卿だけがどこか恐れをなした表情で、モネの後ろ姿をじっと見つめているのだった。

5

演習から三カ月ほど経(た)った秋の頃、学校にて割礼術(かつれい)が行われた。

定期的に行われる割礼術は、在校生徒の全員が対象というわけではない。まず何日も前からパルミジャーノによる面談が行われ、生徒の信仰度や健康状態などを鑑みて、五十名から百名ほどの生徒が施術対象者として選ばれる。この面談は魔法使いになるための第一次選考と考えられており、パルミジャーノに声を掛けられた者は「おめでとう」と祝福され、羨望の眼差(まなざ)しで見られた。

それから一定の期間中に一日十名から二十名の対象者が、施術室に呼ばれる。パルミジャーノはデザートドラゴンの仔竜を島に持ち込んでいて、子どもたちの多くは、ここで初めて竜という神聖な生き物と相対する。

デザートドラゴンとは、黄土色の固いうろこを持つ砂漠の竜だ。成竜ともなれば巨大な竜だが、パルミジャーノの持ち込んだものは仔竜であったため、仔犬ほどのサイズしかなかった。それでも「キシュッ、キシュッ」と独特な声を上げて牙を剝いて威嚇する姿には、獰猛さが感じられる。

仔竜は両わきに薄い羽根を持っており、空を飛ぶこともできるそうだが、普段は檻の中に入れられているため、この竜が空を飛ぶ姿を見た生徒はいなかった。

施術はこのデザートドラゴンを使って行われる。

施術室に入った生徒は促されるまま、仔竜を抱いたパルミジャーノの正面に座る。パルミジャーノは仔竜の手を上から摑み、その湾曲した黒い爪で、生徒の手の甲を引っ搔いていく。

強制的に体内へマナを流し込まれた子どもたちは、その日のうちに発熱し、しばらく寝込むことになる。ここからが分かれ目だ。何日もうなされて衰弱していく者もいれば、傷口が膿んで血が止まらなくなる者もいる。体力のない者はここで脱落し、竜に選ばれた者だけが、マナを魔力に変換する感覚を摑めるようになる。

この秋に行われた割礼術では、四名が魔法使いの才能ありとして選ばれ、修道教室へと移された。該当者なしの時もあることから、四名もの合格者が出たというのは豊作だった。一方で何名が命を失ったのか、グリンダたち生徒が知らされることはない。

この定期的な割礼術は、修道教室でも行われる。ここでもパルミジャーノによる面談があり、魔法の習得レベルなども加味して選考された修道士(モンク)や修道女(シスター)が、次なる施術に挑むことになる。

　修道教室にいる子どもたちは、言うまでもなく一度目の施術を乗り越えた者たちだ。すでに魔法使いとなっているため、初めて割礼(かつれい)術に挑む普通教室の子どもたちとは、施術の目的が少し違う。つまり魔法使いとしての才能を開眼させるためではなく、扱える魔力の量を向上させるために施術を行うのである。

　大陸では、割礼術によって魔法の力を得た魔術師(ウィザード)は、施術を重ねても苦しむことはないと言い伝えられていた。〝割礼組〟はすでに竜に認められている存在なのだから、竜がまた試練を授ける必要がない、というのがその理由だ。道理である。

　苦しまないと信じられているのであれば、何度も施術を重ねて魔力の向上を目指す者がいても良さそうなものだが、大陸において割礼術を重ねた事例は数えるくらいしかない。実際には誰もやろうとしない。なぜなら神なる竜に一度認められていながら、またお伺いを立てるような真似をして、竜の逆鱗(げきりん)に触れてしまうことが恐ろしいからだ。

　せっかく神なる竜に赦(ゆる)しを得て魔法使いになれたというのに、不要な割礼術を重ねてこれに失敗すれば、一度目で得られた名誉も面目も潰してしまいかねない。だから勇気のある者や、魔力の向上に貪欲(どんよく)な者は、非公式ながら隠れて割礼術を重ねる。それでも大陸の教会に施術を重ねた魔術師がほとんどいないのは、実際のところ二度目の割礼術が一度目と変わらず当たり前のように苦しいし、ちゃんと死ぬ可能性もあるからだった。

この秋、修道教室では五人の修道士と修道女に施術が施された。

二回生はこの時、モネとビビー＝ルーを含めて四名いたが、他の二名がパルミジャーノに選出され、三回目の施術に挑むことになった。そして二人とも療養室で寝込んだ後に、死んでしまった。

一回生からは三名が選出された。チキチキはうまくいった。ドゥエルグ人の頑丈な身体(からだ)は、割礼術においても有効に働くのかもしれないと、パルミジャーノはそう分析した。チキチキは晴れて二回生への仲間入りだ。

だが残り二人はそうはいかなかった。一人は失明して教室を離れ、もう一人は療養室で発熱に耐えていたが、施術から一週間後の昼に息を引き取った。これがジュードだった。

学校の敷地内には墓地がある。柵で囲まれた空間に、いくつも杭(くい)が並べられただけの簡易的な共同墓地だ。そこには主に割礼術によって命を落とした、修道教室の子どもたちが眠っていた。墓地のすぐそばには、樹齢数百年とも言われる巨大な樫(かし)の木が立っていて、墓場の上にまで大きく枝葉を広げている。そのため辺りは常に薄暗かった。

子どもたちは木の樹皮にナイフを立てて、墓地に眠る級友の名前と享年を刻む。いつからか、この行為が死者を送り出すための慣例の儀式となっていた。〝魔法使いの木〟――いつの間にかそう呼ばれるようになった樫の木には、すでに九名の名前が刻まれていた。

――〝ジュード・テイル・ボーデンガー　享年十二歳〟

生徒たちを代表して、チキチキがダガーナイフを握っていた。名前を刻む代表者は、初めこそ死者と同郷の者と決められていたが、やがてそんなルールはなくなった。同じ教室で長く一緒に過ごしていれば、出身がどこかなど問題ではなくなっていくのだろう。

「ったく、長い名前じゃのう……！　面倒じゃ」

チキチキはジュードのスペルを確認しながら、一文字ずつ樹皮を傷つけていく。

二本目の傷がついたばかりの右手の甲には、ガーゼが貼られている。自分が乗り越えられた二度目の施術を、自分をバカにしていたジュードは乗り越えられなかった。ざまあみろ、とチキチキは悪態をつきながら名前を彫っていく。

他のクラスメイトたちが、その後ろ姿を見守っていた。

「こいつも、ドゥエルグ人みたいにシンプルな名前にすればいいのに。〝ジュドジュド〟とかって彫ってやろうか。怒って化けて出てくるかの？　くくく」

手を動かしながらも、ぶうぶうと文句を言い続けるチキチキ。見かねたグリンダがその背中に声を掛ける。

「そんなに面倒なら、替わってあげよっか？」

だがチキチキは手を止めない。

「いい」と振り返りもせず端的に応え、ジュードの名を彫り続けた。

ジュードの錬金物である金の腕輪は魔力を〝付与(エンチャント)〟されたものであるため、彼が死んでからも消えることはない。他者でもその輪っかを口元に当てて、発する声の音域を変えることができた。臓腑(ぞうふ)に響く低い声から、甲高い金切り声まで……何に使えるのかはわからないが、愉快だ。使用者が魔法使いで、輪っかに魔力を込めることができるなら、そのボリュームや声質の幅など、さらなる調整が可能だった。なるほどこれなら戦闘に使えるのかもしれなかったが、クラスメイトの誰もその持ち主であったジュード以上に、発する声を使いこなすことはできなかった。

錬金物は非常に貴重な代物だ。ジュードの遺品ではあったが棺桶(かんおけ)には入れず、パルミジャーノが回収して管理することになった。

チキチキが名前を彫り終えると、一同はジュードの墓の前に移動して祈りを捧げた。何人かは鼻をすすって泣いた。だがグリンダは泣かなかった。年長者であり、リーダーでもあったから泣くわけにはいかなかった。

ジュードの墓に手を合わせながら思う。自分たち魔法使いは、祈りを捧げてもらう場所があるだけ幸せなのかもしれない。では魔法使いになれなかった子どもたちは？　一回目の割礼術(かつれい)を乗り越えられず、死んでしまった子どもたちの数は、ここに並ぶ墓標の数よりも桁違いに多いはずだ。その遺体がどこに運ばれていったのか、グリンダたちは知らない。自分たち魔法使いがどれほどの犠牲の上に立っているのか、知るよしもない。

顔を上げて横を見れば、車椅子のエレオノーラが周りの皆と同じように祈っている。だがモネがいない。辺りを見回してみても、その姿が見えない。

「エレオノーラ、モネは？」

用事があるわけではないが、尋ねた。エレオノーラは顔を上げて応える。

「モネは来ていないわ。クラスメイトが死ぬことに、飽きてしまったみたい」


「あの子には人の心がないのよ」――エレオノーラはそう言った。

どうして自分の姉にそんな酷いことを言うのだろうとグリンダは憤ったが、顔には出さなかった。姉妹間のことだ。だがそういえばモネは以前、心の病に罹っていたというような話をしていた。マーヤという医師から、人間になるための特訓を受けているのだと。

「最近は、表情豊かになってきたと思ってたのだけど……」

エレオノーラはそう言って、困ったように笑った。

皆でジュードを送り出していた頃、モネは一人で教室に残って本を読んでいた。この時、教室は領主館の一階にあり、モネは窓際の席だったため、その姿は外からも見つけることができた。グリンダは外から教室へと近づき、窓越しに声を掛けた。

「……何を読んでいるの」

クラスメイトを送り出した葬式の後だ。自分でも、声に力が入っていないのを感じた。

窓の外に立つグリンダを一瞥(いちべつ)したモネは、本の表紙を確認することなく応えた。いつもと変わらず、いつもの調子で。

「『錬金術師(アルケミスト)の恋』第四巻。前にも見せなかったっけ」

「うそでしょ？　あの時も四巻じゃなかった？　同じ本を繰り返し読んでるの？」

「いや、全六巻のシリーズを繰り返して読んでいるんだ」

「六冊を繰り返して？　そんなに面白いの？」

「うーん……面白いかな。実は三巻がなくてね。五冊を繰り返してる」

「それ面白くないでしょ！　ちゃんと読めてなくない？」

「まあ確かに、二巻で錬成魔法を極めた中年女性のマチルダが、四巻では色魔な美少年に変身していてモヤモヤするね」

「え、錬成魔法を極めたら性別を変えられるの？」

「どうだろうね。陰茎でも錬成したのかな」

「三巻で何があったのよ……。モヤモヤするわ」

「モヤモヤするでしょ」

読書好きなのは構わないが、何度も繰り返し読んだ本を、友人の葬式を欠席してまで読む理由がグリンダにはわからない。グリンダは教室に背を向けて、窓枠に腰をもたせた。

雲一つない秋晴れの空は、どこか寒々しい。遠くには山の稜線が見える。緑に萌えていた山々は、いつの間にか赤や黄色に染まっている。秋風に身体が震えて、グリンダはそっと両腕を擦った。

「どうして来なかったの」

言葉足らずだが、モネはグリンダの言いたいことを察している。読書を再開しながら応える。

「必要を感じなかったから」

「必要でしょ。クラスメイトが亡くなったんだよ？　安らかに送り出してあげたいって、思わないの？」

「別に僕が行かなくとも、彼は安らかに眠っていたでしょ。それとも僕の姿が見えないからって、怒って目を覚ましでもした？」

「冗談を言っているつもり？　ちっとも面白くないわ」

「…………」

「ジュードはあなたと同じ東部出身だよ。彼の代わりに、彼の村や家族を護ってあげてよ」

モネは開いたページに視線を落としながら応える。

「どうして僕が」

「だって、友達だからじゃないっ……」

モネの態度が薄情に感じられて、グリンダは思わず振り返った。

「同じ教室で学んで、同じ志を共にした仲間だからじゃない。私たちがちゃんと彼のことを偲んで、彼の意思を継がなきゃいけないと思うよ。そうして、彼のなれなかった立派な魔法使いに、私たちがなって、それで……」

モネは本から視線を外した。そしてつと、グリンダを見る。

その視線に当てられて、グリンダは言葉を詰まらせた。モネの姿がぼやけて見えて、グリンダは自分が涙ぐんでいることに気づく。慌（あわ）ててモネを背にして向き直り、涙を拭（ぬぐ）った。

「――立派な魔法使いになって、そして彼の代わりに、彼の村を護ってあげるの。そうしてあげるべきじゃない？　そうじゃなきゃ、ジュードの魂が報われないよ」

「以前、君は《エメラルド家》とは戦いたくないって言ってなかった？」

「戦いたくなんかないわ。けどもしも侵略が始まったら、護るために戦わなきゃいけないことはわかってる」

ああ悔しい、とグリンダは思う。こんな当たり前のことを、どうしてわかってくれないのだろう。モネはいつだってマイペースだ。自分こそが正解みたいな涼しい顔をして、これではまるで、感情的になって泣いている自分のほうが間違っているみたいだ。背後でパタン、と本を閉じる音がした。

「魂が報われない……か。魂って、あるの」

背中に問われ、グリンダは足下に目を伏せたまま、頷（うなず）く。

「あるよ、当たり前でしょ？　だって手を叩けば痛いみたいに、心だって傷つけば痛むじゃない。友達が死んだら、苦しいじゃない。泣いたり、笑ったり、苦しんだりするのは、心があるから──ここに魂があるからっていう証拠だよ」

グリンダは自分の胸に手を当てる。

「じゃあその魂をさ、竜は選別しているのかな」

「……どういうこと」

グリンダはまた振り返った。モネは閉じた本の上に、手を重ねていた。

「だって神なる竜がさ、僕たちをどうやって選別しているのか、わからないじゃない？　僕たちには見えないものでも見えているのかなって、思ってね。例えば魂とか」

「……竜は、私たちの魂を見比べて魔法を与えてるっていうの？」

「例えばの話さ。だって、法則が見えない。どうして竜は割礼術を生き残った僕たちの命を二回目で奪う？　一度は僕たちが魔法を使うのを、認めてくれたんじゃないの？」

モネは、右手の甲に刻まれた十字傷をグリンダに見せる。

「どうして僕は認めてもらえたのに、ジュードは認められなかった？　どうして僕は後遺症もなく割礼術を乗り越えられたのに、同じ血が流れるエレオノーラには麻痺が残った？　説明がつかない。法則がわからない。神なる竜はどうやって僕たちを選別しているんだ？　僕はそれが知りたい。だって」

モネの黒い瞳が、グリンダの戸惑う表情を射貫く。

「死亡率がさ、高すぎない？」

「…………」

それはグリンダも——修道教室の生徒の誰もが感じていたことだった。

パルミジャーノからは、魔法使いというのはこうやって育つものだと教えられていた。三回の施術を乗り越えられたら卒業だ。大陸においても、戦場で活躍する魔術師(ウィザード)はすべからく三回もの施術を経て力を得た魔法使いたちなのだと、そう伝えられていた。

だがその門があまりにも狭すぎる。一回目の割礼術を乗り越えて、見事、魔法使いとしての才能を開花させても、二回目、三回目の施術で皆死ぬか、障害を残して教室を去ってしまう。

今までだって誰一人、三回目の割礼術を耐え抜いた生徒はいないのだ。

「もしも竜の気まぐれで選ばれているのなら、やってらんないなって思うんだけど」

「……ダメだよ、モネ。神なる竜を悪く言うのは。これからの割礼術を乗り越えられなくなるよ。信仰心を揺らがせるのは……それだけは絶対にダメ」

神の悪口なんて言うものではない。グリンダは声を潜めたが、モネはどこ吹く風で続けた。

「悪く言っているわけじゃない。ただの疑問。次の割礼術を乗り切りたいからこそ考えるんだ。教えて、グリンダ。優等生の君にもわからない？　どうすれば神に認めてもらえるの。どうすれば神に選ばれるような、綺麗(きれい)な魂のままでいられる？」

「それはもちろん、心を込めて祈れば」

「ジュードは祈っていなかったのかい」

「…………」

清く正しく生きなさい、と先生は言う。信仰心を持ちなさい。神なる竜を敬いなさいと。ジュードはそれに応えられていなかったのだろうか。では私は？　グリンダは自分を省みる。一日の始まりと終わりにはちゃんと祈りを捧げているし、日曜礼拝も欠かさず参加している。だからきっと、自分は次の割礼術にも耐えられる。そう信じている。

だが目の前にいるこの不良娘が二度もの割礼術を生き残り、反対に信心深かったはずのクラスメイトたちが竜に選ばれず、死んでしまったというのもまた事実だ。信仰心が割礼術を生き残る基準となっていないなら、神なる竜はどうやって自分たちを選別しているのか。

「結局、僕たちは神の御心のままに死ぬし、気まぐれで生き残るのかもしれない。叶うならルーシー様に会って尋ねてみたいね。どうしてジュードは死ななきゃいけなかったんですかって」

グリンダはふと気になった。

「……もし私が、先に死んだら」

祈りをサボることもあるモネが生き残り、正しく生きている自分が割礼術を失敗することなんてあり得ない。あり得ないことだけれども……──。

「そしたら泣いてくれる？」

「はは。僕が泣くと思う？」

モネは涼しい顔で応えた。笑ってさえいた。

「クラスメイトが死ねば『残念だな』と思う。日常が少し変わることに、一抹の寂しさもある。けれど涙は出ないよ。その子が死にたくなかったのなら可哀想だと思うけど、死は誰にでも訪れることじゃない？　そんなに悲しいことじゃないでしょ」

「薄情な人」

あの子には人の心がないみたい――エレオノーラの言葉を思い出す。

「ホントに人の心がないみたい……」

するとモネは、きょとんとして目を丸くした。

「……だから竜も僕を取りこぼしたのか？」

グリンダは思わず鼻で笑った。

「選ばれたんじゃなくて、選考すらされてなかったってこと？　笑える」

「それなら信仰心の薄い僕でも、割礼術を乗り越えられた説明がつく」

「薄いとか自分で言わないでよ……」

神様はモネを見ていなかった。それならばきっと、死んだジュードや、麻痺の残ったエレオノーラは、別にモネに劣っていたわけじゃない。ただモネが変わり者すぎて、神なる竜もスルーしていただけだ。そう考えると気が晴れる。そして何より、笑えた。

「神様に無視されるなんて、ある意味無敵かもね」

グリンダがそう言うと、モネは「喜んでいいの、それ」と肩をすくめた。

この頃、いよいよ〈緑のブリキ兵団〉の進軍が開始された。

学校にも、中央部と東部との境町で戦闘が始まったとの知らせが届く。東部の提督ブルーポート卿の命令で〈東部兵団〉が出撃し、羅針盤同盟の兵士として育てられた普通教室の子どもたちが東部へと派遣された。夏の演習でグリンダやモネたちと戦った少年たちも、町を護るために前線へ向かう。

しかし修道教室の子どもたちには、まだ待機が命じられていた。

もう戦えるのに。魔法を使って敵を倒すことができるのに。子どもたちはうずうずしていたが、教壇に立つパルミジャーノは首を横に振った。あなたたちはまだ未熟者です。三回目の割礼術を乗り越えなくては、卒業を認められません——そう言って子どもたちを諭した。

ある時、チキチキが手を挙げて尋ねたことがあった。

「じゃあ先生は？　何回、割礼術をしたの？」

パルミジャーノは四本の指を立てた。「四回」確かにそれは驚異的な数字である。さすがは九使徒だと教室中がザワつき、パルミジャーノは「静かに」と手を叩いたのだった。

6

とある冬の日に、めでたいことがあった。グリンダが二度目の割礼術を耐え抜いたのだ。施術の直後から発熱したグリンダは療養室で寝込んでいたが、四日目の朝に解熱が確認され、自室へと戻されることになった。これをもってグリンダは二回生へと昇格だ。甲にガーゼの宛(あて)がわれた右手には、包帯がぐるぐると巻かれている。

モネとチキチキ、ビビー＝ルーにグリンダを加え、これで二回生は四名となった。ただしビビー＝ルーはグリンダと同じタイミングで三回目の施術を受け、グリンダも眠っていた療養室で今もまだ寝込んだままだ。だからグリンダは、クラスメイトの皆からおめでとうと祝福を受けても、素直に喜べずにいた。

同じ療養室に並べたベッドで、身悶(みもだ)えるビビー＝ルーの姿を目の当たりにしている。苦しそうに呻(うめ)くその声を聞いている。ビビー＝ルーが夜中に目を覚まして涙を流すたび、グリンダは隣のベッドから彼女を励ましていた。

ビビー＝ルーは今でも戦っているのに、自分だけが自室へと戻ってきてしまった。ビビー＝ルーは一人で心細くしていないだろうか。そう考えると、胸が酷(ひど)く締めつけられるのだった。

療養室を出たグリンダではあったが、体調がまだ万全とは言えず、しばらくは授業を欠席して自室で休むことが許された。グリンダが自室へと戻った次の日に、モネはグリンダの部屋を訪れた。

廊下を歩いていても耳の先が凍るような、空気の冷たい昼間だった。

「……やっと来たのね」

グリンダは、ベッドの上で毛布に包まっていた。モネが部屋に入ってきても、そっぽを向いたままだ。身体を起こそうともしない。グリンダのベッドは、見上げるほど大きな出窓に沿って置かれていた。ベッドの上で横になったグリンダは、ガラスの向こうにしんしんと降り続く雪を、じっと見つめているようだった。

グリンダに与えられていた部屋は、元は領主館を訪れたゲストが滞在する豪奢な客室だった。広い部屋にはアンティークのソファーやテーブルが置かれ、きめ細かな模様の施された絨毯が敷かれている。高い天井からはシャンデリアが吊るされていたが、ロウソクは灯されていない。ただ暖炉には薪がくべられていて、暗い室内を柔らかな炎の明かりが照らしていた。

「暖かいね、この部屋は」

モネは羽織っていたローブを脱いだ。部屋へ入ってすぐそばの壁際に、背の高い帽子掛けが置かれている。だがそれよりも、その隣に立つ全裸像のほうに目がいった。肉体美を見せつけるようにポーズを取る若い男性の全裸像だ。

「……ふっ」

こんなものが部屋に置かれていたら落ち着かないだろう。モネは脱いだローブを放って、全裸像の頭に覆い被せた。

「どうして昨日は来てくれなかったの」

療養室を出たのは昨日なのに。みんなはすぐ来てくれたのに。グリンダは言外に恨み節をぶつける。窓からの明かりで、こんもりと膨らんだ毛布は黒い影になっていた。グリンダはじっとしていて動かない。まるでベッドと一体化してしまったかのように。

「おめでとうを言われすぎて、疲れてるかなって思ってさ」

「…………」

割礼術を乗り越えた生徒には、クラスメイトや職員たちから祝福の言葉とお祝いの品が贈られる。それが通例となっていた。モネが横目に見たソファーの上には、その祝いの品が山のように置かれている。ドライフラワーの花束。陶器の人形。果物の入ったバスケット。なめし革のコルセット。テーブルの上には、羽根ペンとインクのセットや、金糸で装丁された厚い本などが置かれていた。

「大量じゃないか。テーブルもソファーも占領されてしまって、まあ」

「……別に、テーブルもソファーも使ってないし」

グリンダはモネを一瞥さえしない。その言葉の端々には険が混じっている。

「あなたと違って私、農家の娘なの。ここにある家具ぜんぶ落ち着かない」

「そう」

モネは突っ立ったまま、グリンダの横たわるベッド越しに正面の出窓を眺めた。音もなく降り続く雪をじっと見つめる。大きすぎる窓枠は、まるで絵画の額縁のようだ。描かれた少女は布団に丸まり、顔を見せようともしないが。

機嫌が悪いなら出直そうかと踵を返したところに、グリンダが身体を起こした。

「それで」

モネに背を向けて上半身だけを起こし、ボサボサの髪を手で整える。気だるげな仕草だった。

「あなたは何もくれないの」

「……適当に花でも摘んであげようかと思ったんだけど」

モネはベッドに一歩足を踏み出したが、その気配を察したグリンダが「近づかないで」と拒絶する。

「急に来るから、何も準備してないの。私、今、とても人に見せられる顔じゃない」

モネは足を止め、改めて言い直した。

「……花でも摘もうかと思ったんだけど、考えてみたら君は生花畑の娘だった。花屋に花を贈るのも野暮かと思ってね。それじゃあ何を贈ればいい？　僕は君の欲しいものを知らない」

「…………」

「だからこうして、訊きに来た」

「……別に、花屋が花をもらってはいけないというルールはないわ」

「よし、では摘んでくるとしよう。この雪の中、咲いている花があるかな」

「やだ、やっぱいらない」

グリンダは身を投げ出すようにベッドに倒れ、うつ伏せになって枕に顔をうずめる。

モネはベッドに近づいた。グリンダの後頭部を見下ろして尋ねる。

「じゃあ何が欲しいの」

「……煙草が吸いたい」

「はは」と、思わずモネは笑った。

「無理を言わないで。エメラルドの嗜好品がここにあるもんか」

「…………」

モネはやれやれ、とため息をついた。今日のグリンダはまるで駄々っ子のようだ。

「何だか不良だな、グリンダ・ポピー。君らしくない」

一応、近づくなと言われているのでベッドに腰掛けることは避け、モネは絨毯の上に座った。ベッドの側面に背をもたれる。

「あなたのせいだわ、モネ」

グリンダはうつ伏せになりながら、枕を強く抱きしめる。

「あなたが言ったの。死亡率、高すぎない？　って。ずっと考えないようにしてたのに。あなたがそんなこと言ったせいで、怖かった。私、死ぬんじゃないかって。ずっと、ずっと」

昨日はうまく笑えていたのに、とグリンダは腹を立たせる。クラスメイトたちが見舞いに来た時は、ずっと笑っていた。疲れを見せず、恐れを見せず、薄く化粧さえして「大したことなかったわ」と微笑んでいられた。

割礼術を施されるのは、おめでたいことなのだ。のみならず、グリンダは耐え抜いた。健闘した。魔力を向上させて、また一歩立派な魔術師に近づいた。こんなにおめでたいことはない。みんなからの祝福と羨望の眼差しを受ける中、「割礼術が怖い」なんて言えるわけがない。「もうやりたくない」なんて、決して言ってはいけないのだ。

「邪念が混ざった！　あなたのせいだ。信仰が揺らいだ。本当に私、耐えられるの？　って。この不安が神なる竜に見透かされたらどうしようって、ずっと怖かった。怖かったんだから」

「…………」

モネは黙ったまま。何も言い返そうとしないので、グリンダは少しだけ身体を起こした。ちゃんと私の話を聞いているのだろうか。無視されてはいないだろうかと。ベッドの脇に座っているモネの、その少年みたいな後頭部を確認し、つぶやく。

「……本当のこと、言ってもいい？」

「言えば」

「私、あなたのことが嫌いだった。出会った時からずっと。ずっと大嫌いだった」

「知ってるんだけど」

モネは、グリンダへと振り返ることなく応える。

「私のポピーって大切な家名を、小バカにした感じで言うところが嫌い。私の意見に口出しばかりして、バカだなあみたいな感じで見てくるところが嫌い。私の言うこと、ちっとも聞いてくれないから嫌い……」

「だから知ってるって」

「でも不思議なんだ」

しんしんと雪の降る音のない空間に、パチッと薪がはぜる。

「私、あなたにだけ、痛いって言える」

「…………」

モネは応えない。それでもグリンダは構わなかった。

「痛いよ。痛いの……」

裂かれた右手の傷は深く、ぐるぐるに巻かれた包帯の下で、今でもまだズキズキと痛む。だが痛がってはいけない。怖がってはいけない。これは竜に認められた印なのだから。否定してはいけない。拒絶してはいけない。わかってはいるけれど。

「つい、考えてしまうの。割礼術に失敗した子たちは、死んでしまった子どもたちは、ちゃんと天国に行けたの？　だって神なる竜に裂かれて死んだよ？　神に否定されて死ぬの。こんなの、怖くないわけある？」

実は割礼術には、死ぬこと以上のリスクがある。それは死に方だ。竜の爪に裂かれて死亡するということはつまり、神と崇める竜に断罪され、殺されるということを意味する。それはルーシー教徒にとって地獄行きに等しい、恥ずべき死だった。

大陸の魔術師たちが、割礼術を重ねたがらない大きな理由がこれだ。割礼術の成功者は竜に認められし者として尊敬される一方で、失敗者は地獄行き。そう信じられているからこそ、すでに魔法を使える者が、あえて施術を重ねることはしない。

ただしパルミジャーノに支配されたオズ島の魔法学校において、その常識は通用しない。三回の施術を終えなければ、卒業できないと教えられているのだから、子どもたちに逃げ場はない。

「本当は、めちゃくちゃ痛かった。いつまで経っても熱が下がらなくて、毎晩悪夢を見たの。地獄に落ちる夢。身体が焼かれてるみたいに熱くて。助けてって叫んでも、誰も来てくれなくて。怖かった。すごく怖かった……！」

巻かれた包帯には血が滲む。その手首を押さえて、グリンダは大粒の涙を流した。

「私……次はきっと、耐えられない」

「………………」

ふとモネが立ち上がる。グリンダは顔を上げ、濡れた瞳でその背中を追い掛ける。

モネが向かったのは、たくさんの贈り物が置かれたテーブルだ。何をするのかと思えば、グリンダに贈られた一冊の書物を手に取った。

「一ページだけ、もらってもいい？」と尋ねる。

「え？　一ページだけ？」

グリンダが応えると、モネは表紙を開いてすぐの何も書かれていないページを、半分だけ千切ってしまった。テーブルの空いたスペースにその紙片を置いて、これまたプレゼントとして置かれていた羽根ペンの先をインクに浸した。そして、さらさらとペンを走らせる。

「何してるの？」

「君へのプレゼントを考えてた。そして今、思いついた」

モネは書いた紙片をひらひらとさせて、インクを乾かす。そしてベッドへと再び近づき、グリンダへと差し出した。

「喜べ、これはだいぶレアだぞ」

「〝何でも言うことを聞く券〟……？　何これ」

紙片を受け取ったグリンダは、書かれた文字を読み上げてからモネを見上げる。

「そのまんまの意味。君はさっき言っていたでしょ。僕が言うことを聞かないから、嫌いだって。ならこの券で一度だけ、君の言うことを聞いてあげる。どう？　素晴らしいプレゼントじゃない？」

喜ぶかと思ったのに、グリンダはぽかんとしてモネを見上げたまま。

「いらないんだけど」

「はあ？　物の価値を知らない女だね。言っておくけど、二度と手に入らない券だよ？　最初で最後のプレゼントだよ？　これには、金貨でだって買えない価値があるのに」

「わかった、わかったから。じゃあこれ使って、今、あなたに言うことを聞かせるわ。頑張って割礼（かつれい）術を乗り越えた私を褒（ほ）めて、祝福して」

「早っ。もう使うの？」

　しかも願い事が簡単すぎて、モネは不服だ。

「そんな願い事はつまらん。返せ」

　モネはグリンダの手から券を引ったくると、テーブルに向かって羽根ペンを握り、券の右下に一本、横棒を書き足した。そうしてグリンダに改めて差し出す。

「はい。三回まで使えるようにしておいた。三回使ったら卒業だよ」

「三回……」

　横棒が一本で一回。この棒と交わるようにしてさらに二本加えれば、三回。まるで三度の割礼術を乗り越えれば卒業できる自分たちのよう。それは何だか愉快だ。

「……あなた、時々子どもっぽいところあるよね」

「うるさいんだけど」

「じゃあもらっとく」

グリンダは素直に受け取ることにした。

モネは早速、彼女の言うことを聞いて祝福を与える。一つ目の願いを叶(かな)えてあげる。

「おめでとう、グリンダ」

「ん。ありがとう、モネ」

赤く腫(は)らした目を細めて、グリンダは笑った。

翌朝、ビビー＝ルーが死んだ。これで二回生はチキチキとモネ、そしてグリンダの三名だけとなった。ただグリンダはビビー＝ルーの死がよほどショックだったのか、その日から自室にこもるようになり、教室へ出てくることは、ほとんどなくなってしまった。

7

魔法学校が開校して二年目の春がきた。見渡す限りの山々を白く染め上げていた雪が解け、今度は一面に緑が萌える。学園内の畑にはまた、赤い花々が咲き始めていた。

この頃、修道教室はこれまでにない祝福ムードに包まれていた。いよいよ三回目の割礼術を乗り越えた生徒が現れたのだ。オズ島の魔法学校における第一号の卒業生は、ドゥエルグ人の娘だった。

「死んでたまるかっちゅうんじゃ……！」

施術後、療養室のベッドで三日三晩熱にうなされていたチキチキは、四日目の朝に見事、死の淵から生還を果たした。起き抜けの朝食に骨つき肉を要求するという、タフな完全復活っぷりを披露して、クラスメイトたちや職員たち、そしてパルミジャーノまでもを驚かせた。

おめでとうと方々から祝福を受け、卒業の証である証書をパルミジャーノから受け取った。その右手の甲には、三本の傷がある。チキチキは晴れて〝修道女〟から〝魔術師〟へと昇格したのだ。

学校を卒業したチキチキは、これからの活躍の場を戦場に移し、〈緑のブリキ兵団〉を相手に熾烈な戦いを繰り広げる――はずだった。チキチキ本人もそう思っていたのに……下された命令はこれまでと変わらず、待機であった。

チキチキは暇を持て余していた。授業への出席義務はなくなったので、気ままに出向いては魔法を披露することもあったが、基本的にチキチキは座学が嫌いだ。授業はつまらない。だから敷地内をぶらぶら歩いて暇を潰していたのだが、散歩などすぐに飽きてしまった。そこで話し相手として見つけたのが、冬から引きこもり中のグリンダだった。

チキチキは、グリンダの部屋に顔を出すようになった。

またグリンダの部屋には、時々モネも訪れた。エレオノーラの車椅子を押して、一緒に部屋を訪れることもあった。エレオノーラは、グリンダを元気づけるために、部屋で飼っていたシャム猫をよく連れていった。猫は癒やしだ。シャム猫を胸に抱きしめると、グリンダはいつも上機嫌になった。

二度目の割礼術を受けてから、ずっと体調を崩しているグリンダは、一日のほとんどをベッドの上で過ごしていた。モネが一ページ破り取った本を読んだり、編み物をしたり、窓の外をぼんやりと眺めて過ごしていた。

麻痺が残っているわけではないが、精神的負荷のために身体が重く、礼拝室に向かうことができなくなってしまったグリンダのために、パルミジャーノは小さな肖像画を用意した。竜の子ルーシーの描かれたミニ絵画だ。それが置かれた壁際のドレッサーは、さながら簡易的な祭壇のよう。グリンダは朝と夕方の二度、毎日欠かさずこのミニ絵画に祈りを捧げている。

――死を恐れ、痛みを恐れ、足が竦んで動けない、愚かな私をお赦しください。

毎朝、毎夕、罪悪感に苛まれながら赦しを請う。これはもう日課となってしまっている。

塞ぎ込む日々も多かったが、友人の訪れた日のグリンダは元気だ。そんな時には自然と笑えるようにもなっていた。豪奢な部屋に飾られた筋肉男の全裸像には、チキチキとモネ、そしてエレオノーラのローブが乱雑に掛けられている。

「何かよう、おかしくないか……?」

ソファーに座ったチキチキは、難しい顔をしていた。せっかく魔術師になれたというのに、どうして待機していなくてはならないのか。グリンダの部屋を訪れるたびに、同じようなグチをグリンダに聞かせる。

「《パープルロック家》の領主さんからも、何の要請もないの？　夏の演習の時なんか、あなたの活躍をあんなに大喜びしていたのに」

グリンダはベッドの上からチキチキに尋ねた。寝巻きを着たままではあるが、出窓の明かりを受けて顔色はいい。同じベッドの毛布の上では、エレオノーラの連れてきたシャム猫が背中を丸めて眠っていた。

グリンダは、両手で包み込むようにして、湯気の立つティーカップを握っている。エレオノーラがポットに入れて持ってきて、暖炉の火で温め直した生姜湯だ。チキチキもソファーで生姜湯入りのカップを傾け、ほうっと息をついていた。

「そうなんよ。うちが魔術師になったって情報は、北にも届いとるはずなんじゃが……先生が言うには、魔法の出番はまだなんじゃと。まあ北はまだ侵略を受けてないから、うちの魔法を必要としてないのかも……」

ソファーに深く腰掛けたチキチキは、寂しそうに言う。

モネはテーブルを前にして立っていて、自分の分の生姜湯をティーカップに注いでいる。

車椅子のエレオノーラは、ソファーのそばだ。

「魔術師の存在を、できるだけ《エメラルド家》に隠しておきたいんじゃないかしら？　今はまだチキチキ一人だけだから……もっとたくさんの卒業生が出た時点で、魔法部隊を作ろうとしている、とか？」

「暇じゃあ！　お前ら、いつになったら三回生になるんじゃ。早よせい」

ずずず、とチキチキは乱暴に生姜湯を飲む。

「ちゅうか、お前はもう行くんじゃろ？　戦場に」

生姜湯を飲み干してから、チキチキはエレオノーラに尋ねた。

「提督補佐になるんじゃろ？　うらやましいのう。うらやまし」

「そんなうらやむポジションじゃないわ。父のそばで、お手伝いをするだけで」

エレオノーラに対する割礼術は、止められていた。夏の演習で訪れたブルーポート卿が娘の惨状を目の当たりにして、激怒したのだ。父からは再三戻って来いと言われていたが、エレオノーラはその命令を、のらりくらりとかわし続けていた。しかし《エメラルド家》との戦闘が始まり、いよいよ拒否をし続けるのも難しくなって、この春のうちに東部へと帰らなくてはならなくなった。

ならばとエレオノーラはモネも連れて帰ろうとしたが、《ブルーポート家》からの帰宅許可が下りなかった。エレオノーラには帰ってこいと言うのに、モネには帰ってくるなと言う。やはり扱いが違うのだ。結局、一人で帰らなくてはならなくなった。

「わたくしの魔法は戦闘向きじゃないし、この足じゃあ戦場で何ができるかもわからない。父には意見も通じないし……わたくしはただ、父のそばに座ってニコニコしてるだけのお飾りだわ」

「戦場に出られるんならいいじゃないか。割礼術も一回しかやってないのに。いんちきめ」

「こら、チキチキ。そんなこと言っちゃダメだよ」

グリンダがベッドの上から注意する。口うるさいリーダー気質は健在だ。

「ごめんなさい、グリンダ。みんな頑張ってるのに、わたくしだけ学校を離れるなんて……」

エレオノーラは申し訳なさそうに目を伏せた。湯気の立つティーカップに視線を落とす。

グリンダは首を横に振った。

「ううん、エレオノーラが気にすることじゃないよ。戦場でも頑張って！　応援してるから」

「モネ、おかわりをくれ」

チキチキは、テーブルのそばに立っているモネに腕を伸ばした。モネはテーブルに置かれたポットを持ち上げ、差し出されたティーカップに生姜湯を注ぐ。とぽぽっと飛沫が撥ねるのも気にせず、豪快に。

「言っとくけど利尿作用がすごいからね、これ」

「え？　おしっこ？　構うもんかいっ」

ずずず、とチキチキはカップを傾ける。ほうっとまた息をついて、つぶやいた。

「ったく、うちはいつになったら戦場に出られるんじゃ……」

モネはティーカップを手に部屋を歩いた。正面に見たのはドレッサーだ。竜の子ルーシーが描かれたミニ絵画を、肖像の面を下にしてパタンと倒す。何となく、これからする話を神の子に聞かせたくなかったからだ。

「……先生はさ、もしかして僕たちを戦場に送り出すつもりがないのかもしれない」

「え？」

グリンダとエレオノーラは顔を上げ、チキチキは「はあ？」と眉根を寄せた。

「セーラム・ウィナーの魔法について先生が話してた時、何だか変だなって思ったんだ」

当時、クラスで最年少だったセーラムの魔法は透明化だった。纏う魔力を透明なものに変質させる魔法だ。肉眼では姿を捉えられないものの、魔力を察知されてしまうセーラムに、先生はこうアドバイスしたのだ。視覚的だけでなく、感覚的にも透明化できるよう頑張ってください——と。

「肉眼で見えなくなるだけなら、僕たち魔法使い相手には、魔法の使用が悟られてしまうから。でもそれっておかしくない？　僕たちの敵は〈緑のブリキ兵団〉でしょ。魔法使いじゃない」

「……確かに。相手はただの人間なんじゃから、肉眼で見えなくなりゃ充分じゃ。つまり先生は元々《エメラルド家》と戦うつもりなんてなかったっちゅうことか？」

「…………」

一同は押し黙った。ベッドの上のシャム猫だけが、のんきに大口開けてあくびする。

「……考えすぎよ、モネ」

　エレオノーラが沈黙を破る。先生を疑うなんて恐ろしいことだ。

「先生は教師だから、あらゆる可能性を示しただけじゃない？　魔法使いを相手にすることも想定して、魔法の質を高めておくのはいいことでしょう？」

「……いや」と続いたのはチキチキだ。

「案外モネの言うとおりかもしれん。先生はうちを戦場に出すどころか、王国アメリアに連れて行こうとしよったんじゃ」

「え？　そうなの」と、グリンダが聞き返す。

「おうよ。本場の魔術師たちとの交流が勉強になるとか何とか言ってな。じゃが島では《エメラルド家》が暴れ回ってるってのに、そんなことしとる場合じゃないじゃろ？　もちろん断ったがの」

　チキチキはぽつりと付け加えた。

「まったく何を考えとるんじゃ、あの人は……」

　グリンダはその答えを求めてモネを見る。

「……先生が私たちを戦場に出すつもりがないっていうのなら、それじゃあ一体何のために魔法を教えてくれたの？　この学校は何のために……」

「それは……わからないけれど」

　モネは首を振った。確かめるにはパルミジャーノに直接尋ねてみるしかない。

持っていたティーカップに口をつける。生姜湯はぬるくなってしまっていた。

翌日、モネは領主館の廊下でパルミジャーノとすれ違った。教室として使われている一階ではなく、生徒たちが使う個別の部屋が並ぶ二階で彼と遭遇するのは珍しいことだった。

「こんばんは、モネ」

「こんばんは、先生」

パルミジャーノはいつだって鳥の仮面を被っている。だからその表情はわからない。この魔術師が何を考えているのか、まったく読めない。モネがついじっと仮面を見つめていたからか、パルミジャーノはすれ違いざまに足を止めた。

「私の顔に何か付いていますか？」

「いいえ」

モネは努めて笑みを浮かべた。仮面の目元を覆う黒いガラス部分には、モネの微笑が映り込むばかりで、やはり先生の顔を窺い知ることはできないのだった。

日は傾き、廊下には茜色の光が差していた。敷かれた絨毯の上には、十字に交差する窓枠の濃い影が落ちている。二人の他に人気はない。静かな空間だった。

「グリンダの部屋へ行くのですか」

「はい。エレオノーラが生姜水を持っていってと言うから」

モネが腕に抱くガラスのポットの中には、切り分けられた生姜の塊が沈んでいる。生姜湯を気に入ったグリンダのために、エレオノーラが漬けたものだ。

「じきに日が沈みます。あまり遅くならないように」

「はい、もちろん」

モネは会釈してパルミジャーノと別れた。

しばらく歩いてから、振り返る。足音もなく去っていく先生の後ろ姿を見送る。全身をローブで覆い隠しているため、その体格もわからない。先生はまるで、実体のない影のようだ。

「…………」

その姿が廊下を折れ曲がり見えなくなってから、モネはグリンダの部屋に急いだ。

「グリンダ、生姜水を持ってきたよ」

日はほとんど落ちてしまい、グリンダの部屋は薄暗い。しかし吊るされたシャンデリアに、やはり火は灯(とも)されていなかった。

暖炉(だんろ)の火は燻(くすぶ)っており、ほとんど消えかけていた。テーブルや壁際のドレッサーには燭台(しょくだい)が置かれているが、小さな炎は部屋全体を照らすには頼りない。主な光源はベッドの奥にある大きな出窓だ。窓の形に切り取られた夜空が、暗がりの中に浮かんでいる。

「寒くないの？」

部屋に入ったモネは尋ねた。

「暖炉の火も消えてるじゃん。これじゃあ生姜水を温められない」

「…………」

ベッドの上に、髪が寝癖でボサボサの人影が腰掛けている。グリンダは相変わらず寝巻きのまま、モネの立つ部屋の出入り口に向かって、ベッドの端から素足を投げ出して座っていた。

窓からの淡い月明かりが、グリンダの輪郭を照らしている。乱れた金色の毛髪が、まるで発光しているかのように輝いていた。しかしうつむいたその表情は、影で黒く塗り潰されていて見えない。泣いているのか、笑っているのか。

「…………」

モネは部屋を歩き、テーブルの上にガラスのポットを置いた。

「廊下で先生とすれ違ったよ。もしかして、ここに来てた？」

「……うん。面談を受けた。私は信仰心が強いから、きっと大丈夫だって言われた。毎日祈りを捧げているから。その祈りは、きっと神なる竜に届いているから、大丈夫だって」

「割礼術（かつれい）の面談？」

「うん」

三度目の施術だ。これを乗り越えればグリンダは学校を卒業することになる。しかしグリンダが二度目の施術を受けたのは、冬のこと。春を迎え、雪が解けてまだ間もないのにもう三度目の施術が行われるというのは、早すぎるように感じた。対してモネは二度目の施術を受けてから、一年以上も間が空いているというのに。

「どうして引きこもり中の君なんだろうね？　僕のほうが健康で体力もあるのに」

「体力があっても、信仰心がないからでしょ。ちゃんとお祈り続けてるの？」

「ぐうの音も出ないね！」

「胸を張って言わないの」

割礼術を受けるための面談は、本来ならパルミジャーノの職務室に生徒が一人ずつ呼ばれて行われる。今回は動けないグリンダのために、わざわざパルミジャーノ自ら部屋を訪れていた。まるで三回目の施術を積極的にやりたがっているかのようだ。

もしかしてパルミジャーノは、チキチキの三回生昇格に弾みをつけたいのかもしれない。早く次の卒業生を出して、自分の実績を証明したいのかもしれない。今や残っている二回生は、モネとグリンダの二人だけ。選ばれたのはグリンダだった。

息を呑む気配があって、グリンダは膝の上に置いていたブランケットを肩に羽織って立ち上がった。

「いよいよ私も卒業して立派な魔術師になれるわ」

「バカだな、グリンダ・ポピー。次はきっと死ぬ」

「やめてよ、信じられない。この学校でそんなこと言うの、あなただけだよ」

グリンダは暖炉に向かって歩いた。モネはその横顔を一瞥する。悲観している様子はない。むしろ普段よりも明るく、声は跳ねていた。ただしその顔色は引きこもりすぎて、不健康に青白かったが。

グリンダは暖炉を覗き込み、火かき棒で焦げ残った薪を転がした。「あー……燻っちゃってる」とつぶやく。その背中にモネは尋ねる。

「断らなかったの？」

「断れると思うの？」

グリンダは壁際から焚きつけ用の木片をいくつか手に取り、暖炉を前にして屈み込んだ。木片を暖炉の中へと放る。モネの顔を見ようとはしない。作業の手を止めない後ろ姿には、この話題を避けようとするような意思さえ感じられる。

修道教室の子どもたちの中に、先生の言葉を突っぱねられる者などいない。ましてやグリンダは優等生だ。先生をはじめ職員たちに期待を掛けられたクラスのリーダーだ。断れるはずがない。モネは息をついた。それから、ずっと考えていたことを口にする。

「……逃げてしまえば？」

「……逃げられるわけないでしょ」

グリンダは木片を放る手を止めた。

「逃げられるよ。夜のうちなら、体力がなくてもこっそりと部屋を抜け出せる。東部か南部の港に行って、船に紛れて大陸にでも渡れば、誰も追っては来られないでしょ」

「そういうことじゃない」

グリンダはやはり、振り返ることなく応えた。

「私が逃げてしまったら……誰がこの島を護るの？　チキチキ一人だけに任せられないわ」

「どうだってよくない？　そんなの。この島の平和とか、君が背負う必要ある？」

「あるよ、だって島には家族がいるもん。故郷がある。私だけが逃げていいわけない」

「じゃあ割礼術を乗り越えられる自信はあるの？　前は怖いとかと言っていたくせに」

「それはっ……」

グリンダは言葉を飲み込んだ。その後ろ姿を見下ろしながら、モネは続けた。

「本当は死ぬのが怖いくせに。今すぐにでも逃げ出したいくせに」

「怖くなんかっ……怖いのは、少しだけ。それよりも卒業できる喜びのほうが大きいわ」

「嘘だね。二回目の施術を受けた時から、君はずっと死を間近に感じている。ジュードも死んだ。ビビー＝ルーも死んだ。その現実を直視したくないんだ。だからこんなところに引きこもって、教室にも現れない。友人が欠けて変わってしまった学園生活を見たくないんだろう」

「…………」

「どんなに強がっていても、本当の君は臆病で弱い」

「……だから、ちゃんと祈りは捧げてるわ。毎日、毎日」

つぶやいた後に、屈んだまま少しだけ振り返って、話題を変えるように言う。

「そんなことよりロウソクを取って。火種にするから」

モネは、言われたとおりに壁際のドレッサーへと近づいた。そこに置かれた竜の子ルーシーの肖像画は、燭台に灯るロウソクの火に照らされている。

「……祈りを捧げてる？　〝臆病で弱いけど、命だけは助けてください〟って？　まるで命乞いだな。神は引きこもりの声も聞いてくださるのだろうか」

「……わかんないけど」

「これは死んだね。さようなら、グリンダ」

「さよならって言うな」

モネはロウソクの灯る燭台を手に取って、グリンダの背後に立った。

振り返ったグリンダは、「ありがと」と言ってモネから燭台を受け取った。そして改めて暖炉の前に屈み、着火用に縒った紙薪の先に火をつける。

「……ここだけの話、してもいい？」

「どうせするんでしょう、君は。ダメだって言っても」

「ポピー家は大家族なの。裕福とは言えなかったから、子どもたち総出で働かされるの。モットーは『働かざる者、食うべからず』……頑張って働けば働いただけ、ご飯が増えるんだよ」

「前も聞いたんだけど」

「じゃあ、私が七人きょうだいの何番目か知ってる？」

「それは聞いてない。偉そうだから長女？」

「違う、末っ子。家ではいつも甘えん坊のお荷物扱いだったから、学校ではちゃんとしなきゃって、頑張ってた。兄や姉たちの真似をして。ここでは私もしっかりしなきゃって」

「末っ子が無理して背伸びしてたってこと？」

「そうだね。でもその甲斐はあったでしょ。私の頑張りを、先生も、神なる竜も見てくださっていたわ。だからここまで割礼術を乗り越えられたんだと思う」

「真面目か」

「真面目だよ」

グリンダは先端に火のついた紙薪を、暖炉の中へ放った。

「だって、働かない者には、ご飯が出ないから」

ぽつりとつぶやく。ロウソクを立てた燭台を手に、屈んだまま暖炉の火を見つめながら。

『働かざる者、食うべからず』

それはつまり、働かない者には食べる権利がないということ。

ポピー家では、農作業をサボったり、手抜きしたりした者の食卓には、食事が並ばない。その子の前にだけ、ご飯が用意されない。仕事を頑張らない悪い子など、うちには必要ないとばかりに、父や母はその子だけを無視した。両親がそうするのだから、きょうだいたちもまた同じようにその子を扱う。まるで初めからその子が存在しないかのように、見ない振りをする。

幼いグリンダにとって、それはどれほどの恐怖であったか。ひもじいと声を上げて訴えても、ごめんなさいと謝罪をしても、その声は届かない。働かない者の姿は、家族の目に映らない。

一方でよく働いた子どもの前には、多くの食材が並んだ。「もう食べられないわ」とスプーンを置けば、これ見よがしに母は「残すのはもったいないから、納屋に繋いだ犬たちにあげなさい」と言う。

それを見た幼いグリンダが、「だったら私が食べる」と泣きじゃくって叫んでも無駄だ。

母はスープやパンを犬たちの鼻先にぶちまけながら、「あなたは働いていないでしょ」と問い掛ける。「番犬みたいに吠えることができる？」「牛みたいに乳が出せるの？」

「何も頑張っていないあなたが、ここにいる意味は何？　自分で考えなさい――」

「〝あなたには何ができるの？〟……――ママに言われた言葉が、ずっと頭に残ってる」

紙薪の火は、焚きつけ用の木片へと延焼した。グリンダは炎を見つめている。

「だから私は頑張るよ。弱くても、臆病でも。だってそうやって生きてきたんだから」

「だからもう心配ご無用」とグリンダは立ち上がった――と、運動不足のせいか頭から血の気が引くような感覚に襲われ、ふらりとよろける。

モネが慌てて手を差し出し、グリンダの腕を取って肩を支えた。グリンダの手からこぼれ落ちた燭台が、ガシャンと絨毯に転がる。ロウソクの火は、その拍子にかき消えた。

「自分に嘘をつくってのが、君の生き方？」

「……」

気丈に振る舞ってはいても、グリンダの右手はわずかに震えていた。モネは彼女の右手の甲に、十字の形で刻まれた二本の深い傷を見る。その視線に気づいたグリンダは、震えを隠すようにして、もう一方の手で右手を覆った。

「……じゃあさ、他の誰かのせいにすれば？」

モネはグリンダの肩を支えながら言った。

「君は頑張った。真面目に生きて、二度の割礼術も乗り越えて、これから三度目の施術に挑もうしている。でもさ、無理やりここから連れ出されちゃったら、仕方なくない？　どう頑張っても、施術は受けられない」

「連れ出す？　一体誰が私を連れ出すの？」

「さあね。けど君はそれを誰かに命じることのできる〝券〟を持っているはずだよね」

二度目の施術を乗り越えた時に貰った〝何でも言うことを聞く券〟のことだ。まだ一回しか使っていないので、あと二回分残っている。

モネはグリンダの手を引いて、ベッドへと連れていく。

ベッドの元の位置へと座らされたグリンダは、モネを見上げた。

「……そしたらあなたも一緒に学校を出ることになるわ」

「そうだね。でも元々、僕に帰る家はない。エレオノーラが東部へ帰ってからも、この学校で、ただ施術の順番が回ってくるのを待つだけだ。魔術師(ウィザード)になりたいわけでもないのに」

「……そうなの？」

「そうだよ。僕はエレオノーラが魔法使いになりたいって言うから、付き添いで連れて来られただけ。運良く二人とも修道女(シスター)になれたけど、そのエレオノーラが帰るって言うんだから、僕がここにいる意味はもうない。ところが帰る許可が下りない。嫌われたものだね」

「…………」

ベッドに座るグリンダの正面に、モネはじっと立っている。グリンダはうつむいたまま、黙ってしまった。窓から差す月明かりが、グリンダのブロンドを青白く照らしている。

「訊いてもいい？　君が頑張るのは、誰かに褒(ほ)めてもらいたいから？」

「……答えたくない」

だがそれは答えを言っているようなものだ。頑張れば頑張るほど、自分に価値が生まれる。グリンダは幼い頃にそう学んだ。だから頑張っている。いつの間にか誰かのためではなく、人に認めてもらうために頑張っている。

「魔術師を目指すのも、そのため？」

「わかんない。でも本当は、戦争なんてどうでもいい」

「はは。本音が聞けたね」

痛いのは嫌だ。戦場になんて出たくない。けれど島の平和のために頑張る私を、きっと誰かが愛してくれる——グリンダはそれを知っている。だから正義のために戦う、振りをする。

グリンダはうつむいたまま、目の前に立つモネの腹部に額を当てた。

「……わかってる。自分の浅ましさに、気づいている。でも他の生き方を知らないんだもん」

私は、私だけのために頑張っている。それを神なる竜に見透かされたくないがために、毎日懸命に祈っている。この行為がまた浅ましい。こんな自分勝手な理由で魔術師になりたがるのを、きっと竜は認めてくれない。だから施術が怖いのだ。この自分の浅ましさが、竜にバレてやしないかと。

「……失望した?」

「失望も何も、そもそも期待していないし」

モネはグリンダの頭に手を置いた。乱れた金髪をそっと撫でつける。

「だから別にいいんじゃない? 君は〝頑張る人〟のまま、施術を受ける気満々でいなよ。僕が連れ出してしまうから」

「……あなたのせいにしてもいいの」

「いいよ、全部僕のせいにして。一人ぼっちが嫌ならさ——」

モネは囁くように言う。グリンダが何を頑張ってでも欲しかった言葉を。

「僕が一緒にいてあげてもいいよ」

グリンダは固く目を閉じた。そして「モネ」とそっと名前を呼んで、二つ目の願い事をつぶやいた。

「私をここから連れ出して」

「うん、わかった」

グリンダは喜びを噛みしめると同時に、自分のあざとさを自覚して自己嫌悪に陥る。心のどこかでモネならきっと、一緒に逃げようと言ってくれるんじゃないかと思っていた。ふらついた自分を、抱き留めてくれると思っていた。

――だって、あなたも一人ぼっちに見えたから。

夏の演習の時に見たモネの姿を思い返す。実の父であるブルーポート卿に頬をはたかれ、悔しそうにしていたモネの顔を。普通教室の少年に八つ当たりする、モネの表情を。

「……ごめんなさい、モネ。私はあざとい」

「いいんじゃない。人間らしくて」

「……人間、嫌いなくせに」

グリンダはモネの背中に腕を回し、細い身体を抱きしめた。柔らかな体温を頬に感じた。

8

――チャラ。チャララ……。

鎖を引きずる音を聞いて、パルミジャーノは顔を上げた。

その部屋は、アルコールランプと暖炉（だんろ）の灯りに照らされていた。他の職員たちが働く職務室とは違って、パルミジャーノ個人のために用意された部屋だ。このプライベートな空間においてのみ、パルミジャーノはローブと革の手袋を脱いで、鳥の仮面を外して過ごす。

鎖の音を聞いたのは、割礼術（かつれい）で得られた膨大なデータを、一冊の本にまとめていた時だった。

執務机の上には、書字板（ディプテイク）や魔術書など、いくつもの資料が乱雑に積み重なっている。大切なものばかりであるにもかかわらず、同じ机の上にはアルコールランプの火が揺れている。

机の上には陶器のポットも置かれており、中にはオレンジピールとシナモンをまぶしたぶどう酒が入っていた。温かなぶどう酒の注がれたカップは湯気を立たせ、芳醇な香りを部屋に漂わせている。

夜の静けさに満ちた至福の時間だ。そんな静寂を鎖の音が打ち破る。

――チャラリ、チャラチャラ……。

パルミジャーノは握っていた羽根ペンを、ペン置きに戻した。

暖炉のそばには檻（おり）があり、中でデザートドラゴンの子どもが腹ばいになって眠っている。このドラゴンの足首にも、鎖と枷（かせ）が付いている。術者にしか見えない魔法の鎖だ。拘束（こうそく）した相手が自分から一定の距離を取ろうとした場合にのみ、チャラリと擦（す）れて警告音を鳴らす。

今、耳にした鎖の音は二本だ。仔竜と繋げた鎖ではない。

パルミジャーノは立ち上がり、カーテンを少し捲った。

夜空には半分に欠けた月が浮かんでいて、窓から見える赤い花畑を煌々と照らしている。

窓際に立ったまま、手首を返す。そして手の中に二本の鎖を浮かび上がらせた。チャララ、チャラと鎖は擦れて音を発する。手の中から伸びた鎖は、窓ガラスを貫通して、花畑の方向へと続いていた。

「…………」

修道教室の子どもたちが、割礼術を前に臆して学園から逃げ出すという事態はこれまでも何度か発生している。その度にパルミジャーノは子どもたちを捕え、秘密裏に処理してきた。割礼術の失敗作として処分してきたのだ。しかし今回は訳が違う。

――二回生か……。

たった二人しかいない二回生が、学校の敷地内から出ようとしている。

――ここで捨てるのは、あまりに惜しい。

どうしたものかと考えながら踵を返し、パルミジャーノは仮面を手に取った。

グリンダが面談を受けたその夜のうちに、二人は学校を抜け出そうと決めた。

グリンダへの施術は数日のうちに行われるだろう。逃げるなら早いほうがいい。エレオノーラやクラスの皆に別れを告げる間もなく、二人は静まり返った領主館を出る。グリンダは角張った旅行カバンに、服や下着などをギチギチに詰め込んで手に提げていたが、モネには持っていきたいほどの大切な荷物がない。

代わりに、馬屋へ忍び込んだ際に見つけた長棒を一本、護身用に持っていくことにした。普通教室の生徒たちが、槍術を学ぶときに使う棒だ。もしも守衛や野犬などと戦うことになったら、これが役に立つかもしれない。

盗み出した馬の手綱はモネが引いて、その後ろにグリンダが跨がる。荷物は馬の尻にくくりつけていた。

静かな夜だ。モネは蹄の音が辺りに響いてしまわないよう、舗装された石畳の上を避けて馬を走らせた。グリンダはモネの背中にしがみつきながら、その手にアルコールランプを灯したランタンを提げている。

柔らかな灯火が、カランカランと馬の動きに合わせて揺れ動いていた。

まずは学校の敷地内を抜ける。それから山道を一晩中走らせれば、夜が明ける頃には東部の《ブルーポート家》領内へと出られるはずだ。東部には、大陸とも交流の盛んな港がある。大きいものから小さなものまで、何隻もの貿易船が常に停まっている。そのどれかに忍び込むことができれば、明日のうちにオズ島から離れることも不可能ではない。

ランタンを用意しているとはいえ、夜の道は暗い。だが幸いにも月が出ていた。

モネは敷地の外に向かって馬を走らせる。やがて花畑へと差し掛かった。モネとエレオノーラが、よく散歩で訪れていた花畑だ。小さな赤い花々が、月の光を喜ぶように花弁を夜空に広げていた。

辺り一面が真っ赤に染まる花畑のあぜ道を、一頭の馬が駆け抜けていく。

早く、一刻も早く学園の敷地内を抜けたい。モネははやる気持ちを抑え、馬の背を挟む脚に力を込める。その時だった。くんっと突如、左の足首を引かれた。グリンダも同じく何かに引っ張られたようで、二人揃って あぜ道に落馬する。

「きゃあっ！」

グリンダの悲鳴が夜空に響いた。モネの落馬によって馬は手綱を大きく引かれ、高々といななく。その拍子に、馬の尻にくくりつけていた旅行カバンが開き、グリンダの服や下着がぶちまけられる。

モネはあぜ道の上で身体を起こした。すぐ隣ではグリンダが落馬の痛みに呻き、身体を丸めている。転がるランタンのそばで、左の足首を擦っていた。

「何……？　一体何が……」

モネは戸惑った。理解が及ばない。なぜ今、自分たちは足首を引かれて落馬したのか。

「ケガは……？」とグリンダの左脚に目を遣れば、その足首にうっすらと半透明な枷が掛かっていることに気づいた。そしてその足枷からは、同じように半透明の鎖が伸びている。

「……？」

モネは鎖を掴(つか)み取った。不思議なことに認識すると、鎖の存在感がどんどんと濃くなっていく。実体を帯び、質量を増して重くなっていく。チャラ……——っと、鎖は擦(す)れて音を鳴らした。それはサビだらけの鉄の鎖だった。

「……これ〝創造(クリエイション)〟された錬金物だ」

「……残念です。グリンダ、モネ」

聞こえた声に、モネはハッとして立ち上がる。

赤い花畑の中に、人影が立っていた。夜の闇に溶け込むような黒いローブを着て、黒いくちばしのある鳥の仮面を被(かぶ)っている。パルミジャーノは身体(からだ)の前に両手を重ね、物静かに立っていた。

「先生は悲しく思います。あなたたち二人は、優秀だったのに」

「……グリンダは、でしょ。先生」

モネはパルミジャーノを見据(す)えながら、固唾(かたず)を呑(の)んだ。

「僕は別に、優秀じゃない」

緊張で身体が強張る。それでも会話を続けながら、モネは状況の把握に努めた。

パルミジャーノとの距離はある。脚力を魔法で強化すれば走って逃げられるか……？　脳裏に過(よぎ)った作戦を、モネはすぐに打ち消した。自分たちに使えるような強化魔法を、パルミジャーノが使えないわけがない。

守衛や野犬が相手なら、まだ何とかなった。だが先生が相手となると状況は最悪だ。魔法で攻略できる相手ではない。自分一人でさえ危ういのに、引きこもり生活で体力の衰えたグリンダが、パルミジャーノを相手に走って逃げ切れるわけがない。

「いいえ、モネ。先生はあなたも評価していましたよ。二度も竜に選ばれたその力を、どうか過小評価しないでください。あなたは素晴らしい魔法使いです。だから枷を付けていたのです」

パルミジャーノは片方の手のひらを返す。その手の中には、サビ付いた二本の鎖が握られている。

「大切に育てた生徒に、逃げられてしまっては悲しいですから」

その手の中から垂れた鎖の先は、花畑の中に隠れていて見えない。ただ見下ろしたモネの足首にもまた、グリンダと同じようなサビだらけの鉄枷が嵌められていて、その枷に繋がる鎖はパルミジャーノの立っている方向へ伸びているのだった。

パルミジャーノの固有魔法だ。先生は生徒たち一人一人の足首に鉄枷を嵌めて、その動向を管理していたのだ。魔法の枷を一体いつ嵌められたのか。授業の時か、割礼術の時か。いずれにせよ魔法を掛けられていたことに、子どもたちは誰一人気づいていなかった。

「そんなことできるの……?」

「魔力の気配を消すとは、こういうことを言うのです」

かつてパルミジャーノは、透明化の魔法を使うセーラム・ウィナーに、魔力の気配を消すようにとアドバイスした。魔法の使用形跡を隠すというのは、魔法使いにとって大切な応用技術だ。

モネは、あぜ道にへたり込んだままのグリンダを横目に見る。その表情は青ざめていて、見開いた瞳は虚空を見つめている。ほとんどパニック状態だ。胸に手を添えて、荒く乱れた呼吸を懸命に整えようとしていた。

「……グリンダ、君は隠れていて」

声を掛けると、グリンダはモネへと視線を合わせた。

「……嫌、私も」

「ダメだ。体力のない今の君は、最高に足手まといだよ」

相手は九使徒だ。自分たちの教師だ。二人がかりでさえ倒せるとは思えない。だがグリンダを庇（かば）いながら逃げるのは、もっと難しい。

モネは足下に転がる長棒を見つける。馬の尻にくくりつけてあったものが、落馬の衝撃で落ちたのだ。持ってきておいて正解だった。これで少しは、時間を稼げる。

「とにかくここから逃げて。鉄枷（かせ）で繋（つな）がれてるから……どこまで行けるかわからないけど、馬に乗って行けるとこまで行って。逃げられるところまで逃げて。後で僕も合流するから」

あぜ道の先に馬がいる。お利口なことに、落馬してしまった騎手を待っているのか。しかしグリンダは首を横に振った。

「嫌だってば。あなたを置いてはいけないよ」

「グリンダ。僕はほとんどのことを自分一人でこなせるから、人に頼み事をしない。その僕が、この言葉を使う程度にはテンパっているんだ。〝頼むから〟……立って、走って」

モネはグリンダの手首を取って、引っ張り起こした。

「行けって。早くっ！」

モネに急き立てられたグリンダは、前につんのめるようにして走り出した。モネを背にし、あぜ道を馬のいる方向に向かって。

「これ以上、先生を困らせないでください。グリンダ」

パルミジャーノは、駆けるグリンダへとくちばしを向ける。

直後に足を踏み込んで、腕を振り上げ、振り下ろした。握っていた鎖をしならせたのだ。パルミジャーノの立つ位置からあぜ道に向かって、鎖は赤い花びらを散らしながら、うねうねと縦にウェーブしてグリンダへと迫る。

モネは長棒を踏んで足の裏で転がし、つま先に乗せて蹴り上げた。棒をキャッチすると同時に花畑へと足を踏み入れる。

まるで跳ねる大蛇のように、走るグリンダの後ろ姿へと迫る鎖のたわみ。モネはたわみの進行方向へと先回りし、グリンダとパルミジャーノの軌道上に割って入る。たわみがグリンダへと届く前に、長棒を鎖へと振り下ろした。

グリンダに迫っていた鎖のたわみが、長棒にせき止められて消失する。

「モネっ！」

グリンダが振り返って叫ぶ。だがモネはパルミジャーノを見据（す）えたまま。

「走って。時間を稼ぐから」

長棒を構え直し、花畑を駆けてパルミジャーノへと肉薄する。自分の技術や経験が、九使徒であるパルミジャーノに劣っているのは明白だ。だが、グリンダが逃げる時間くらいは稼ぎたい。

駆けるモネは、全身に黒い魔力を纏（まと）わせた。ずず……とにじみ出した〝生気を吸い取る魔力〟を、モネは長棒の先に集中させる。技名はまだない……——が、突けば生気を吸い取る一撃だ。さすがのパルミジャーノも触りたくはないはず。

「ふむ……」

モネの予想どおり、伸ばした棒の先端をパルミジャーノは避けた。

モネは棒を横に薙（な）いで二撃目、三撃目を繰り出す。パルミジャーノは錬金型の魔術師（ウィザード）だ。武器に効果を〝付与（エンチャント）〟させたり、武器そのものを〝創造（クリエイション）〟したりするその魔法スタイルは、前線で戦うよりも、後方でのバックアップに向いている。つまり接近戦は苦手であるはず——少なくともモネはそう学んだ。この目の前にいる先生から。

「当たれっ」

モネの手数は多い。だがその攻撃はかすりもしない。突きも、袈裟斬りも、足払いも、パルミジャーノはそのすべてを紙一重でかわしながら後退していく。モネの棒に弾かれてちぎれた赤い花びらが、周囲に舞い上がっていた。

仮面を目がけて振り下ろされた棒の先端を、パルミジャーノは両手に握った鎖を張って受け止める。ビィイン、とサビだらけの鎖がたわみ、二人の動きが一瞬だけ止まる。

「はあ、はあ……」

連撃でモネは息を切らしている。汗を掻いたその顔が、間近に見た仮面のガラスに映っていた。これだけ近くから覗いてみても、パルミジャーノの表情はわからない。この、息を切らして繰り出した連撃が、どれほどの効果があったのかもわからない。

パルミジャーノはゆっくりと小首をかしげた。

「……んん。あなたたち二人には、特別授業が必要なようですね」

一方であぜ道のグリンダは、馬の足下に倒れるようにしてしゃがみ込んだ。

「足手まといですって？　バカにしてっ……！」

花畑で死角になって、パルミジャーノの位置からは見えない低さだ。

身を屈めたグリンダは、自分の左足首に嵌められた鉄枷を改めてよく見る。サビだらけの鉄枷(かせ)には、同じ素材の鎖が付いている。一流の錬金術師(アルケミスト)によって〝創造(クリエイション)〟された錬金物は、実物と見まがうほどのクオリティーを誇るらしい。グリンダの足首に嵌(は)められた鉄枷は、今まで視認できていなかったのが嘘のように重く、そして固い。どれだけ叩いてみても、本物の鉄枷のようにびくともしない。

「そもそもこの鎖があるのに、どこに逃げればいいっての……！」

ただ、その鎖は今、手に取って触ることができる。ならば自分の魔法が通用するかもしれない。グリンダは靴を脱いだ。そして精神を落ち着けて、白い魔力を全身に纏(まと)う。試してみたいことがあった。

グリンダの固有魔法〝幸せに触れて(タッチ・ザ・ベール)〟は、全身をベールのような柔らかな魔力で包み込み、外部からの衝撃を逃がすというものだ。攻撃を受けつけない防御特化の魔法。

以前、グリンダはチキチキと魔法戦の演習を行った際に、チキチキのゴーレムに両手首を強く摑(つか)まれたことがあった。両腕を拘束(こうそく)された状態で万事休すかと思われたが、グリンダはこのピンチを、摑まれた両手首に魔力を集中させることで脱した。手首とゴーレムの手の間に、柔らかなベールを発生させたのだ。

グリンダはまさにあの時のように、左足首に魔力を集中させた。ふわりと柔らかな白いベールで、足首から踵を包み込む。その状態で鉄枷を踵に押しつけると……。

――抜ける。外せる。

踵と鉄枷の接地面がベールで滑り、すっぽりと抜けた。

「やった……！　逃げられるっ」

鉄枷は外れた。後は一目散に逃げるだけだ。いくら先生でも、馬で駆ければ追いつくことは難しいはずだ。グリンダは馬のそばに立ち上がった。花畑ではまだモネが長棒を振るい、パルミジャーノの目を引いている。チャンスである。

グリンダのそばに立つ馬は、その尻に開ききって空になった旅行カバンをぶら下げていた。グリンダは振り返った。あぜ道に点々と、カバンの中に収納されていたものがぶちまけられている。

落ちていた水筒に目を留める。あれには、ランタンに火を灯すための灯油が入っている。夜の山道を行くために用意したものだ。そして水筒の向こう――グリンダが落馬した辺りには、ランタンが落ちていた。幸いにもまだ火は灯っている。

――あれが欲しいわ。

グリンダはパルミジャーノに見つからないよう、身を屈めてあぜ道を駆け戻った。

「……なるほど、ベールか」

グリンダが鎖の拘束を逃れたことに、パルミジャーノはすぐに気がついた。そして彼女の固有魔法と照らし合わせ、拘束を逃れた方法をも察した。逃げられてしまったのならば、すぐにまた捕らえなくてはならない。思考しながらモネの長棒を避ける。

「くっ……何で当たんないの」

モネは苛立っていた。パルミジャーノは仮面を被っているのだから、その分、視界は狭いはずだ。くちばしの陰から振り上げた棒は土を抉り、赤い花を散らす。なのに、その先端はパルミジャーノに当たらない。死角からの攻撃をたやすくかわされてしまう。なぜだ。

——もしかして、肉眼で見ているわけじゃない……?

そう思い当たる。肉眼ではなく、棒の先に纏った魔力の気配を感じ取って避けているのかもしれない。ならばとモネは、棒に纏わせた魔力を掻き消した。ただの突きを放つ——と、パルミジャーノは身をよじってその突きをかわす。

「正解です」

短く言ってパルミジャーノは、突かれた棒の先端を握った。

伸ばした棒を固定されて、モネは怯む。しまった、魔力を消したから摑まれたのだ——と、慌てて魔力を棒に纏わせるが、その直前。棒にまとわりつくようにして、チャラ……っと棒を摑んだパルミジャーノの手の中から、一本の鎖が伸びてきた。

モネは反射的に棒を手放した。だが後ろには退かない。

逆に足を前に踏み込んで、その足を軸足にして反転。パルミジャーノのくちばしに裏拳を放つ——がパシン、とその拳はパルミジャーノの立てた手のひらに防御される。革手袋がぎゅっとその拳を握り込んだ。

「退くのではなく、前へ。その勇気は見事」

パルミジャーノは、もう一方の手のほうで摑んでいた長棒を手放した。

「しかし、浅はか」

そして握り込んだモネの腕を引き落としながら、体勢を崩した身体に膝蹴りを見舞う。

「ぐっ……かっ」

その膝は、的確にモネの肝臓を打ち抜いた。あまりの痛みに呼吸が止まる。

モネは、戦闘で踏み潰された花々の上に両膝をついた。意識が遠のきかけたが、耐えきった。

この痛みを憎しみに変える。そして憎しみを魔力に変える。打たれた内臓を押さえながら、膝立ちの状態でモネはパルミジャーノを睨み上げる。

ずずず……とモネの全身を黒い魔力が纏う。

すると周りに咲いていた赤い花々が、モネの魔力に生気を吸われ、花弁にしわを寄せ始めた。花びらがハラハラと悲しげに散り、茎は折れ曲がって次々と頭を垂れていく。

モネを中心に萎れていく花々を見て、パルミジャーノは感嘆の声を上げた。

「……おお、美しい。何と禍々しい魔力でしょう」

と、その魔力に見とれていたパルミジャーノは、背後に迫る気配を感じて振り返った。

その瞬間に掛けられた液体を、反射的にローブを持ち上げて防ぐ。この臭いは――。

「……灯油」

避ける間もなく、ランタンが投げつけられた。灯油で濡れたローブが大きく燃え上がり、熱気が広がる。辺りは瞬間的に明るくなる。

「ぁあっ……」

パルミジャーノは背中を丸め、身体を振って身悶えた。

「モネっ！」

ランタンを投げつけたグリンダは、燃え上がるパルミジャーノを避けて回り込み、へたり込んだモネの肩を擦った。モネはまだ内臓の痛みに耐え、深く息を吸っている。

グリンダはモネの足枷を確認した。左足の靴を脱がし、モネの足首を白い魔力で包み込む。自身の纏う魔力を、人に移すのはこれが初めての試みだった。ベールを足首と鉄枷との間に滑らせて、鉄枷を踵に押しつける。

「何を、してるの。グリンダ」

「黙って。今、枷を外すから」

そうしてするりと、枷は外れた。モネは驚き、自身の足首を擦る。

「どうやって……？」

「ふふ、これでも私は足手まとい？」

すまし顔で胸を張るグリンダ。直後に火の粉を散らして悶えるパルミジャーノが目に入り、慌てててモネを抱き寄せた。

パルミジャーノは花畑に倒れた。逃げるなら、今しかない。

「立って、モネ。一緒に逃げるよ」

モネを抱き起こし、馬の待つあぜ道へと走る。


半月が音もなく闇夜を溶かす。月明かりの差す赤い花畑を、グリンダは馬を繰って駆けていく。手綱を握るグリンダは、あぶみで強く馬の腹を蹴った。一刻も早く、学校を出たい。パルミジャーノから距離を取りたい。モネは、腹部へのダメージがまだ効いているのか、あるいは魔力を使いすぎたのか、ぐったりとしてグリンダの背にしがみついていた。

——モネはもう戦えない。今度は私が護らなきゃ……。

グリンダはその体温を背中に感じている。モネがいなければ、恐怖で身体が強張ってしまっていたかもしれない。モネを護らなくてはならない、その使命感がグリンダを駆り立てる。

向かう先のあぜ道の脇に、一本の樫の木が枝葉を広げて立っていた。

花畑の終わりに立つ樫の木だ。あの木を越えて駆けていけば、間もなく森の中へと入る。あの木を越えれば学園の外へ出られる——ゴールを目前にしてグリンダは表情を綻ばせる。ほっと緊張を解いた、その次の瞬間。

——チャラッ……。

グリンダは、鎖の擦れる音を聞いた。そして馬上から影を見た。猛スピードで後方に流れる、あぜ道の上だ。大きく羽根を広げたその影は、まるで怪鳥のよう。ジャラジャラと揺れる数本のチェーンは鳥の尾羽のように見えた。頭上にいる。飛び跳ねてきている——。

その影がグリンダの駆る馬の尻に着地して、驚いた馬はいななきを上げた。熱でただれたくちばしに、焼け焦げた黒いローブ。おどろおどろしい姿にはなっていても、その黒い影の正体はやはり、灯油をかけて燃やしたはずのパルミジャーノである。

「先生を燃やすなんて。いけない子ですね、グリンダ」

「っ……！」

パルミジャーノは馬の尻に膝を曲げたまま、モネの首に鎖を巻きつけた。手綱を握るグリンダに、迎撃する余裕はない。「ぐっ」と呻くモネの声を背中に聞く。

馬はそのまま花畑を駆け抜けて、樫の木のそばを通り過ぎる。瞬間、パルミジャーノは馬上から高々とジャンプした。次に着地したのは、樫の木の枝だ。太い枝の上に屈んだパルミジャーノは、ぶらりと垂らした手の先に鎖を垂らし、モネの身体を吊るしていた。

モネがさらわれてしまった——グリンダは咄嗟に手綱を引き、馬を立ち止まらせる。鞍の上から飛び降りて樫の木に駆け寄ろうとするが、凄惨な光景を目の当たりにして、思わず足を止めた。

「モネっ……！」

枝の上から垂れた鎖は、モネの首に絡まっている。モネは首を吊った状態で足をばたつかせ、苦しそうにもがいているのだった。ただ、それほど高い位置に吊られているわけではない。地上から手を伸ばせば届く高さだ。モネを下ろすべく駆け寄ろうとするグリンダ――が。

パルミジャーノが枝の上からジャンプして、降下してくる。これにより鎖で繋がるモネの身体が、枝を滑車のようにして吊り上げられていく。もうグリンダの手の届く高さではない。

「ぐあっ……！」

モネが苦しそうに大口を開ける。グリンダは悲鳴を上げる。

「モネ！　やめて、先生。モネを殺さないでっ！」

「もちろん、殺したくはありません。彼女は私の優秀な生徒ですから。しかしそれもあなた次第。あなたが逃げずに戻って来てくれるなら、過剰にこの子を苦しませずに済むのですが」

「戻るわ！　だからモネを離してっ！　今すぐに」

「いいえ、信じられません」

パルミジャーノは一方の手で鎖を握ったまま、もう一方の手を胸に当てる。

「先生はクラスで一番の優等生に燃やされたのですよ？　身体以上に、心が傷つきました。一度壊れた関係は、そう簡単に修復することはできません。私はもうあなたを信用できない」

「じゃあどうしたらいいの！」

その間にも、首を吊るされたモネはもがき苦しんでいる。足の動きが弱まっていく。

「神なる竜に誓ってください。もう決して逃げはしないと」

「逃げないわ！　学校に戻って割礼術を受ける。誓う。これでいい？」

「いいえ。あなたは、私の何ですか？」

「何？　生徒……？」

パルミジャーノは思わぬ問い掛けをした。何かと問われても、パルミジャーノとグリンダの関係は先生と生徒だ。それ以外の回答は思い浮かばない。だが――。

「違う」

パルミジャーノは鎖を手離さない。グリンダは当てずっぽうで言葉を並べる。

「弟子？　信者？　手駒……？」

どれも違う。パルミジャーノは動かない。

「何なの？　魔法の原石？　素材？　材料……？」

ただ〝材料〟という言葉に顔を上げ、わずかな反応を見せた。

「……実験、材料？」

鎖を握る手を緩める。するするっと、吊るされたモネの高度が少しだけ下がる。

グリンダは愕然とした。正解だ。改めて宣言する。

「……私は、実験体です」

パルミジャーノは修道教室の子どもたちを、生徒ではなく実験体として見ていたのだ。では魔法習得に励んだあの日々は何だったのか。子どもたちが命を懸けて取り組んだ割礼術とは何だったのか。裏切られたのはグリンダのほうだ。立派な魔法使いになりたい——その願いを利用された。あまりの悔しさに涙が滲む。私たちは、騙されていた——。

「……先生の実験にこの身を捧げます。だから、もう、モネを離してよっ……」

「まあいいでしょう」

その答えに満足したのか、パルミジャーノは頷いた。いつもと変わらない優しい声で。

「これにて、特別授業を終わります」

鎖を摑んでいた手を離す。シャラシャラッと木の枝に掛かっていた鎖が滑って、モネは地面へと落下した。

9

モネが目を覚ましたのは、翌日の午後になってからだった。

見慣れない天井と薬品のにおい。身体を起こして周りを見渡す。広い部屋に簡易的なベッドが並んでいて、壁際やサイドテーブルの上など、いたるところにロウソクが灯っている。そこは療養室だった。モネはいくつも並んだベッドのうちの一つに寝かされていた。他に眠っている者はなく、辺りは静かだ。

窓の外を見れば、空は鉛のような灰色の雲に覆われている。薄暗くて時間がよくわからない。窓はガタガタと風に震えていて、肌寒い。モネは生地の薄い病衣を着ていた。

どうしてここにいるんだっけ、と思い返す。身体が重く、頭に靄が掛かったかのように思考はおぼろげで、眠たい。ズキンと内臓が痛んで、モネはお腹に手を当てた。

──そうだ。グリンダと逃げようとして、先生に見つかって。

シーツから足を出す。モネは裸足だった。そしてその左足首には、サビだらけの鉄枷が嵌められていた。枷から伸びた鎖は療養室の床を這い、途中で見えなくなっている。

「…………」

──グリンダの背中にしがみついて、馬で駆けて……それから。

パルミジャーノが追ってきた。そして気がつくと吊るされていた。とても、苦しくて──。

廊下に人の気配を感じて、モネは顔を上げた。両開きの扉は開けっぱなしで、廊下が見通せた。燭台を手にした子どもたちが何人か、足早に横切っていく。修道教室の知った顔だ。笑っている者は一人もおらず、皆心配そうな顔をしていた。

「うなされてるんだって」「可哀想に」「大丈夫よきっと、グリンダさんなら」

口々に交わされる会話を聞いて、モネは眉根を寄せた。

「……グリンダ？」

グリンダは自室のベッドに横たわっていた。修道教室のクラスメイトたちが、心配そうにベッドのそばに集まっている。前列には車椅子のエレオノーラがいて、苦しそうに喘ぐグリンダの頭を撫でていた。

「グリンダ、しっかりして。きっと乗り越えられるから……」

「うっ……ううっ……」

人垣を割ってモネが現れる。エレオノーラが振り返った。

「あ、モネ。どこへ行ってたの、あなた」

「グリンダに何があったの」

モネは逆に尋ねた。ベッドに眠るグリンダを見る。

グリンダは堅く目をつぶり、熱にうなされていた。頬は赤く上気しており、びっしょりと寝汗を掻いている。このような状態に陥った級友を何度も見てきた。割礼術による発熱だ。モネは、グリンダの腹部に置かれた右手を見た。その手の甲には、血の滲んだガーゼが宛がわれていた。

「三回目の割礼術が行われたみたいなの」

エレオノーラがモネに応える。

「けど、こんなにも突然施術が行われるなんて初めてじゃない？　いつの間に先生と面談したのかしら」

「昨日だ。先生はわざわざこの部屋にまで来て、グリンダと面談したんだ」

「まあ、そうなの？」

モネはそっとグリンダの手を取り、ガーゼを剝がした。白く美しいその手の甲には、二度の割礼術によって刻まれた十字傷がある。そこに交差して三本目の赤い傷が——滑らかな皮膚を破ってじゅくじゅくとした、真新しい裂傷が加えられていた。

「…………」

「どけどけえい！　水じゃ、水とタオルを持ってきたぞ」

部屋に入ってきたのはチキチキだ。腕まくりしたその両手に木桶を抱いていて、ベッドの脇にそれを置いた。水を絞ったリネンのタオルで、グリンダの首筋や額の汗を拭う。

「はあ、はあ……」

「苦しいよな、わかるぞ。頑張れグリンダ。これを乗り越えたらお前も立派な三回生じゃ」

チキチキは、荒い呼吸を繰り返すグリンダの手を握り締める。

「絶対に死ぬなよ？　一緒に戦場に立つぞ。うちらが島の平和を護るんじゃ」

モネは、グリンダの苦しそうな寝顔を見下ろしていた。毛布の足下部分を捲り上げ、グリンダの左足首を確認する。そこには昨日外したはずの、鉄の足枷がされていた。

「エレオノーラ。これ、見える？」

尋ねるとエレオノーラは、「何が？」と聞き返した。彼女たちには、パルミジャーノの施した魔法の鉄枷が見えていないらしい。一度認識しなければ、見えないものなのかもしれない。

「……ううん。見えないならいい」

グリンダに、三回目の割礼術が施されてしまった。この学校から連れ出すと言ったのに。モネは、グリンダ、グリンダの願いを叶えることができなかった。

「……実験体か」

首を吊られながら聞いた、グリンダと先生の会話を思い返す。そうだ、自分たち生徒はパルミジャーノの実験体。先生にとって、子どもたちが死のうが生きようが関係ないのだろう。施術のデータが取れればいい。グリンダは、パルミジャーノの実験材料にされたのだ。

モネは踵を返した。

「どこへ行くの、モネ」

振り返ったエレオノーラに応える。

「先生のところ。僕も施術を受けてくる」

「え……？」

驚いたクラスメイトたちへ一瞥をくれることもなく、モネは部屋を出て行った。

デザートドラゴンの目尻の下には、小さな穴が空いている。

灼熱の砂漠に生息するこの竜は、砂の中に潜る際、鼻の穴に蓋をする。砂粒が鼻の中に入らないようにするためだとか、砂の熱から鼻腔を護るためだとか、その理由には諸説あるが、ともかくそうして鼻を塞いでいる間、竜は目の下にある小さな噴気孔から息をするのだ。

この噴気孔は、仔竜が外敵に遭遇した際にも使用された。デザートドラゴンの仔竜は興奮すると、牙を剝いてこの穴から「キシュッ、キシュッ」と独特な音を鳴らす。実はこの鳴き音は相手を威嚇しているのではなく、母親を呼んでいるものだという説がある。音を聞いて母親が飛んでくる――それを察知した相手は慌てて逃げ出す。結果的に外敵を追い払うことができる、という寸法だ。大人になった竜には、ほとんど天敵がいない。だからこの鳴き声を聞けるのは、仔竜の時のみである。

またデザートドラゴンには、もう一つの特徴があった。カラフルな襟だ。

普段は首周りに萎ませているこの襟は、鳴き声を上げても外敵が逃げようとしない場合に使用された。まるでつぼみが満開の花を咲かせるように、竜は首の周りにバッと大きな襟を立てる。萎んでいる時には身体と同じ砂色の襟が、立てた時には赤や緑や、オレンジに色づく。襟を立てると同時に竜は大口を開けて、耳をつんざく高音で鳴いた。

「キッシャアアッ、ララララララッ……！」

この襟は大人になってからも、竜同士でメスを取り合う際や、求愛のポーズとして立てられることがある。大人の竜が襟を立てる姿は迫力があって神々しく、この上なく縁起がいいものとされているが、滅多に見られない貴重な姿であるため、そのカラフルな襟の柄を見ることのできた者は、その先四年間、幸運が続くと言われている。

パルミジャーノは割礼術の際、興奮したデザートドラゴンの仔竜が襟を広げないよう、その首に腕を巻きつけて固定した。口には開かないよう枷がされてはいるが、目尻の下の噴気孔からは母親を呼ぶ鳴き声が漏れる。

「キシュッ……！　キシュッ！」

竜の頭を腕に抱きながら、パルミジャーノはその手を摑む。湾曲した竜の爪で、差し出されたモネの右手に傷をつけていく。ゆっくりと、丁寧に。竜のマナをその傷口から注入していく。もう数千回もの施術経験があるため、手慣れたものである。

すでに二本の十字傷が残るモネの手の甲に、三本目の裂傷が加えられていく。ジリ、ジリと古傷と交差して裂かれていく傷口から、真っ赤な血が滲んで溢れる。モネはその痛みに表情を歪めるが、それでも黙って裂かれた傷口を見つめていた。

「キシュ、キシュッ！」

仔竜は鳴き続けている。ここはパルミジャーノの職務室である。

モネは、自分もグリンダと共に卒業したいからと、パルミジャーノに施術を頼み込んだのだ。始めは拒否された。それは面談をしていないからでも、モネの信仰心の問題からでもなかった。モネに対する施術は、エレオノーラに止められていたのだ。

そもそも一度目の施術で足に麻痺の残ったエレオノーラには、それ以降の施術がストップされている。ブルーポート卿の子女であるエレオノーラに、これ以上の傷を負わせてはならないという、《ブルーポート家》からのお達しだ。

一方でモネには施術の禁止が言い渡されていたわけではなかったが、自分だけが危険な施術を避けて優遇されるのを嫌がったエレオノーラが、モネへの施術も禁じていたのだった。

「……道理で、施術が行われないわけだ」

モネが二度目の施術を受け、二回生になってから一年以上も経つ。その間に多くのクラスメイトたちが施術を受けては脱落し、チキチキなどはモネを追い越して三回生となった。どうして自分には施術の番が回ってこないのか——信仰心が足りないのを先生に見透かされていたのかと思ったが、何のことはない、先生を含む職員たちが《ブルーポート家》という大口スポンサーの力に屈していただけだった。

エレオノーラには自分から伝える、だから今すぐ割礼術を行ってくれと頼むと、パルミジャーノは喜んでその準備を始めた。パルミジャーノにとって、施術のデータが増えるのは嬉しいことだった。それもモネは、今や二人しかいない二回生だ。施術をしたくて堪らなかったはずだ。

「あなたはきっと成功しますよ。私はそう確信しています」

モネの手の甲を仔竜の爪で裂きながら、パルミジャーノはそう言った。

「どうして」

モネは視線を上げて、鳥の仮面を間近に見た。ストックがあったのか、昨日燃えたはずの仮面は、同じデザインのまったく新しいものに変わっていた。

「魔力には色があります。人それぞれ、固有の色が。ほら、見えますか？　マナを注ぎ込まれ、傷口から立ち昇るあなたの魔力の色が。集中して見てみてください」

言われて手元に視線を落とすが、モネにはわからない。痛々しく裂かれた傷口からは、赤い血が滲むだけだ。集中しろと言われても、痛みでそれどころではない。

「あなたの魔力は漆黒です。孤高で、攻撃的で、何者にも染まらない芯の強さがあります。なかなかいませんよ、このような美しい色を持つ子どもは」

「……へえ。でも先生はさ、僕たちを戦場へ出すつもりはなかったんでしょ」

「………………」

「なのにどうして僕たちに魔法を教えたの」

赤い花畑で首を吊られ、意識が遠のいていく中、モネはパルミジャーノとグリンダの会話を聞いている。その内容を覚えている。子どもたちが恩師と慕うこの先生が、グリンダに自分を〝実験体〟だと言わせたのを。

「先生にとって、僕たちはただの実験体だったのに」

「……と、言うよりも作品です。昨日は彼女に、作品と言って欲しかった」

「作品？」

傷を裂き終わり、パルミジャーノはモネの手の甲から竜の爪を離した。

モネはふうっと息をつく。解放された仔竜が「キシュッ」と鳴いて、テーブルの上にジャンプした。一見して自由に見えるが、目を凝らすと仔竜の足首には鉄枷が嵌められていて、錆びた鎖がパルミジャーノへと繋がっているのだった。

「察しのとおり。私がこの学校に来た理由は、とある研究を行うためです。テーマは〝どうすれば犠牲を最小限に抑えて、魔術師を生み出せるか〟また〝意図的に魔力を向上させる効率的な方法は何か〟」

「意図的に……」

「そう意図的に」

パルミジャーノは立ち上がり、それから薪のくべられた暖炉の前に屈んだ。火かき棒で取り寄せたのは、石の蒸し器だ。蓋を開けると湯気が立つ。パルミジャーノはその中から、リネンのタオルを取り出して広げた。タオルにはカモミールやミントなど、薬草のエキスが染み込ませてあって、部屋にいい香りが漂う。

「実は、王国アメリアにある本来の魔法学校において、割礼術は行われていません」

モネたちにとっては衝撃的な事実を、パルミジャーノはさらりと述べる。

「……割礼術は、嘘なの？」

「割礼術自体は、あります。ただし、これは秘術としてこっそりと行われるものです。魔力の才能を持たぬ者が、竜に是非を問う方法として。そしてすでに魔法を使える魔術師が、更なる魔力の向上を求めて。私も探究心に駆られた魔術師の一人です」

立ち上がったパルミジャーノはモネを向いて、右手の甲を立ててみせた。革手袋を嵌めているため傷は見えない。だが生徒の質問に答える形で「四回」と、パルミジャーノが述べた施術回数をモネは覚えている。

「魔法学校とは本来、魔法使いになりたい者が通うものではなく、魔法の資質を見いだされた者が通うものです。神なる竜に選ばれし者がね。しかしこれが非常に少ない。王国アメリアでは常に魔術師不足に悩まされています。そこで我々教育者はこう考えました。魔法の素質が生まれるのを待つのではなく、能動的に働きかけて生み出すことはできないか。つまり、割礼術を一般化できないものか」

パルミジャーノはまた、モネの前に戻ってきた。椅子に着席し、モネに手を差し出すよう促す。素直に差し出された傷のついた右手を、蒸したタオルで包み込む。

タオルの生地が傷口に触れて、モネは顔をしかめる。だが温かなタオルに手を包み込まれると心地よく、痛みが緩和するようにも感じられる。これは施術の後に毎度行われるケアである。

パルミジャーノはリネンのタオル越しに、モネの右手を優しく揉みながら続ける。

「とはいえ割礼術には危険が伴います。これを一般化して運用するには、最低限の安全性を確保するためのマニュアルが必要でした。施術の成功率の高い日時は？　傷の深さと生存率の関係は？　施術を重ねることによって得られる魔力値は？　何より神なる竜はいかにして、魔法使いになるべき子どもを選択しているのか——知るべき事は山ほどありましたが、割礼術を秘術と位置づける我々には、圧倒的に経験値が足りません」

「…………」

パルミジャーノの指先が傷口に触れて、モネは痛みに眉根を寄せる。息が乱れる。身体が熱い。だがまだ席は立たない。ぼんやりとした頭で、先生の言葉に耳を傾ける。

「また魔法使いを意図して生み出そうというこの研究は、神なる竜の領域に足を踏み入れる冒涜だとして、同じ魔術師たちからも敬遠されてしまいました。理不尽なものです。私は彼らのためにこそ、割礼術を解明しようとしていたのに」

「だからこの学校なんだ。ルーシー教圏外だから」

「そのとおり」

理不尽なのは一体どちらか。つまりオズ島に設けられた魔法学校は、大量施術による影響を見るための実験施設だったのだ。ここは王国アメリアとは離れた海の孤島にあって情報が入らず、大陸の魔術師たちの目に触れることもない。

また有事の絶えない国であるため、兵士を育てるという名目で、実験体となる子どもたちを集めやすい環境にあった。〝どうすれば犠牲を最小限に抑えて、魔術師を生み出せるか〟——

その解答を得るために、オズ島の多くの子どもたちが犠牲となったのだ。

「……でもここはルーシー教圏外なんだからさ、みんなあまり竜を信仰してないんじゃない？　割礼術のデータを取るにしては、条件が違うと思うんだけど」

「だから子どもたちを集めさせたのです。宗教も魔法も、教育を施すなら幼いほうがいい」

マッサージを終え、パルミジャーノは席を立った。

「それに実のところを言えば、私は施術を受ける者の信仰心をそれほど重視しておりません」

「……そうなの」

モネは黒いローブの後ろ姿を見上げる。

「ええ」

応えたパルミジャーノは少しだけ振り返り、くちばしの前に人差し指を立てた。

「私自身、それほど竜を信仰してはおりませんから」

「……はは。それが一番の衝撃発言かも」

モネは発熱で顔を赤くしながらも、引きつった笑みを浮かべた。ルーシー教の最高幹部であるはずの九使徒が言っていい言葉ではないだろう。ただ考えてもみれば、教会に隠れて魔法学校を作ってしまうくらいなのだから、その時点で不信心極まりない魔術師であった。

パルミジャーノは壁際に置かれたラックへと向かう。途中でモネの血に濡れたリネンのタオルを、ぽいとゴミ箱へ投げ捨てた。話を再開させる。

「どの薬が、どの症状に効くのか。どの施術が無意味で、どの食材が毒なのか。私たちは経験がないと何も知り得ません。知るには大いなる犠牲が必要なのです」

パルミジャーノはわざわざ振り返り、胸に手を添えた。

「この心臓がどのようにして動いているのか、切り裂いて中を覗（のぞ）いて見なければ――取り出してこの手に持ってみなければ、わからない。心臓の持ち主は死んだとしても、そうやって得られた知識は多くの病人を救います。そうして人間は進歩してきました」

ラックからティーカップを一つ取り出したパルミジャーノは、自身の執務机の上へと向かう。散らかった机上に置かれたティーポットを持ち上げる。ティーカップに注がれたぶどう酒はまだ温かい。

「進歩とは犠牲が伴うものだと、先生は思います」

パルミジャーノはぶどう酒を注いだティーカップを、モネへと差し出した。

「私は今回、多くの犠牲の上に一つの完成を見ました。それが、あなたたちです」

「……僕たち？」

肩で息をするモネは、差し出されたティーカップを素直に受け取った。

「〝どうして僕たちに魔法を教えたの〟――その答えは、あなたたちがただの実験体ではなく、私にとって大切な作品でもあるからです」

「…………」

モネはカップを手に持ったまま、パルミジャーノの仮面を見上げる。モネの前髪は、汗ばむ額に張りついている。呼吸が荒い。身体が熱い。なのに悪寒に身が震える。

パルミジャーノは、発熱したモネの顔をじっと見下ろしている。

「さあ飲んで。温まります」

「ハァ、ハァ……」

モネは言われるがままにぶどう酒へと口をつけた。柔らかな甘さにほうっと息をつく。

「施術直後に倒れてしまう子も多いのに、あなたはよく耐えている。さすがは二回生といったところでしょうか」

またもパルミジャーノは、モネの正面に座った。モネの手からティーカップを奪い、それを脇のテーブルへ置くと、傷ついたモネの右手を取って自身の手のひらの上に置く。

「……あなたは、私の最高傑作になるかもしれない」

そしてその右手を包み込むようにして、もう一方の手を重ねる。

「……モネ、私が憎いですか？」

薪がはぜる。暖炉の炎が、パルミジャーノの黒いレンズで揺れている。

肩で息をするモネは応えない。意識が朦朧としているのか、ふらふらと頭を揺らしていて、手を離せば椅子から転げ落ちてしまいそうだ。パルミジャーノはその手をぎゅっと握り締めた。モネは痛みに顔をしかめた。

「応えてください。私が憎いですか？」

「……どうかな」

モネは薄く目を開いた状態でパルミジャーノを見返す。その肩や腕からじわり、じわりと黒い魔力が立ち昇っているのを、パルミジャーノは見逃さない。

「モネ、意識を手放さないで。どうか私を憎んでください。昨夜の花畑での特別授業において確信しました。あなたの魔力は、どうやら憎しみや恨みがその動力源となっているようだ。だから憎んでください。強く、強く、強く――」

パルミジャーノはまるで催眠術にでも掛けるかのように、ささやく。

今にも眠ってしまいそうなモネの顔に、くちばしを近づける。

「気を確かに、モネ。あなたを立派な魔術師（ウィザード）に仕上げるためなら、先生は何でもして差し上げましょう。憎んでください。強く、強く。ここで眠れば、あなたの大切なものを壊しますよ。モネ、あなたのウィークポイントはどこですか？」

「……ハァ、ハァ」

「生まれ育った故郷……《ブルーポート家》でしょうか。もしくは妹のエレオノーラか。あるいは共に学校から逃げようとするほど仲のいい……グリンダか」

「ハァ……」

モネが全身に纏（まと）う黒い魔力が、ふわりと揺れる。パルミジャーノはモネの右手を覆っていた手をどかした。つい先ほど裂いた傷口から、濛々と黒い魔力が立ち昇っている。

「……素晴らしい。そのまま意識を保って。一つ、アドバイスをしましょう」

パルミジャーノは握ったモネの手のひらを、上に向けてひっくり返した。

「あなたの今の魔法の型は、魔力を全身に纏わせる変質魔法です。これはすべての魔法の基礎となる型。身体に纏わせた魔力を体内に込めれば強化魔法となり、この魔力を何か〝アトリビュート〟に込めて精霊を発生させるなら、操作魔法となる――」

精神に作用させれば浸食魔法。魔力を糧にして魔獣などを召喚するのなら召喚魔法だ。

「そして魔力を粘土のように捏ね、アイテムを生み出すのが錬成魔法です。これほどの濃い魔力を持つあなたなら、きっと素晴らしいアイテムを〝創造〟できる。さあ、全身に纏う魔力をここに……――」

と、パルミジャーノは手のひらを上に向けたモネの右手を、下から包み込むようにして、握り締める。竜に裂かれた傷口からが血が溢れ、パルミジャーノの革手袋を濡らす。

「ああっ……くあっ……」

モネは痛みに歯を食いしばる。パルミジャーノは構わず、その苦悶に満ちた表情を黒いレンズに映す。開かれたモネの手のひらを、人差し指で突く。

「ここにっ……魔力を集中させて。今、全身で最も痛みを感じるところに……！」

モネは先生の言葉に従う。目を固く閉じて、痛みを探す。そしてこの痛みを与えるパルミジヤーノを憎む。ずずず……とモネの纏う魔力が右腕へと移動していく。

「キシュ、キシュッ……！」

テーブルの上に放されていたデザートドラゴンが、モネの手のひらに凝縮されていく魔力の禍々しさを警戒して、鳴き声を上げる。前傾姿勢を取り、牙を剝く。「キシュッ……！」

「そうです、モネ。あなたはとても優秀だ。手のひらに何か、形を思い浮かべてください。何でもいいのですが、初めは単純なものがいいでしょう。例えば箱。何の変哲もない立方体。シンプルに、そのようなものを思い浮かべてみてはいかがですか」

「ハァ、ハァッ……！」

モネは握られた手に意識を集中させる。思い浮かべるのは箱。開ける箇所のない立方体。見たことはない。だから想像する。黒光りする美しい箱を。表面には光沢があって、よく見ればキラキラとまるで星のように煌めいている——そんな箱を思い浮かべながら、モネはゆっくりと目を開く。

「…………」

ぼやけた視界が鮮明になる。想像の産物が、自分の手のひらの上に浮かんでいた。まるでモネの瞳の光彩のように煌めく美しい箱が、手のひらの上でゆっくりと回転していた。

濃い魔力によって実体を持った箱。モネの生み出した〝錬金物〟だ。

「……素晴らしいっ。何と密度の高い錬金物でしょう……。ここに、一体どれほどの魔力が込められているのか」

パルミジャーノは、モネが手のひらに浮かばせた箱を見つめる。そして興味の赴くまま、指先でその箱の表面に触れようとした。するとじわじわと指の輪郭がぼやけ、箱の表面に吸い込まれていく。パルミジャーノは指を離した。

「……これは危ない。近づくだけで魂が抜き取られてしまいそうですね」

「……魂？」

顔を上げたモネの右手の甲からは、ボタボタと血が垂れ続けている。絨毯の上に血が撥ねて、パルミジャーノは椅子から立ち上がった。踵を返して執務机へと向かう。

「練り薬を塗りましょう。まずは血を止めなくては。体調はいかがですか？　まだフラつきますか？　今夜はしっかりと休んでください。体力を回復させるのです。明日の朝、改めて魔力値を計ってみましょう。一体どれだけの魔力を向上させたのか、楽しみですね」

その声はどこが弾んでいる。パルミジャーノはご機嫌だ。チキチキに続いて二人目の三回生誕生の予感に、素直に喜んでいるのだろう。執務机の引き出しを開けて、いくつかの薬や瓶などを小脇に抱いていく。

「栄養ドリンクを調合してあげましょう。先生のオリジナルブレンドです。少し苦いのですが、強力ですよ。ええと、エルダーニンジンはどこにしまっておいたかな……」

一方でモネは席を立った。頭がぼんやりとしていて、足下がフラつく。だがまだ倒れるわけにはいかない。ここへ来た目的はもう一つある。テーブルの上で身構えるデザートドラゴンを前にして、モネはぽつりとつぶやいた。

「……先生は、四回なんだよね」

ならば三回では足りない。三度の割礼術を乗り越えただけでは、九使徒には敵わない。勝つためには、もう一度――モネは、怯えて今にも鳴き声を上げそうなデザートドラゴンに近づき、人差し指を唇の前に立てた。

「しー……」

仔竜の手を摑もうとしたが、その前に口枷をされたその姿が何だか可哀想に思えて、モネはその枷を外してやった。仔竜はキョトンと目を丸くしている。

「ふふ」と小さく笑ったモネは仔竜の頬を擦り、それから仔竜の手を摑んだ。その湾曲した爪先を右手の甲に宛がう。ほんの一瞬だけ、躊躇した。

――きっと大丈夫。僕には魂がないから。

そしてひと思いに今一度、右手の甲を切り裂いた。十字傷から、一本足された三本目の傷のそばにもう一本。深く、大きく、四本目の傷をつける。鮮血が散った。

「くあっ……！」

激痛に顔をしかめたと同時に、仔竜がバサッとカラフルな襟を立てた。

「キシャラッ、ララララララララッ……！」

耳をつんざく高音が職務室に響き渡る。その鳴き声を間近で聞き、モネはくらりと目眩を覚える。後退りし、絨毯の上に倒れた。

振り返ったパルミジャーノは、両腕に抱えていた薬や瓶や食材を足下に落とした。

一体何が起きたのか――椅子を弾いて昏倒したモネと、テーブルの上で襟を広げたデザートドラゴン。飛び散る鮮血。耳をつんざく鳴き声。パルミジャーノはモネに駆け寄って初めて、何が起こったのかを理解した。

「あなた、自分で傷をつけたのですか」

モネのそばに屈み、頭を支えてその身体を抱き起こす。見れば彼女の右手の甲からは、おびただしい量の血が溢れている。傷口が見えないほどに真っ赤だ。そしてその手の甲からは、禍々しい黒い魔力が立ち昇っていた。

「ハァ……ハァッ、はあっ」

呼吸が荒い。モネの身体は熱く、頬や首筋は上気して赤く染まっていた。鼻からつっと鼻血が垂れる。見開いた目が血走っている。パルミジャーノは、モネの頭を支えている自分の革手袋が、濡れていることに気づいた。確認するとモネは両耳からも、血を流しているのだった。

「……いけない。過剰に注入されたマナに、身体が耐えきれない」

せっかく三度目の施術を耐えられそうだったのに。四度目を望むなら日を空けて、体力の回復を待つべきなのに。どうしてこんな勝手なことをしたのかと、パルミジャーノは憤る。

モネは、固く閉じた目尻から涙を流した。その色は赤だ。涙に血が混じっている。

「はぁ……がふっ、がはあっ」

鼻血が口内にまで流れてきたのか、モネは咽せて血を吐いた。薄く開いたまぶたの奥で、モネの瞳が揺れている。それは美しい黒ではなく、白濁した瞳。その目がパルミジャーノの顔を見て、焦点を結ぶ。

瞬間、パルミジャーノはぞくりと怖気立った。

反射的にモネを手放し、後ろへと飛び退く。射貫くようなその視線に含まれていたのは、禍々しい殺気――絨毯の上に踵をつけたその瞬間、パルミジャーノは頭を横に倒した。直後にチュン……と〝何か〟が顔面を掠めて飛んでいく。背後で、戸棚に置かれたガラス瓶の割れる音がした。

「……こうだっけ、先生」

モネは手のひらを上に向けた状態で、右手を前に差し出している。その手のひらから〝何か〟を放ったのだ。パルミジャーノは自身の頬に触れてみた。仮面のくちばしから耳の後ろに掛けて、飛んできた〝何か〟に裂かれている。速すぎて肉眼で捉えることはできなかったが、気配は感じられた。

投擲されたそれは、強い殺意と魔力の込められた〝錬金物〟――。

「……それもまた、箱。小さな箱ですね」

「正解っ」

立ち上がったモネは二個目の箱を投擲した。黒い箱はモネの〝創造（クリエイション）〟によって作られた錬金物だ。その大きさは自由に変化させることができる。モネは生み出した箱をギュッと手の中で圧（お）し固め、サイコロほどのサイズにまで凝縮させて飛ばしたのだ。

それはチュン……と目にも留まらぬ速さで宙を滑り、パルミジャーノの肉体に迫る――が、パルミジャーノには魔力の流れが見えている。投げられた箱の軌道を予測して、ローブをひるがえしそれを避ける。外れた二個目の小さな箱は、職務室の壁に亀裂を作ってめり込んだ。

パルミジャーノは腕を引いた。その手には鎖が握られている。

――〝錆だらけの拘束具（ラスティ・アイロン・マナクルズ）〟

パルミジャーノが鎖を顕現させる時、すでに拘束（こうそく）は終えている。モネの左足首には、パルミジャーノの摑（つか）む鎖と繋（つな）がる枷（かせ）が嵌（は）められている。

パルミジャーノは握った鎖を大きく引いた。チャララッ……――と絨毯の上で鎖が踊る。モネの左脚をすくおうというのだ。だがモネはパルミジャーノの戦い方を知っている。昨夜も見た鎖に驚くことはない。自ら左脚を上げて前へと踏み込み、バランスを保ちながら三個目の箱を投げる。

頭を下げて、箱を避けるパルミジャーノ。モネはすかさず、前に差し出した右腕を引いた。すると先ほど戸棚のガラス瓶を割った一個目の箱が、モネの引かれた手の動きに導かれて、パルミジャーノの背後に迫る。

パルミジャーノはモネの方向を向いたまま、両手に握った鎖を後ろに回して盾にする。背中目がけて飛んできた小さな箱は、鎖の輪と輪の連なる凹凸部分に嵌まって勢いを失う。

「いけませんね……。せっかくの目にも留まらぬスピードも、二度も三度も投げられては、さすがに見慣れる」

「っ……」

パルミジャーノは、鎖の輪に嵌まったサイコロサイズの小さな箱を、指先で摘んだ。

「確かに触れれば危険な代物ですが……」

箱を摘んだ指の輪郭がぼやける。小さな黒い箱に生気を吸い取られている——が、もう慌てることはない。その箱を指で弾いて捨てた。

「触れれば危ないのであれば、触れなければいいだけのこと。脅威ではありません」

モネは四個目の箱を投げようとして、右手を前に出した——瞬間、パルミジャーノの振り上げた腕の先にうねる鎖が、モネの右手首へと巻きつく。パルミジャーノはすかさず鎖を引いてモネを前につんのめらせた。すかさず鎖をたぐり寄せる。

「……っ、うあ」

パルミジャーノはモネの身体を引き寄せながら、その身体にグルグルと鎖を巻きつけていった。自身の魔法だけあって、鎖さばきは手慣れたものだ。モネは伸ばしていた右腕を胸に畳むような形で拘束(こうそく)され、動けない状態でパルミジャーノに肩を抱かれる距離にまで近づいた。

パルミジャーノは、モネがぎゅっと握り締めている右手を見下ろす。

「一体、いくつ箱を作れるのですか？」

「……わかんないよ。今、初めて作ったんだもの」

モネは至近距離で大きなくちばしを見上げる。呼吸は荒く、発熱して汗を掻(か)いている。身体が重い。悪寒が止まらない。立っているのがやっとの有様だ。

そんな状態で戦ったモネを労(ねぎら)い、パルミジャーノはその頭に手を触れた。

「初めてにしては上出来です。よく頑張りました」

「はあ……？　まだ何も終わってないんだけど」

モネは鳥の仮面を睨(にら)みつけながら、胸の前に握り締めた右手を開いた。

しかしその手の中に、黒い箱は握られていなかった。

パルミジャーノは、モネの頭を撫(な)でた革手袋の輪郭が、ぼやけていることに気づく。

「……これは？」

その手だけではない。モネの肩を抱くもう一方の手も、またモネの身体に巻きつく錆(さ)びた鎖もが、輪郭をぼやかしている。テーブルの上で「キシュッ……」と鳴いた仔竜へ目を遣れば、その仔竜の輪郭さえも、全身がじわじわとぼやけているのだった。

生気が吸い取られている。なぜだ。箱には触れていないはずなのに。

パルミジャーノはハッとして天井を見上げた。気づけば辺りが異様に暗い。そして見上げた天井が、星空のように煌めいている。天井の手前には、薄い層が見えた。壁の内側にも層があり、四方が層に囲まれていることに気づく。

「……ここは、すでに箱の中」

「そう、黒いレンズだから気づかなかったんじゃないの、先生」

モネの錬金物である箱のサイズは自由自在だ。サイコロサイズにまで収縮させて飛ばしても当てられないのならばと、モネは箱を、部屋いっぱいにまで拡大させていた。

モネを拘束する鎖が緩んだ。瞬間、拘束を解かれたモネはパルミジャーノの胸に右手を当てる。部屋全体に広がっていた箱を、瞬時にその手のひらに収縮させる。天井や壁付近にまで及んでいた層が、パルミジャーノの身体をすり抜けて、モネの手の中に集束していく。部屋はまた明るさを取り戻す。

そしてモネは、パルミジャーノの胸に当てていた右腕を引いた。まるで心臓を抜き取るかのような仕草だった。その手のひらには、黒い箱が浮かんでゆっくりと回転している。

「……ハア……ハア」

パルミジャーノは両足を開いて立ったまま、動かない。その手から錆びた鎖がこぼれ落ちる。

部屋に満ちた雨音に、チャラララ……と金属の擦れる音が重なる。直後にパルミジャーノは両膝をついて、力なく絨毯の上に倒れた。

職務室は再び静けさに満ちる。モネは肩で息をしながら、よろよろと執務机に近づいていく。椅子を引いて、身体を投げ出すように座った。身体が重い。怠くて怠くて、仕方がない。

紙の束が散乱する雑多な執務机の上に、モネはふと紙煙草を見つけた。敵国である〈宝石の街エメラルド〉の嗜好品だ。どうやらパルミジャーノも好んで吸っていたと見える。葉っぱを紙で包んだ状態で、浅いブリキの入れ物に並べてあった。

「………」

試してみたいと好奇心が湧いたが、右手に浮かばせた黒い箱が邪魔だ。モネはうつ伏せに倒れたパルミジャーノを見る。少しだけ考えて――パン。黒い箱をもう一方の手のひらで、ひと思いに叩き潰した。

絨毯に垂れた錆びた鎖と、左足首の鉄枷が煌めく粒子となってかき消えた。

チキチキとエレオノーラが職務室にやって来たのは、それからすぐのことだった。

二人がドアを開けた時、モネは執務室の前の椅子に座り、煙草を吹かしていた。

「モネっ……！　お前、一体何を……」

チキチキは異常事態にすぐ気がついた。テーブルの上にはデザートドラゴンの仔竜が放されていて、部屋の中央には、パルミジャーノがうつ伏せになって倒れている。

「……これ、あなたがやったの？」

青ざめたエレオノーラがモネに問う。モネは椅子に座ったまま、気だるげに紫煙を散らした。その鼻の下には、乱暴に拭われた鼻血が滲んでいる。

「エレオノーラ……。僕の魔法は、〝生気を吸い取るもの〟じゃなかったよ」

それから白濁した瞳で、二人を見た。

「吸い取るのは生気じゃない。魂だ」


グリンダが目を覚ましたのは、それから三日が過ぎた朝のことだった。

「……ん。ううん」

薄暗い自室の天井を見て、目を擦る。ベッドの脇に椅子が寄せられていて、そこにモネが座っていた。足を組んで本を読んでいた。

「おはよう、グリンダ。いい朝だよ」

黒く美しい瞳を細くして、モネはグリンダに微笑んだ。

身体が重く、喉はカラカラに渇いていて、頭に靄が掛かったかのように、ぼんやりとしていた。しかしグリンダは、すぐに自分が三度目の施術を受けたことを思い出した。一体何日寝込んでいたのかはわからないが、生きている。喜びが去来する。

「カーテンを開けよう」

モネはベッドに手をついて、眠っているグリンダ越しに手を伸ばす。ベッドの反対側にある大きな出窓のカーテンを開けようとした。だがその直前に、身体を起こしたグリンダがモネを強く抱きしめる。

「……私、生きてるわ」

「うん。よく耐えたね」

モネの体温が、これが夢ではないということを教えてくれる。生きている。それ以上に嬉しいのは、目を覚ましたこの瞬間に、隣にモネがいてくれたこと。とても久しぶりに会ったような気がした。

モネはベッドに腰掛けて、しがみつくグリンダの背に腕を回した。

「安心して、グリンダ。僕たちはもう実験材料じゃない」

「……え」

モネが思わぬことを言って、グリンダは身体を離した。潤んだオレンジ色の瞳に、モネの柔らかな微笑が映る。グリンダの濡れた目尻を、モネは親指で撫でるようにして拭き取った。

「先生はもうこの世にいないよ。僕が殺してしまったからね」

涙を拭うモネの右手に、グリンダは傷を見る。十字に裂かれた二本の傷に加え、新たに二本。モネの右手の甲には、合わせて四本の傷があった。

10

モネはエレオノーラとチキチキに、〝先生〟の正体について話していた。自分たちの魔法学校が実験場だったと知ったモネたちは、まず学校の子どもたちを解放することにした。

パルミジャーノは曲がりなりにも九使徒だ。ルーシー教幹部を殺してしまったとなれば、王国アメリアより報復を受けるかもしれない。多くの魔術師（ウィザード）が上陸し、島に新たな混乱を生むかも知れない。そう懸念したモネたちは、魂を失ったパルミジャーノの遺体を土の中に埋めた。

先生は学校の閉鎖を告げて行方をくらましたのだと――そう職員たちに告げて、在校する普通教室の子どもたちや、修道教室の修道士（モンク）・修道女（シスター）たちを解放させた。

そしてパルミジャーノの檻（おり）に囚（とら）われていたデザートドラゴンの仔竜は、四人で話し合い、空に放してあげることにした。

仔竜は檻の中に入れたまま、チキチキの巨大ゴーレムに担がれて、領主館三階のバルコニーへと運ばれる。チキチキとエレオノーラ、そしてモネとグリンダの四人でバルコニーへと上がった。

そこはいつか、モネとグリンダが二人で話したバルコニーだった。あの時はグリンダが〝終わりの祈り〟をサボったモネを捜して、ここまで上ってきた。モネは手すりに両肘（りょうひじ）をついて、一人で本を読んでいた。『錬金術師（アルケミスト）の恋』という本を。グリンダは毛先の跳ねた黒髪と、華奢（きゃしゃ）な後ろ姿を思い出す。あの日の山々は、夕焼けに赤く照らされていた。

一方で今日の山々は、澄み渡る青空の下で緑色に萌えている。

「ほうれ、飛んでけ。というか、お前飛べるのか？」

バルコニーに置いた檻の扉を、チキチキが開いた。ギィッと金属の擦れる音がした。すぐに仔竜が前足の爪でバルコニーのタイルを叩きながら、恐る恐るといった様子で出てくる。

「飛べるはずだわ」

車椅子のエレオノーラは、仔竜の後ろ姿を見つめる。

「だってほら、腋のところ見て？　羽根があるじゃない。それに襟のところにも」

「襟のところにあるのは襟じゃろうが。あれでは飛ばんくない？」

チキチキとエレオノーラは、手すりのほうへと向かっていく仔竜の動きを注視している。

その様子を後ろから眺めながら、グリンダは隣に立つモネに話し掛けた。

「ねえ、覚えてる？　前、ここで話したこと」

「ここで話したこと……あったっけ」

モネは仔竜を見つめたまま、素っ気なく応えた。

「私たちはここで言い合いをしたんだよ。《エメラルド家》とも仲良くなりたいって言った私に、あなたは『能天気だ、グリンダ・ポピー』って言った。すごく気取った感じで」

「気取ってはないはずだけど、能天気だなとは今でも思うよ」

「オオカミが子鹿を食べるみたいに、力を持つ強者が、弱者の気持ちに寄り添うなんてあり得ないって。強い《エメラルド家》をオオカミに例えて、あなたはあの時そう言った」

「そうだったかな」

春の風が吹く。緑の匂いがした。

「ねえ、モネ。私たちはもう子鹿じゃないよね？　むしろオオカミだわ。《エメラルド家》よりも強いオオカミ。今の私たちなら、世界を変えられる。それくらいの力を持ってる」

能天気かもしれない。それでも、とグリンダは願いを込めて問い掛ける。

「きっと作れるよね、私たちなら。強者が、弱者の気持ちに寄り添ってあげられる世界」

「……どうかな」

モネの返事はやはり素っ気ない。だからグリンダはそっと、モネの手に触れた。四つの切り傷がある痛々しい右手に。時に禍々しい魔力を纏うその手を、グリンダは自ら摑んだ。

「相容れるよ。私たちはどんな相手とだって、絶対に。だって同じ人間なんだから」

「…………」

モネは何も言わない。だがわずかに、グリンダの指を握り返した。

仔竜が手すりへとジャンプして、チキチキが「よっしゃ！　飛べ飛べ」と拳を握り締める。

エレオノーラは「静かにっ！」とチキチキを制した。

「自分のペースで飛ばせてあげて！」

すると仔竜はぴょん、と何の躊躇いもなく手すりから身を投げた。

慌てチキチキが手すりへと駆け寄る。だが次の瞬間、両腕を大きく広げた仔竜が青空へと舞い上がり、一同は「おおっ……」と感嘆の声を上げた。

「達者で暮らせよう……」

頭の上で大きく手を振るチキチキ。その背後で巨大なゴーレムもまた、同じポーズで手を振っている。

その後、エレオノーラは当初の予定どおり故郷である東部の《ブルーポート家》へと帰ることになったが、学校の閉鎖を理由にモネも連れて帰ることにした。

この時、〈緑のブリキ兵団〉は東部への侵攻を進めており、ブルーポート卿の指令を受けた〈東部兵団〉がこれを迎撃する形で戦闘が激化していた。戦場に出れば、モネの魔法は強大な戦力になるだろう。

またエレオノーラは、チキチキの力も見込んで東部へと誘った。早く戦場でゴーレムを活躍させたいチキチキは、戦闘の行われていない北部へと帰る前に、東部へ寄ってその力を発揮することにした。

そしてグリンダにも勧誘の声が掛かる――「お願い、一緒に来てグリンダ」

「ブリキたちの長槍から兵士たちを護るためには、あなたの魔法が必要だわ」

グリンダは悩んだ。グリンダは南部出身なのだから、本来なら南部を統治する《レッドガーデン家》へと帰らなくてはならない。しかし現状侵攻を受けているのは東部であり、南部は比較的安全だ。今、自分を必要としてくれているのはどこだろうかと考える。自分が頑張るべき場所は。

「でも、いいの……？」

グリンダはモネを見た。《ブルーポート家》は、モネの家でもあるからだ。モネの返事は短い。ただ「おいで」とその一言で、グリンダは皆について行くことを決めたのだった。

魔女と猟犬

Witch and Hound

– Touch the veil –

第四章 怪物と悪魔

1

《ブルーポート家》の館にて。グリンダが廊下に倒れた兵士たちの姿を見つけたのは、四人が館に到着してから、数日が経った頃だった。

グリンダは廊下を駆けた。チキチキがエレオノーラの車椅子を押しながら一緒に走った。

ホールへと続く両扉を開け放つ。モネは、ホールの中央に立っていた。

ホールの高い位置に吊されたシャンデリアには、火が灯されていなかった。

ただ、出入り口から見て真っ正面——ホールの端には幅の広い大階段があって、階段を上った先の踊り場に、見上げるほど大きな窓があった。外から差し込む月明かりが、ホールを青白く照らしていた。

モネを取り囲むようにして、剣を手にした男たちが立っていた。鎖帷子を装備した、警備のための兵士たちだ。何人かはすでに倒れている。一見して倒れた彼らに外傷はない。だがぴくりとも動かない。駆けてきた廊下に倒れていた兵士たちと同じ状態だ——魂が抜かれている。

誰がやったのかは明白だ。

「何をしているの、モネ。やめて！」

ホールの出入り口でエレオノーラが叫んだ。

モネは振り返った。その横顔には、月明かりによって濃い影が掛かっていた。

「やめて……？　それは僕への命令？　エレオノーラ」

モネはその手に、中年女性の首を摑んでいた。枯れ枝のように痩せた女性だ。痛々しい光景ではあるが、女性にはまだ意識がある。モネの手首に爪を立て、拘束を逃れようともがいている。エレオノーラは声を震わせた。

「命令じゃなくて、お願いよ。マーヤさんを放してっ……！」

グリンダはその名前に聞き覚えがあった。いつかモネから聞いた、《ブルーポート家》お抱えの医師だ。モネに〝人間になるための特訓〟と称した課題を出していた人物。

「この手を放しなさいッ！　モネ」

マーヤは喉を鷲づかみにされながらも、気丈にモネを睨みつけていた。

「これで私の診断が間違いではなかったということが証明されたわ！　あなたは人間失格よ、モネ。我慢のできない子。心がないから衝動のままに動く。この惨状が何よりの証拠だわっ」

「でもさ、マーヤ」

モネはマーヤへと視線を戻した。その首は摑んだまま。

「僕は頑張ったよ。マーヤに言われたとおり特訓もした。その一、生き物の気持ちを考えること。今や僕は、犬や猫だけじゃなく、昆虫や植物の気持ちまで代弁できるようになった」

「……何じゃ、あいつ。乱心しとんのか？」

訳のわからないチキチキがつぶやく。グリンダもエレオノーラも、応えられない。モネは一体、どうしてしまったのか。

「特訓その二、本を読むこと。僕は読書家だったよ。マーヤにもらった『錬金術師（アルケミスト）の恋』を、何度も読んだ。台詞（せりふ）を暗記して、今やどの登場人物にだってなりきることができる。それでもまだ、人間には足りない？」

「足りないわね。小説で学んだ感情がこれなら、私の意図は伝わらなかったみたいだわ」

「……おかしいな。三巻が抜けてたからかな」

モネは不服だ。ムッと不機嫌な顔になる。

「特訓その三、愛を知ること……これだけは難しかった。だってそもそも愛って何？　形がないものはわからない。色がない。においがない。重さは？　大きさは？　目に見えないものをどうやって知ればいいのさ」

「……人は一人では生きていけないのよ、モネ。必ず誰かを大切に感じるものなの。その想いに、人は〝愛〟と名前をつけるの。人間の誰もが持っているこの感情がわからないって言うのなら、やっぱりあなたは人間じゃない」

モネは首を摑（つか）んだその手にぎゅっと力を込めた。息を詰まらせながらも、マーヤは叫ぶ。

「心のないあなたにはっ、永遠に手に入らないものだわ……！」

「恨めしいな。じゃあその心とやらを僕にも見せてよ、マーヤ」

もう一方の手でモネは、マーヤの胸に触れた。

「っあ……」とマーヤが身体を震わせる。

モネはゆっくりと腕を引く。返した手のひらの上には、いつの間にか黒い箱が浮かんでいる。マーヤの胸からじわりと滲み出た煌めく粒子が、ずずず……と黒い箱に吸い込まれていく。

「いい加減にしてっ、モネ！」

エレオノーラは咄嗟に車椅子を前にこぎ出した。だが慌てたせいか前傾姿勢のまま、絨毯の上に倒れてしまう。グリンダが駆け寄って、うつ伏せに倒れたその身体を起こした。

その時、大階段から大勢の足音が聞こえてきた。グリンダはエレオノーラの身体を支えながら、顔を上げた。

踊り場からは、左右に分かれて二階へと続く階段がある。そこに、剣や槍を構えた兵士たちが駆けつけていた。踊り場の大きな窓の前には、コバルトブルーの軍服を着た男が立っている。黒髪をポマードで撫でつけた、薄い口ひげの大男。その胸には、東部兵長であることを示す船の銀バッジが鈍く光っている。モネとエレオノーラの父、ブルーポート卿だ。

「……お父様」

モネはホールの中央から踊り場を見上げた。

マーヤへの興味を失ったかのように、その手を放す。マーヤは力なくモネの足下に倒れた。

モネの手のひらには、まだ黒い箱がふよふよと浮かんでいる。モネはそれを、両手でパンと叩き潰した。箱はまるで煤のように、黒い粒子となって宙にかき消えた。

「また彼女に、僕を欠落者と診断させて、この館から追い出そうとしましたね。でも残念。マーヤはもう目を覚まさない。僕の疾患を証明する人はいなくなりましたよ、お父様」

ブルーポート卿は窓から覗く夜空を背に、モネへ嫌悪に満ちた視線を降らせる。

「……私を父などと呼ぶな。怪物め」

「捕らえろ！」と、ブルーポート卿の合図で二十人近くの兵士たちが階段を駆け下りてくる。その手に握った剣や槍は、モネに対する恐れの現れだ。相手はただの少女ではない。魔法使いだ。兵士たちの中には甲冑を着て、兜を被っている者さえいる。

摑みかかった兵士の脇をすり抜けて、モネは正面の大階段へと歩いた。踊り場に立つ、父のもとへと向かって。振り下ろされた剣を避け、すれ違いざまに兵士の胸に触れる。そして返した手のひらに浮かばせた黒い箱をパンと叩くと、兵士は意識を失い、膝をつく。

「もはや反逆者だ。殺しても構わんっ。矢を放てっ！」

ブルーポート卿が踊り場にて叫ぶ。すると左右に分かれて上った階段の先――二階の回廊から次々と矢が放たれた。

モネは軽やかなステップで飛んでくる矢を避ける。そして甲冑の兵士を盾にした。運悪く、矢は兵士の護られていない首筋へと突き刺さった。ホールに絶叫が響き渡る。

モネは、迫り来る兵士たちを鮮やかな身のこなしでいなし、その都度、彼らの胸に手を触れて魂を抜き取っていった。手のひらに発現させた黒い箱一個につき、一つの魂を閉じ込める。そして魂を箱に閉じ込めるたびに、それを手で叩き潰していく。

パン、パン、パン、パン――兵士たちは次々と倒れていく。モネは大階段へ近づいていく。

ホールの出入り口付近で、チキチキは声を荒らげた。

「ぅおいっ！　うちらはどうすりゃいい？　ブルーポートの兵を護るべきか？　今は石を持ってないからゴーレムは作れんぞ。作れたとしてもっ……うちは友だちとは戦いたくない！」

頭を抱えて葛藤するチキチキ。絨毯の上に身体を起こしたエレオノーラも、どうすればいいのか、わからずにいる。

兵士たちは次々とホールに倒れていった。残りの兵は遠巻きにモネを見る。

魔法使いの恐ろしさをまざまざと見せつけられて、ホールにいる誰もがモネに怯えていた。すでに彼女へと斬りかかる勇敢な者はいない。モネは悠々と大階段へ向かう。階段の上の踊り場で、ブルーポート卿は頬を引きつらせる。

と、その時だ。グリンダがモネの正面に立ちはだかった。

「もうやめようよ、モネ」

グリンダは広げた両腕や全身に、白い魔力を纏っていた。その固有魔法〝幸せに触れて〟は魔力を光の布状に変質させて、攻撃を受け流すというもの。背中にしたブルーポート卿を護るという、明確な意思表示だ。モネは足を止めた。

「……邪魔をしないでくれない？」

「するよ。だってこんなこと、して欲しくない。モネは強いよ。今じゃもしかして、この島で一番強いかも。だからこそモネは……この島で一番、優しくあって欲しいと願うよ」

「子鹿を食べない、オオカミみたいに？　それじゃあ僕は餓死してしまうね」

「みんなと一緒にどんぐりを食べればいいわ」

「はは」

モネの表情は穏やかだ。戦闘に息を乱してもいなければ、立ちはだかったグリンダに驚いてもいない。いつもどおり抑揚のない落ち着いた声で、日常会話を楽しむように応える。

「それはもうオオカミじゃないよ。元オオカミだった何かじゃん」

「そうだよ、そうやって人間になるんじゃない。それが隣人を愛するってことだわ」

「……君はいつまでも能天気だね、グリンダ・ポピー」

モネはつぶやき、薄く笑う。

「隣人を愛する、か。さっきマーヤも言っていたね。聞いてた？　人は必ず誰かを大切に想うんだって。その感情に〝愛〟っていう名前をつけたんだって。ふうん。何だか魔法と似ているな。僕たちもさ、固有魔法に名前をつけるでしょ？」

纏（まと）う魔力の性質や配分を考え、個人個人のオリジナルで組み上げるのが固有魔法だ。食材を組み合わせて作った料理に名前をつけるように、目に見えない感情に名前をつけて共通認識を持たせるように、生み出した固有魔法もまた、名前をつけることで完成する。

　モネは右手のひらを返し、その手に黒い箱を一つ浮かばせた。

「これの名前を今、決めた。この箱はね、皆のキラキラとした魂を吸い取って、中に閉じ込めてしまう。見た目は黒いけれど、中身は閉じ込めた魂で色鮮やかに煌めいているはずだ。だから、〝色鮮やかな箱〟と名づけることにしよう」

　魂を色鮮やかなどと呼びながら、モネはその一つ一つを黒い箱に閉じ込めて潰していく。その言動はどこか皮肉めいている。箱を手のひらでゆっくりと回転させながら、モネはその手をグリンダへと差し出した。グリンダは動じない。最後の手段に出る。

「……言うことを聞いてくれないなら、〝何でも言うことを聞く券〟を使うわ」

　思わぬ脅しに、モネはまた笑った。

「まだあと一回残ってたっけ？」

　二度目の割礼術を乗り越えたグリンダに祝辞を述べた時と、三度目の割礼術に怯えるグリンダを魔法学校から連れ出した時。結局、グリンダは三回目の施術をされてしまったけれど、こうして島から〝連れ出す〟ことには成功しているのだから、二回消費していると数えていいだろう。券でモネに言うことを聞かせられるのは、あと一回だけ。

「今、持ってるの？」

「……持ち歩いてる訳じゃないけど、部屋にならば」

「じゃあダメです。今は使えない」

モネの手のひらに浮かんでいた黒い箱が、グリンダに向かって滑空する。グリンダは思わず顔を背けた。

「っ……！」

箱はグリンダのベールにいなされて、シュルシュルと回転しながらグリンダの頭上へと舞い上がった。モネには想定済みの軌道だ。伸ばした右腕を見上げた箱へと掲げ、そして一気に振り下ろした。

グリンダはハッとして大階段へと振り返った。

「かはっ……」

箱はモネの動きに呼応して急下降し、踊り場に立っていたブルーポート卿の胸を貫いた。その場に膝(ひざ)をついて倒れ込むブルーポート卿。黒い箱は再び宙を滑空し、グリンダのすぐそばを横切ってモネの手の中に戻る。

ホールの出入り口付近で、倒れているエレオノーラが叫んだ。

「やめて……やめなさいっ！　モネっ！」

モネはグリンダを見つめる。

「先に僕を拒絶したのは向こうだ。僕には、僕を守る権利がある。せっかく鋭い爪や牙(きば)を得られたっていうのに、それを放棄してどんぐりを頰張(ほおば)るのが人間だっていうのなら――」

モネは手のひらに浮かばせた黒い箱の上に、もう一方の手をかざした。

「何だか人間って、バカみたいだね」

そしてパンッ――と中に閉じ込めたブルーポート卿の魂ごと、黒い箱を叩き潰す。

「お父様っ！　いやああっ……！」

ホールにエレオノーラの悲鳴が響き渡る。

程なくして戦意を喪失した兵士たちの、持っていた剣や槍、弓を床に手放す音が続いた。

2

ブルーポート卿が倒れ、モネとエレオノーラの姉妹に逆らう者はいなくなった。

《ブルーポート家》の領主は、東部の家々を束ねる〝提督〟という役職に就くのが習わしだ。卿が倒れ、空いた提督の座にはエレオノーラが就くことになった。女性である上にまだ十代と若く、さらには車椅子であるというハンデを負った提督の誕生に不平不満も出そうなものだが、彼女は魔法使いだ。父であるブルーポート卿を、魔法使いの姉妹が殺したという噂は瞬く間に広がり、姉妹の決定に口を出す者どころか、魔法という理解のできないものを恐れるあまり、陰で悪口を言う者さえいなかった。

ただし、提督の証である船の銀バッジはエレオノーラの胸にこそ輝いていたが、東部防衛のために出撃した軍の実権は、モネが握っていた。エレオノーラは、モネの決定に口を挟むことができない。コントロールの効かなくなっていく姉を恐れ始めていた。

これまで軍を指揮していたブルーポート卿の戦略は、大軍で侵攻してくる〈緑のブリキ兵団〉に対し、〈東部兵団〉の少ない兵力を分散させて、東部にいくつもの防衛線を張るというものだった。地の利を活かして迎撃を繰り返し、〈緑のブリキ兵団〉の戦力を削ることで、東部の中心部を護るような戦略をとっていたのだ。

対してモネの主張する戦法は攻撃的だ。ただでさえ少ない兵力を散らしてどうする、と提督になったエレオノーラに助言する。〈緑のブリキ兵団〉は一つ一つの防衛線を突破して、着実に東部の中心部へ迫ってきている。その進行速度は遅くとも、戦力を削られているのはこちらも同じだ。このまま防衛し続けていても、いずれは侵略されてしまう。ならばここは東部各地で防衛線を張る兵士たちを一手に集め、こちらから攻め入るべきだと訴えた。

「……けれど正面から衝突すれば、兵力の少ないこちらが圧倒的に不利だわ」

もっともなエレオノーラの言葉を、モネは鼻で笑った。

「だから僕たち魔法使いがいるんじゃないか」

「…………」

「必ず勝てるよ、エレオノーラ。僕たち四人が前線に立てばね」

こうして四人の魔法使いたちは、〈東部兵団〉の兵士たちを率いて戦場へと向かったのだった。

〈陶器の町オルドラ〉は、その名のとおり陶器の生産が盛んな町だった。色を幾重にも塗り重ねて独特な色合いを表現する〝オルドラ塗り〟が有名で、艶(つや)のある美しい陶器は、島内のみならず大陸や南のイナテラ地方にまで広く流通している。

おかげで町は栄えていた。大通りは石で舗装され、丈夫な三階建ての建物が並んでいた。町は東部に属する領主が統治していたが、島の中央に近い立地にあったため、《エメラルド家》による侵略の危機に瀕していた。数千人規模の〈緑のブリキ兵団〉が、すでに町の近くを流れる河川にまで到着している。戦火はすぐそこまで迫ってきていた。

グリンダたち〈東部兵団〉が、町へ到着したのはそんな時だ。

到着したその日のうちに、エレオノーラたちは兵団の幹部らと会議を開いた。場所は町長の用意してくれた家の食卓だ。その日は大雨が降っていて、強い風に窓がガタガタ震えていた。

斥候によると、〈緑のブリキ兵団〉はすでに兵士の半分ほどが川を渡り、〈陶器の町オルドラ〉の流通にも使われる河港を占拠しているという。さて、確実に訪れる脅威から町をどうやって護るべきか。グリンダたちは付近の地図を広げ、食卓を囲んで座っていた。

ある兵隊長は、兵士たちを町の出入り口に散らして護りを固めようと提案した。しかしモネがそれを却下する。今すぐに町を出て、占拠された河港を奇襲するべきだと主張して。

別の兵隊長が鼻を鳴らした。

「しかし我々は今日、この町に到着したばかりですよ？」

その言葉には〝冗談でしょう？〟と、モネの提案を素人考えだと笑うようなニュアンスが含まれており、場の空気が張り詰めた。モネがつと視線を滑らせ、兵隊長の顔を見る。視線がぶつかって彼は自分の失言に気づき、居住まいを正した。

「……いえ、兵士たちは長旅で疲れています。休ませてあげたいと思い――」

「敵兵はもっと疲れているでしょ。僕たちよりも長い距離を侵攻してきてるんだから」

「……ですが」

兵隊長は何十歳も年下のモネに怯えて目を伏せながらも、意見を曲げない。

「日は落ちてすでに暗く、この雨の中では馬を繰るのも一苦労です。嵐の中を行軍させても、疲れた兵士たちがまともに戦えるかどうか……。そしてそれは敵も同じ。川を渡ってきている兵士の数がまだ半分であるなら、今すぐにこの町を襲うことはないでしょう。ならばここは我々も身体を休ませ、兵士たちの体力を回復させてから――」

「ダメだ、今襲わなきゃ。兵士の数が半分のうちに」

モネは、食卓に両手をついて立ち上がった。机上に広げられた地図を指さす。〈陶器の町オルドラ〉の近くを流れる川をなぞり、その川沿いにある河港を指で叩く。今、ここには〈緑のブリキ兵団〉の半分の兵士たちがいる。

「川を渡る途中で嵐が来て、兵団が分断されてしまったなんて――こんなラッキーを見逃す手がある？　嵐が静まるのを待ってからじゃ遅いんだよ。今攻めれば、この半分は逃げ場をなくして一網打尽。それがわからない？」

川は増水し、船を出すことはできない。ならば河港を〈東部兵団〉で取り囲めば、兵力が半分となった〈緑のブリキ兵団〉を容易に叩くことができるだろう――モネはそう考えていた。そしてこの作戦は、嵐の夜である今こそ決行するべきだと。

最も年長の兵隊長が、食卓の奥に座るエレオノーラを見る。

「……提督は、どうお考えですか」

車椅子のエレオノーラは、会議中もずっと目を伏せたまま。膝の上に乗せたシャム猫を静かに撫でていた。銀色のバッジを胸に付けているとはいえ、この場では最年少だ。力なく「わからないわ」とつぶやいて顔を上げる。助けを求めるように視線を向けた先はグリンダだ。モネから見て、食卓を挟んだ斜向かいの位置に座っていた。

グリンダがエレオノーラに代わって口を開いた。

「……南には〝追うな、ネズミもオコジョを嚙む〟って言葉があります。ネズミだって追い詰められたらオコジョの鼻面に嚙みつくってこと。逃げ場を失った兵士たちは、何をしてくるかわかりません。きっと熾烈な戦いになる……。敵味方関係なく、多くの人が死ぬわ」

「今じゃなきゃダメなの？」と、グリンダはモネに尋ねた。「嵐が去ってから攻撃すれば？」

「今、叩くべきだって」

モネは応えた。苛立っていた。

「話聞いてた？　嵐が去ってからじゃ遅いんだってば。逃げられちゃうでしょ」

「逃げられてもいいじゃない。だって私たちは人を殺しにきたわけじゃない。町を護りにきたんだから。攻めてくるたびに追い返せばいいでしょ？」

「話にならないな。ここで逃した敵の兵士は、また別の日に、別の町を襲うかもしれない。ここにいる君がその町を護れる？　護れないだろう？　方法は一つだ。叩ける時に、最大限の力を尽くして敵を叩くこと。いいか、僕たちは戦争をしているんだよ、グリンダ」

「…………」

グリンダは口を噤んだ。モネの言うことは正しいのかもしれない。けれど逃げ場をなくした相手を攻撃するなど、それは殺戮と何が違うのだろうか。

エレオノーラは、グリンダの隣で腕を組むもう一人の魔法使いに助け船を求めた。

「チキチキは？　どう思う？」

「……うちは頭が良くないからな、皆の決めた作戦に従う。ただし町を護るにしろ、港を襲うにしろ、前線に立つのはうちとゴーレムじゃ。これだけは譲れん。魔法使いが相手だとわかれば、敵も恐れを成して戦わずに降参してくれるかもしれんからの」

それからチキチキは「グリンダ」と付け足した。

「モネの言うとおり、これは戦争じゃ。やる時はやるしかないじゃろう」

それはいつまでも覚悟の決められないグリンダを、戒めるような言葉だった。

「……それでも、私は」

グリンダが言葉を返そうとしたその時だ。荒々しく扉が開かれて、一人の兵士が飛び込んできた。室内にいる者たちの視線を一身に浴びながら、叫ぶ。

「敵襲ですっ！　町が、襲われています！」

「何？　本当なのか？」

報告を受けて、何人かの兵隊長が立ち上がった。〈緑のブリキ兵団〉は、増水した川によって分断されているはず。残りの兵の到着を待たずに侵攻を続けたというのか。あまりにも予想外の奇襲攻撃に動揺が広がり、騒然とする。

ただモネだけは冷静だ。ふふん、と斜向(はすむ)かいで青ざめるグリンダに目を細める。

「ほうらね。敵も考えることは同じさ。きっと僕たちが今日、この町に到着したことを知って長旅で兵が疲弊しているうちに潰しておこうとやって来たんだろう」

「……何で得意げなのよ」

兵隊長の一人が声を荒らげる。――「それで、敵の規模はどのくらいだ？」

続く兵士の言葉には、さすがのモネも目を丸くした。

「一人です！」

「……は？」

「敵は一人なのですが、止められません！　たくさんの死傷者が出ています！」

兵隊長を押し退けて、兵士は食卓へと手をついた。その視線は正面に座るエレオノーラへと注がれている。悲痛な面持ちで訴える。

「そいつは。女は、不思議な術を使います。たぶん魔法だ。助けてください、魔法使い様！」

3

慣れない土地の蒸留酒に酔いすぎたかもしれない——赤ら顔の兵士はフラつきながら、酒場の出口へと向かった。夜風に当たろうとして、扉を開ける。

嵐の夜だ。暗がりの中を強い雨が降りしきり、風はゴォォと吹き荒ぶ。強風に兵士は思わず身を縮めた。だが酒に火照った身体に冷たい風が気持ちいい。開け放したドアの枠に肩をもたれる。

手にしたコップを傾けながらも、いかんなと思う。ここ〈陶器の町オルドラ〉へ来た理由は戦のためだ。侵攻してくる〈緑のブリキ兵団〉から、この美しい町を護るためだ。飲酒を禁じられていたわけではないが、遠征先の町で泥酔するなんて、兵士としてはみっともない。戦はまだ始まってもいないのに。こんな体たらくを兵隊長にでも見られたら、怒鳴られてしまうだろう。

だが彼の背後で酒を酌み交わす他の兵士たちもまた、この夜は羽目を外していた。長距離を数日掛けて移動してきたのだ。無理もなかった。何日も装備していた鎖帷子を脱ぎ、剣も槍も手放して、遠征先で迎えた夜を楽しんでいた。

店内では陽気に弦楽器がかき鳴らされ、笛の音が高々と響いている。足を踏み鳴らして踊る兵士や町の女たち。外の暗さとは相反して、無数のランタンに照らされた店内は明るい。ご機嫌な音楽や笑い声に満ちていた。

その建物は、兵士たちの駐留する宿屋でもあった。二階、三階が宿泊施設となっていて、一階が酒場となっているのだ。ドアの枠に肩をもたれた兵士は、テラスの上部に吊るされた木彫りの看板を見上げた。親指を立てた手のマークに、重ねて躍るポップなロゴ〝よくやった！〟というのが店名だろう。テラスにはロッキングチェアーが一脚だけ置かれていて、強い風にギィ、ギィと音を立てて揺れている。

兵士はふと、その音に混じる人の声を聞いた。

「……おい、あんた。助けてくれ。助けてくれよォ」

声の主を探して、暗がりに目を凝らす。雨の打つ石畳の上に、何かが落ちている。

「……？」

よく見ればそれは人の頭部だった。うねる長髪にひげ面の生首が、こちらを向いて置かれていた。そしてそれは頭だけであるにもかかわらず、生きていた。

「苦しいんだ。早く助けてくれっ！　頼むっ」

「ひっ」

生首はぎょろりと目をひん剝いて、店先の兵士を見上げている。兵士は驚きのあまり、持っていたコップを足下に落とした。深酒のせいで幻覚が見えているのか、あるいはあれはモンスターの類いか。

その時「おい、楽しんでるか？」と、同じ部隊に所属する仲間が、背後から兵士の肩に腕を回してきた。以前から酒癖の悪い悪友だ。いつもなら、鬱陶しいその腕を振りほどくところだが、この時ばかりは彼の空気の読めなさに救われた。生首を指さして振り返る。

「あれを見ろ。お前にも見えるか？　それとも俺は酔っているのか？」

「ああん？　何だ、ありゃあ。頭か？」

友人は暗がりに目をすがめる。見えている。ならばあの生首は幻覚ではない。確かにこの世に存在している現物だ。生首は苛立っているのか、声を荒らげた。

「さっさと助けろよ、ちくしょう！　俺もあんたらと同じ〈東部兵団〉だ！　仲間だぞ」

すると兵士の友人が叫び返した。

「ふざけるな！　うちの兵団に頭だけの奴なんていねえよ。気持ちわりい」

「本当だ！　あれを見ろ」

生首が喚く。そして視線だけで上を見るようにと促した。

「俺の身体だ！　お前らと同じ、青い軍服を着ているのが見えねえか！」

「……身体？」

見れば雨降る上空に、人の身体が浮いている。見えない何かに吊られているかのように、ぶらりと身体だけが浮遊している。不自然極まりない光景である。

「だから急いで、魔法使い様たちを呼んできてくれ！　そうじゃなきゃ、俺は、死ぬ」

生首は必死の形相で訴える。溢れる涙は、打ちつける雨と混じって流れていく。

だが店先の兵士やその友人は動かない。動けない。空に浮かんだ身体を見上げたまま、「嘘だろ？」とつぶやく。状況を把握できていない。ただ、尋常ではないことが起きていることは確かだ。

「なあ？　これでいいだろう！　もう解放してくれ」

今度は生首は兵士たちにではなく、酒場のテラスに置かれていたロッキングチェアーに向かって叫んだ。ギィ、ギィと揺れていた椅子がピタリと止まる。

「うーん……。確かにわたしは、『助けを呼んでね』とお願いしたわっ」

ぴょん、と椅子から立ち上がったのは、小柄な少女だった。風で揺れ動いているのかと思っていたロッキングチェアーは、その少女が漕いでいたようだ。身体が小さかったために、兵士の立つ位置からは見えていなかった。

「でもわたしは、『魔法使いちゃんを呼んでね』ってお願いしたのよ?」

少女は生首に向かって小首をかしげる。そして「この二人は違うでしょ?」と兵士たちへと振り返った。明るい髪を二つ結びにしたツインテールに、フリルのついたスカート。そこに前掛けを重ねていた。頬にはそばかすがあって、朗らかな表情をしている。一見して化粧っ気のない、ただの町娘だ。だが生首の少女に対する怯え方が異様だ。

「だからッ、魔法使いならこの二人が呼んできてくれる!」

「な? な?」と生首は店先の兵士たちに同意を求めるが、状況の飲み込めない二人は、どう答えていいのかわからない。すると「そもそも!」と生首が叫んだ。

「おかしいだろ!? こんな状態でどうやって魔法使いを呼べばいいんだ。解放してくれ。そしたら俺が、この足で呼びに行くから!」

『この足で』と言うが、生首に足はない。代わりに浮かんだ身体がジタバタと身をよじり、手足を振ってアピールする。

「頼むよ。息ができない、もう死んじまう」

その仕草が可笑しかったのか、少女は口元に手を当てて「くすくす」と笑った。

「ばかだなぁ。だってあなた、解放したら逃げるじゃない? 絶対に魔法使いを呼んできてはくれないわ。それでね? 今思ったんだけど……ここでわたしが暴れ回っていれば、どうせ向こうからやって来るんじゃない? あなたたち兵士を、たくさん殺せば」

「は……？　待って、待ってくれ！　俺はまだ――」

「えい」と少女は右手を横に振った。たったそれだけの仕草だった。

瞬間、生首の言葉は途切れ、宙に浮かんでいた身体が落下してくる。

「っ……！」

どさり。二人の兵士の目の前で、首のない身体が石畳に打ちつけられた。首の斬られた断面から吹き出した鮮血が、石畳を流れる雨に混じって広がっていく。

また石畳に置かれていた生首の断面からも、同じタイミングで血が流れ出した。男は絶命したようだった。その瞳は開かれたまま、虚空を見つめている。

弾かれたように動いたのは、兵士の友人だった。店の出入り口から、仲間たちに叫ぶ。

「敵襲だッ！　敵襲ッ！　戦いの準備をしろ！」

その叫び声に、店内の空気は一変した。兵士たちは次々と酒を手放し、武器や防具の置かれている階上へと駆ける。兵士の友人は叫び続けた。

「武器を持ってこい！　ラッパを吹け！　敵襲ッ、敵襲ッ！」

店内が騒然とする中、未だテラスで圧倒されたままの兵士は、少女を見た。

その怯えた表情を見つめ返して、少女は笑った。そばかすのある幼い笑顔で。

「さあて。魔法使いちゃんたち、何人殺したらやって来てくれるかな？」

酒場〝よくやった！〟は、広場に面して建っていた。噴水を中心とした円形の広場だ。噴水の台座には、水瓶を肩に担いだ全裸の男性像が立っている。はるか昔、陶器で財を成し町の発展に尽力した青年レコラを神格化して象られた〝レコラ像〟である。担がれた水瓶から、水の溢れる仕様となっているこの噴水は、今は嵐のため稼働していない。

普段なら町民たちが集う憩いの場で、今、行われているのは虐殺だった。

モネたち四人の魔法使いと兵隊長たちが駆けつけた時、広場ではまだ戦闘が行われていた。剣や槍を構えるのは〈東部兵団〉の兵士たちだ。大勢で取り囲んだ相手は、一見して小柄な町娘である。斬りかかった兵士の剣を軽やかなステップで避けて、進行方向から続けざまに突かれた槍を、身を捻ってかわす。

少女に隙を与えないよう、兵士たちは次々と斬りかかる。しかしその刃は当たらない。少女はすべてを避けきって、そして頭の上に手をかざした。

すると少女へと斬りかかろうとしていた兵士の頭上に、穴が発生した。少女が腕を振り下ろすと、穴は急下降して、兵士の上半身に被さる。虚空に発生した穴から、下半身だけが突き出た不思議な光景だ。少女はすかさず手を握った。

「えいっ」

すると穴は瞬時に塞がり、断絶された兵士の下半身が、力なく石畳に倒れた。

では穴の中に消えた上半身は一体どこに――広場に駆けつけたモネたちは、背後にどさりと音を聞いて振り返った。今しがた消えた兵士の上半身が落ちていた。下半身を失った状態で石畳の上に横たわり、剣を握り締めたまま絶命していた。

「……これは」

思わずつぶやいたモネの隣で、エレオノーラが青ざめる。

「間違いなく魔法だわ。でも何かしら、これ。禍々しい魔力……」

「これで二十八、二十九。これで三十っ。おや？　もしかして……」

剣を構えた兵士たちに囲まれながら、少女は両手を後ろに回してモネたちを見た。

「あなたたちが、魔法使い？」

モネたちは、少女から放たれる魔力の異様な大きさに気づいている。まるで召喚された魔獣のように禍々しい魔力だ。だが少女が何かを召喚している様子はない。魔獣なみの魔力は、あの少女自身から発せられている。こんなことがあり得るのか。少なくとも、修道教室にはこれほどの魔力を持つ者はいなかった。

モネは、広場のあちこちに倒れている兵士の死体を一瞥する。そのどれもが首を刎ねられ、四肢や胴を切断されて絶命している。鮮血の流れる斬り口は、鋭利な刃物で斬られたかのように平らだ。だが少女はその手に何も持っていない。すべて、空間に発生させた魔法の穴で斬ったのだ。

「意外と早かったね！　それじゃあ、始めよっか」

少女は無造作に両腕を広げた。

「っ……！」

瞬間、さらに膨れ上がった強大な魔力を感じ取って、四人は身構えた。だが攻撃対象は、魔法使いたちではなかった。

無数の穴は、少女を取り囲む数十名の兵士たちの足下に空いた。

「うあっ……！」「何だっ！」「ああっ……」「うおっ」「落ちるッ……！」

また、四人と一緒に駆けつけた兵隊長たちの足下にも穴が空いて、悲鳴と共に穴の中へと落下していく。同時に、少女が背にする噴水のはるか上空に、いくつもの穴が空いた。

兵士たちの足下に空いた穴と、同じ数だ。地面に空いた穴の中へと落下した兵士たちが、上空に空いた穴から降ってくる。剣や槍を手放し、手足をジタバタとさせながら、次々と落下しては地上に身体を打ちつけいく。

会議でモネに意見した兵隊長の身体が、広場の石畳を割った。

最初に生首を見つけた兵士の身体が、レコラ像の腕を砕いた。

兵士たちが落下する光景を眺めながら、少女はカウントを進めていく。

「四十二、四十三、四十四……。あっ、あれはまだ生きてるかな？　もうわかんないや」

兵士たちが虚空から落ちきると、辺りは雨音の降り続く静寂に満ちた。あちこちから、まだ息のある兵士たちのうめき声が聞こえる。広場に立っているのは、四人の魔法使いと少女だけだ。

「……君、何者」

モネが代表して問い掛ける。

「わたし？　わたしは……何だろう？　オズ王が言うには、ここはわたしたちの住む世界とは違う、異世界なんだって。それじゃあ、わたしはあなたたちから見たら〝異世界人〟ってことになるのかな？」

「オズ王……。じゃあやっぱり、《エメラルド家》の刺客？」

「やめてよう。〝刺客〟なんて可愛くない言い方っ」

少女は腰をくねらせて、もじもじとする。場違いな仕草である。

モネとの会話に気を取られている今のうちにと、チキチキはじりじりと横に移動していた。

銀色の靴に掛けられたエレオノーラの魔法は、戦闘に向いてはいない。ならばここで戦えるのは三人だ。モネやグリンダと少女を挟むようにして、隙を窺う。

「わたしはただ、オズ王に言われてお使いに来ただけよ。《エメラルド家》の平穏を脅かす魔法使いたちを、駆逐してくださいって。この島には密かに作られた魔法学校があって、たくさんの魔法使いが育てられていたんでしょ？　もうほとんど、わたしが駆逐しちゃったけれど」

「……駆逐？　殺したってこと？」

グリンダは思わず口元に手を当てた。

魔法学校が閉鎖された時、修道教室には十六名の生徒が残っていた。一度目の割礼（かつれい）術を生き残った修道士（モンク）や修道女（シスター）たちだ。

グリンダたちは、彼らにもう割礼術を受ける必要がないと伝え、それぞれの家に帰るようにと言って解放したのだ。彼らは学校を卒業はしていないものの、すでに魔法が使える〝魔法使い〟だ。少女は、そのほとんどを駆逐した――つまり殺したと言ったのだ。

「そうだよ、殺しちゃったの。ここに書かれている子はほとんどね」

少女が前掛けのポケットから取り出したのは、折り畳まれた羊皮紙だった。それは修道教室に所属していた子どもたちが名を連ねる〝パルミジャーノ・リスト〟と呼ばれるものの写しだった。

魔法学校の実状は、解放された子どもたちによって次々と明かされていった。魔法使いになるために多くの子どもたちが傷つけられ、犠牲になったことが露見したのだ。大人たちは怒り心頭に発した。

そしてこれらの情報は、〈宝石の都エメラルド〉を統治するオズ王の耳にも届くことになる。

羅針盤同盟は《エメラルド家》の〝科学〟に対抗し、魔法使いを育てていた――そんな話を耳にすれば、その魔法使いの生き残りが、この島のどこかにいるかもしれないという懸念が生まれる。羅針盤同盟に育てられた以上、その魔法使いたちは《エメラルド家》に反旗をひるがえす危険思想を持っているに違いなかった。

南部の山奥にあった学校跡から、パルミジャーノのまとめた〝パルミジャーノ・リスト〟が発見されると、オズ王はそのリストに載っている子どもたちを片っ端から処分するようにと命じた。その役目を担ったのが、この二人目の異世界人である少女だった。

「きゃ、雨に濡れちゃう」

少女はリストを広げることなく、再びポケットへとしまう。

「あなたたち四人の中に、一番強い子がいるんでしょ？　〝チキチキ〟って誰？」

パルミジャーノが死亡した時点で、卒業生はチキチキ一人だった。その情報がリストに載っているのだろう。だが当時はまだ三度目の施術を受けたばかりで熱にうなされていたグリンダや、モネの施術回数は書かれていないようだ。

施術回数が最も多い者を〝強い子〟と言っているのなら、最も力を持っているのは四度の施術を乗り越えたモネだ。だが少女の問題はそこではないらしい。

「まあそれはどうでもよくて」と、こめかみに人差し指を立てる。

「この中に〝提督さん〟はいる？　オズ王に〝提督さん〟だけは生かしておくようにって言われているの。手を挙げて。その子だけは生かしておいてあげるから」

「…………」

エレオノーラは挙手をしない。四人の誰も、少女の問いに答えない。

少女は、じりじりと横移動をしていたチキチキへと視線を移した。

「あなたではない?」

「……はは、どうじゃろな?」

恐れているなどと思われると癪だったので、チキチキはあえて笑ってみせた。

「うーん、違うかな。東部軍を率いるリーダーにしては……小さすぎる」

「誰がチビじゃ。お前もちっこいくせに」

少女は、チキチキを向いている。好機だ。モネは軽く握り込んだ手の中に、そっと黒い箱を〝創造〟する。サイコロサイズの小さな箱だ。それを返した手のひらに浮かばせ、そして。

少女目がけて発射した。箱は雨降る宙を滑空し、真っ直ぐに少女の身体へと向かう。その姿を貫く——寸前。少女のすぐ正面に穴が空き、箱はその穴の中へと突っ込んでしまう。

「くっ……あっ……」

胸を押さえて痛みに喘いだのは少女ではなく、モネの後方に控えていたエレオノーラだった。

「……!」

モネは振り返った。エレオノーラの正面にもまた、穴が空いている。少女の正面に空いた穴と、同じくらいの穴だ。モネはすぐに理解した。飛ばした黒い箱は少女の発生させた穴を通して、エレオノーラの胸を撃ったのだ。

「っ……! しっかり」

グリンダが駆け寄り、エレオノーラの負傷具合を確かめる。銀色のバッジを付けた胸部が、箱に打たれたことで血が滲み、黒々と染まっていく。その顔は真っ青だ。

「わあ！　危ない。あなた、油断のならない人だね！」

「…………」

少女は正面の穴を閉じた。連動してエレオノーラの前にある穴も消える。

「じゃあ、あなたに質問するわ」

少女はモネへと向き直った。そして手を前に差し出す。

するとエレオノーラの座る車椅子の真下に穴が空いた。負傷したエレオノーラはグリンダの手をすり抜けて、車椅子ごと穴の中へ転落した。落ちた先は少女のすぐ隣だ。少女の身長を少し超えたくらいの高さから、モネやグリンダの方向を向いた状態でガシャン、と石畳の上に着地する。

当のエレオノーラは青ざめたまま、ぐったりとして背もたれに頭を預けている。血が流れて意識がぼんやりとしてしまっているのか。車椅子に近づいた少女は、エレオノーラの汗ばんだ額を撫でて、前髪を手で整えた。まるで人形を可愛がるように。

そしてモネを見る。

「答えて。この子は〝提督さん〟？」

「…………」

モネは答えない。業を煮やした少女は唇を尖らせた。

「もうっ！　待たされるのは嫌いなの。あと三秒だけなら、待ってあげる。答えなかったら違うってことで、この子は殺す。いいよね？」

少女は指を三本立てた。

「……さん」

モネは何と答えるつもりなのか――グリンダは、モネの後ろ姿を見つめた。立っている位置からでは、その横顔がちらりと見えるだけ。表情は窺えない。〝エレオノーラは提督か？〟その質問に「ノー」と答えれば、恐らくエレオノーラは殺される。

ならば答えは「イエス」しかない。なのにモネはまだ黙ったままだ。動かない。

「……にー」

少女が指を一本折り曲げる。そのそばで青ざめたエレオノーラは、モネを見ていた。

エレオノーラの口が動く。声には出していなかったが、グリンダは気がついた。何かを訴えている。伝えようとしている。その言葉は。

――走って、逃げて。

「……いちっ！　残念、タイムオーバーだよっ」

少女は右腕を大きく横に振った。発生した強大な魔力を感じ、モネとグリンダ、そしてチキが身構える。今度は一体、空間のどこに穴を空けるつもりなのか――と、次の展開はあまりに意外なものだった。

少女が腕を振った先に建っていた建造物――二階や三階で宿屋も兼ねている酒場〝よくやった！〟がずずず……と傾き、地面に沈み始めたのだ。驚いた四人が状況を理解する間もなく、その酒場は両脇の建物を残して、空いた穴の中へと消える。同時に、エレオノーラの頭上には影が掛かっていた。

ハッとエレオノーラが見上げた先には、大きな穴がある。パラパラと落ちてきたのは土くれ。そして、今しがた沈んだ建造物の底――エレオノーラは最後の力を振り絞り、モネに向かって叫んだ。

「わたくしはいいから、逃げてッ……！」

グリンダは、エレオノーラの最後を見た。

その姿が、降ってきた建物に押し潰されるのを。

雨空に破砕音が響き渡る。窓ガラスは一枚残らず粉々に割れ、柱は潰れて木片を散らした。弾けた屋根瓦が、広場の石畳に撥ねて砕ける。

舞い上がった砂塵が雨風に散ると、落下して半壊した酒場の全容が見えてくる。

つい先ほどまで、兵士たちが酒を酌み交わしていたその建物は、屋根が曲がり、壁は崩れ、酷い有様となっていた。二階部分は押し潰されて、一階と三階しか確認できない。当然、店内にランタンの明かりはもう灯っていない。砕けた店のテラスでは、〝よくやった！〟と親指を立てた木彫りの看板が、ギィギィと静かに揺れていた。

グリンダは、そのテラスの下から覗く二本の足に気づいた。車椅子になってからも、好んで履いていた銀色の靴が雨に濡れて煌めいている。間違いなく、エレオノーラのものだ。

「うそ、うそ……エレオノーラっ！」

思わず駆けだしたグリンダだったが、手を広げたモネに止められる。

半壊した建物の手前には、少女が立っている。「さあて、次は誰に訊こうかな」と、楽しそうな笑顔を浮かべながら。しかし、ふとその笑顔が曇った。

「……ん？　今、えれおのーらって言った？」

聞き覚えのある名前に小首をかしげ、少女は前掛けのポケットから、再び折り畳まれた羊皮紙を取り出した。倒すべき子どもたちの名前が記載された〝パルミジャーノ・リスト〟の写しだ。雨で濡れないよう手をかざしながら、エレオノーラの名前を探す。〝エレオノーラ・ブルーポート〟――見つけた名前の横には矢印があり、オズ王直々に書き足された注意書きがある。

――〝現東部提督。殺さないで連れてくること〟

バッと背後を振り返る少女。ぴくりとも動かなくなった足を見下ろす。

「この子じゃないの！」

自分が今しがた建物を降らせて押し潰してしまった娘こそ、殺してはいけない〝提督さん〟だった。少女は頭を抱える。「うー」っと唸って、モネを指さす。

「あなたのせいだわっ。あなたが教えてくれないから、殺しちゃったじゃない。わたしのせいじゃないもんっ！」

と、叫んだ少女の脇から、見上げるほど巨大な影が突っ込んできた。広場の砕けた石像や石畳をひとかたまりにして象（かたど）られた人形――ゴーレムだ。背後で操作するチキチキに呼応して、ゴーレムは巨大な拳（こぶし）を振るう。

「うおっ……!?」

少女は、横っ飛びしてゴーレムとの距離を取る。

すかさず追撃に走るゴーレム。少女は迫るゴーレムに手のひらを向けて、空間にまたも穴を空けた。まるで丸い盾（たて）のようだ。拳が突っ込まれれば、閉じることで切断できる。

構わずゴーレムは腕を振るう。ただし拳が向いた先は少女の正面に発生した穴ではなく、自分自身の胸である。自らの拳による破壊。ゴーレムは砕け、弾け飛んだ。

その石つぶてに顔を背け、少女は「きゃっ」と目をつぶった。石つぶての中に、一つだけ拳大の丸石が発光していた。これがチキチキの〝アトリビュート〟――言わばゴーレムの核だ。

チキチキは、くいっと指を曲げ、撥（は）ねた丸石に穴の盾を飛び越えさせた。そして今一度ぐっと拳を握り締める。

すると砕け散った瓦礫（がれき）の数々が、再び核となる丸石を中心に集結していく。少女の目の前で――少女の身体（からだ）を巻き込んで、ガツン、ガツンと石同士のぶつかる音を響かせながら、瓦礫は次々と少女に当たり、その小柄な身体を包み込んでいく。

「なんっ……なの、重っ……！」

「すごいっ！　捕まえたわ」

グリンダは勝ちを確信して叫んだ。

だが瓦礫のかたまりに両手を伸ばしたチキチキの表情に余裕はない。少女を拘束する瓦礫の数はどんどん増えていき、大きなボール状となって少女の姿を隠していくが——。

「だめじゃ。圧死させる気満々でやっとるのに、こいつ、ゴリゴリ生きてる。抑えられんっ！」

今や少女の姿は石に覆われてほとんど見えない。だがチキチキは首を横に振った。

「お前たちは逃げろ。これ、勝てる相手じゃないぞっ！」

「そんなっ、ダメだよ」と、グリンダは前に出る。「あなたを置いてはいけない！」

チキチキは両手をかたまりに伸ばしたまま、グリンダの背後に視線を移した。グリンダは強情だ。彼女が言って聞くような性格でないことは知っている。悠長に説得している暇もない。

「そいつを連れてけ、モネ！」

「ちっ」とモネは舌打ちをした。「……名前を呼ぶなよ」

言いながらもグリンダの手首を握り、強く引いた。噴水広場の外へと連れ出そうとする。

「行こう」

だがグリンダは激しく抵抗した。

「待って！　離してっ。逃げるならチキチキも一緒に……」

「そのチキチキが逃げろと言ってるんだ。彼女の犠牲を無駄にするなっ！」

「っ……」

強い力で引かれるままに、グリンダは歩きだした。やがて小走りとなり、二人は走って広場を後にする。その姿が見えなくなった直後、瓦礫のかたまりから少女の腕が突き出された。

その手には、発光するゴーレムの核が握られている。ぐぐぐ……と手に力が込められて、そして――バキリ、と丸石が砕かれた。

「くっ……やられた」

少女を拘束していた瓦礫が動力をなくし、バラバラと地面に崩れていく。拘束を解かれた少女は、頭をぶんぶんと振って細かな石の欠片（かけら）を落とし、キッとチキチキを睨（にら）みつけた。

瞬間、チキチキの足下に穴が空く。チキチキは「ぬおっ……!?」と穴の中へ消えた。

少女は楽しそうにしていた先ほどとは違い、不機嫌にムスッとしている。ずっと手に握っていた羊皮紙を、今一度広げて確認した。

「……モネって言ってたね、あの子」

その名は〝エレオノーラ・ブルーポート〟のすぐ下に書かれていた。エレオノーラと同じ家名。姉妹だ。提督に就（つ）いているのは、妹のほうだと聞いている。ならば〝モネ〟は姉のほう。

「……わたしじゃないもん。妹は、こいつのせいで死んだのよ――」

少女は二人が逃げた方向を見て、つぶやいた。

げて吐血した。

その背後で、上空から降ってきたチキチキが地面に背を叩きつけられ、「ぐはっ」と声を上げて吐血した。

「……〝妹殺し〟だわ」

4

モネとグリンダは町中を駆け回り、身を潜められる家を探した。嵐の夜だ。町を離れて森や街道を当てもなく彷徨い歩くよりは、並ぶ家々のどこかに身を隠したほうがまだ安全だろうとモネがそう判断したのだ。

二人は裏戸が施錠されていない建物を見つけた。中に誰もいないことを確認し、まるでこそ泥のようなすばしっこさで侵入する。その部屋は、まるでホールのように広かった。

床板はなく、土間のように剝き出した地面の上に、テーブルや椅子が直置きされている。ランタンの灯っていない暗い部屋には、土とカビの臭いが充満していた。壁際に置かれた大きな棚を見れば、色をつける前の大小様々な陶器がずらりと並んでいる。二人が逃げ込んだその建物は、多くの焼き物を生み出す陶芸工房だった。雨の打つ窓の向こうには、大きな石窯が見える。

工房へ入るなり、モネは雨で濡れた上着を脱いでタンクトップ姿となる。濡れた布生地が張りついて、胸の形を際立たせていた。びしょ濡れの上着を、椅子の背もたれに放り投げる。

「ああ、寒い。火、おこせないかな」

暗がりの中、モネは壁に暖炉を見つけた。そばには薪が積まれ、火かき棒もある。だが暖炉に火は入っていない。ロウソクもなければ、火打ち石も見当たらない。せっかく暖炉があるのに火を灯すことがでない。

モネは工房を歩き回った。雨音の満ちた室内に声を響かせる。

「君も服を脱ぎなよ。濡れたままだと身体が冷えちゃうよ」

「……ぐっ。ひぐっ」

だがグリンダは出入り口付近に立ったまま、滂沱と流れる涙を拭っていた。

「泣くのならさ、何か火がおこせるものを探しながら泣いてくれない？」

「……どうしてそんなに薄情なの。私たちは逃げてよかったの？」

「よかったさ。戦うには情報が少なすぎた。無闇に飛び込んでも命を取られるだけでしょ。言っておくけど、エレオノーラもチキチキも逃げろと言った。君だけだよ？　逃げるのを嫌がっていたのは」

「……だって」

グリンダも理解している。あの敵は異様すぎた。攻略法も見えないあの状況では、逃げることが最善だった。けれど他に方法はあったかもしれない。チキチキやエレオノーラを犠牲にしないような方法が。

「何なの、あれ。異世界人って何？　インチキすぎない？」

押し潰されたエレオノーラの姿が、脳裏に焼きついて離れない。ひしゃげた建物の下から覗(のぞ)くエレオノーラの両足を思い出すと、身体(からだ)が震える。現実味がなさ過ぎて、あの光景は夢だったのではないかとすら思う。

「恐ろしすぎるわ。私たち四人もいて、逃げることしかできなかったなんて」

「次は勝てるよ、きっと」

モネは暗がりの中に、ろくろ台を見つけた。台の下部についたペダルを踏んでみると、丸い天板がグルグルと回る。この天板に土を置いて回し、陶器を形作っていくのだろう。

工房内を見回しながら、グリンダに言う。

「先生も言ってたでしょ。魔法戦は、単純な魔力の強さだけでは決まらない。型(スタイル)によって相性の善し悪しもあるし、立地や環境が影響することも多分にある。何より肝心なのは、相手の魔法を知ることだって。だから空間に作用する見たことのない魔法だって、法則さえ見破れば攻略できると思う」

モネは次に、壁を見上げる。ハンマーや焼きごて、そして見たことのない形をしたヘラなどが掛かっているが、火のおこせるようなものはない。

「だから倒せる。ここで終わるのはムカつくでしょ。だからやり返さないと。まずは〈東部兵団〉を立て直して……やっぱり僕が提督を継ぐべきかな？　リーダーなんて苦手だから、僕としては君に継いでもらっても構わないんだけど」

「…………」

モネは工房の奥にある執務机へと向かった。工房を仕切る親方の机だろう。暗くてよく見えないが、机上には本や道具が乱雑に置かれている。

「魔法使いを二人失っちゃったから、補充はしておきたいところだね。修道教室の生徒たちを改めて集めようか？　生き残っている子が何人いるかな」

無遠慮に引き出しを開けていくモネの姿が、グリンダには何だか嬉々としているように思えた。まるでこの苦難を楽しんでいるかのような。それが無性に腹立たしい。

「……本気で言ってるの？　あんなのに勝てるわけないじゃない」

「勝てるって。賭けてもいいよ」

モネは、引き出しを開けながら応える。執務机は工房の奥まったところにあるため、グリンダの立つ位置からは、モネの表情がわからない。ただ黒い人影が机を物色しているだけ。

「勝てるって言うのなら！」

こちらを見ようともしないモネに苛立ち、グリンダは声を荒らげた。

「勝てるって言うなら……どうしてエレオノーラを見捨てたの」

ピタリと人影の手が止まる。

「……あの時。モネがエレオノーラのことを『提督だ』って教えていれば、エレオノーラは死なずに済んだかもしれない。〝提督さん〟は殺さないって、あの異世界人はそう言ってたんだから」

だがモネは沈黙を貫いた。そしてエレオノーラは死んだ。本来なら、攻撃対象から外れていたはずだったのに。

「読み違えた」

「……え」

「否定も肯定もしなければ、僕たちを攻撃することはないと思っていた。だって普通そうじゃない？　殺しちゃいけない人が紛れてるんなら、攻撃はできない。とりあえずは保留にしておくものでしょ。けどあの異世界人には、そんな理屈が通用しなかった」

感情のままに、気の向くままに。殺したいと思ったから、殺した。相対した少女の言動からは、そんな動物的な衝動を感じた。

「でもさ、だからといってもう勝てないと判断するのは早計だよ。あいつの動きは読めない。理屈が通じない。先の戦闘では、それがわかった。だから次からは対策が取れる。もう失敗はしないよ。人間は失敗から学ぶものだって、本にも書いてあったしね」

「本って……？　モネがいつも読んでいた本？」

「そう。『錬金術師（アルケミスト）の恋』全六巻。……お、やった。マッチだ」

モネは引き出しの中から、正方形の厚紙を摘み上げる。捲れば厚紙に挟まれる形で、何本かマッチが並んでいた。これを一本ちぎって擦れば、火がおこせる。

モネは少しでも光源が欲しくて、窓の外にマッチの挟まれた厚紙をかざした。

よく見るとそのパッケージには、ハットを被った青年のイラストが描かれていた。この、マッチという革命的なアイテムを作った発明者オズ王のイラストだ。敵国である〈宝石の国エメラルド〉産のマッチだが、何にせよこれで火がおこせる。モネは喜んだ。

そのシルエットを、グリンダは悲しげに見つめる。

「……あなたの妹が死んだんだよ、モネ。チキチキだって、生きてるかわかんない。修道教室のみんなも。私たちは、大切な友だちを失ったの。どうしてそんなに嬉しそうに笑えるの？」

「どうしてって、火がおこせるからに決まってるでしょ。寒くないの？」

モネにとって、優先するべきは自分たちの身の安全だ。これから町を離れるにしても、最悪あの少女に見つかって再戦するにしても、まずは寒さを凌いで体力を回復させなくてはならない。そのためには、一刻も早く火をおこすべきだろう。突っ立ったまま泣くばかりで、ちっとも手伝ってくれないグリンダのほうが、モネにとっては理解できない。

「今何をするべきか、わからない？　グリンダ」

「わからないわ。胸が痛くて何も考えられない」

「ああそう。じゃあ雨がやんだらお墓でも作ろうか？」

それはグリンダの態度に呆れたモネの、皮肉だった。

「水平線の見える丘の上にさ、墓石を置いて名前を刻むの。毎年ミモザの花が咲く頃に、みんなで集まって祈るんだ。そうすれば、少しは胸の痛みもマシになる？」

「みんなって、誰？」

「それはもちろん……修道教室のクラスメイトとか？」

「だから、その子たちが、何人生き残ってるかわからないって話じゃない」

「……そうか、じゃあどうするかな」

「曖昧なんだね。その辺りは、あなたの大切な本にも書かれていなかったの？」

モネの愛読書を揶揄して、グリンダは皮肉を返したつもりだった。しかしモネは「書かれていたよ」と思わぬ事を言う。

「けど丘の上に墓を作って死者を偲ぶシーンには、主人公〝マチルダ〟と共に冒険をしたパーティーの仲間たちがいたんだ。僕たちに置き換えてみると……その仲間たちが死んだわけだから、墓参りは僕たち二人きりでしようか」

モネはつまり、物語に描かれたシーンをなぞって「お墓でも作ろうか」と提案したのだ。

そこにモネ自身の感情は——妹や級友たちを偲ぶ想いは含まれていない。そんな墓参りなんて、ただシーンを再現しただけのごっこ遊びだ。それがグリンダには悔しかった。

空っぽなモネの言葉に、大切な人たちの死を茶化されたような気がして。

「……適当なことを言わないでよ。偲ぶ気持ちなんてないくせに。エレオノーラの死も、本当はどうでもいいくせに。お墓を作ろうなんて言わないで。その軽口は死者への冒涜だわっ……」

「いや、けど本ではお墓を作ることが――」

「何でも本に書かれたとおりにするんだね」

「当たり前でしょ。そのためにマーサは僕に本をくれたんだから」

これは〝本を読んで登場人物の感情を想像し、なりきる〟という《ブルーポート家》の医師マーヤに課せられた訓練の一環だ。人間になるための特訓その二。マーヤはもういないのに、モネには、何度も繰り返し読んだ物語を参考にする癖が残っている。

「けれど間違ってはいなかったでしょ？　僕はちゃんと人間に近づけてる」

「自分で言うんだ」

グリンダは薄く笑った。だがモネは真剣だ。

「学校ではちゃんと周りに溶け込めてたし、円満な友人関係を築けてた」

「どうだか」

「君が二回目の割礼術で心が折れて部屋で寝込んでしまったときも、僕はちゃんと上手に慰められていた。ちゃんと、本に書かれていたとおりにね」

「……本に、書かれていたとおりに？」

グリンダは上着の胸ポケットに手を触れた。そこには、モネから貰った〝何でも言うことを聞く券〟が折り畳まれている。

モネがブルーポート卿を殺してしまったあの日、グリンダはモネを止められなかった。この〝何でも言うことを聞く券〟を使って止めようと思ったが、あの時は手元になかったから無効だと言われた。だったらと、グリンダはあの日から、この券を持ち歩くようになっていた。どこかでモネが暴走を始めた時に、この券を使って止められるようにと。

もしやと思い、尋ねてみる。

「〝何でも言うことを聞く券〟……あの時くれた券ももしかして、本に書かれていたこと？」

モネから券を貰ったことを、グリンダは誰にも言わなかった。このプレゼントは二人だけの秘密。二人だけの出来事。弱っていたグリンダに元気をくれた、大切な思い出だ。それが、別の何かをなぞったものであって欲しくなかった。

しかしモネはいとも簡単に「そうだよ」と答える。

「大魔法使いマチルダが、負傷して寝込んだ恋人にあげた見舞い品。それが〝何でも言うことを聞く券〟だ。『これはなかなかのレアだぜ』って言ってね。夜盗に襲われた恋人は、これでマチルダに助けを求めるんだ」

「……私も、今持ってる」

グリンダは胸ポケットから折り畳まれた券を取り出す。雨で濡れてしまっているが、開けばちゃんと〝何でも言うことを聞く券〟と書かれた文字が読める。右下には長い横棒が一本と、これと交差してもう一本——十字のマークが書かれている。すでに二度使ったという印だ。券は三回まで使えるはずだから、もう一回分残っている。

「持ち歩いてるの？」

モネの形をしたシルエットが、工房の奥からこちらを見ている。グリンダは頷く。

「あなたの暴走を止めるためにね。でもそれだけじゃない。これを持ってると、安心するんだ。モネが、いつだって私を助けに来てくれるような気がして。でもこれ、モネが考えてくれたことじゃなかったんだ」

あの頃、クラスのリーダーだったグリンダは、問題児のモネに手を焼いていた。どうして言うことを聞いてくれないのと嘆くグリンダのために、モネはこの〝何でも言うことを聞く券〟を作ってくれたのだと思っていた。けれど違った。

「……訊いてもいい？」

モネはただ本に描かれたシーンの真似をしていただけ。人間になるために、登場人物の行動をなぞって友情ごっこをしていただけ。自分はただ、その相手として選ばれただけだった。

「そのお話の主人公マチルダの一人称って……〝僕〟？」

「いや、最初は〝私〟」

暗がりの中にある影が首を横に振る。

「けど途中から〝僕〟になる。話したでしょ？　四巻からマチルダは男になってるから」

「…………」

――それじゃあ、あなたは一体誰？

グリンダには、モネという存在がわからなくなった。彼女は本の登場人物になりきっていただけなのか？　二度目の施術を乗り越えたお祝いに〝何でも言うことを聞く券〟をくれた。あの時言ってくれた「おめでとう」は、本心からではなかったのか？　三度目の施術に怯(おび)えるグリンダの手を取り、学園から連れ出そうとしてくれた。

――そんなに一人ぼっちが嫌ならさ、僕が一緒にいてあげてもいいよ。

あの時、モネはそう言ってくれた。それはまるで恋物語に描かれたワンシーンのように。あの行動も演じられたものだったのか？

なら工房の奥に立つあの人物は、一体誰だ？　裏切られたような気分だった。

「また泣いているの、グリンダ。どうして」

人影が尋ね、グリンダは自分が泣いていることに気づく。

流れる涙を拭(ぬぐ)いながら鼻をすすり、オレンジ色の瞳でその人影を睨(にら)みつける。

「あなたにはきっとわからない。もしかして本当に、あなたには心がないの？」

「ないよ。だからこうして特訓している。人間になろうとして」

グリンダは、〝何でも言うことを聞く券〟を握り潰した。くしゃくしゃに丸めて、人影へと投げつける。

「じゃあ、あの異世界人を倒してよ……！　人間じゃないならできるでしょう？　ここでもう最後の願いを使うわ。私にはもう無理。戦えない、だから……だから本に描かれた恋人みたいに、私を助けて」

丸めた券は工房の奥へは届かず、床に転がった。

人影は執務机の上から羽根ペンを取った。券を拾うために前に出てくる。近づいたことで、影で濃く塗り潰されていたモネの表情が、グリンダにも見えるようになる。

だが見えたところで、モネの表情はいつもと変わらない。怒ってもいなければ、同情して哀れんでいるわけでもない。魔法学校で初めて出会った時と同じ、何を考えているのかわからない、変化の乏しい無表情だ。モネは丸められた〝何でも言うことを聞く券〟を拾った。

「わかった」と頷いて、そばにあったテーブルの上に券を広げる。そして右下に描かれた十字のマークに、羽根ペンで三本目の印を付け足したのだった。

それから薪をくべた暖炉の前に、二人はゴザを敷いて座った。

グリンダもモネに倣って濡れた上着やズボンを脱ぎ、下着姿となっていた。一枚だけ見つけたブランケットを拝借し、二人で身を寄せ合ってそれを羽織った。グリンダは下着姿が気恥ずかしくて膝を抱えて座っていたが、モネは気にせず、隣であぐらを掻いていた。

嵐はいつまでもやまず、ガタガタと窓を震わせていたが、辺りは静寂に満ちていた。

パチパチッと薪がはぜる。柔らかな灯りは温かく、グリンダは少し眠くなる。

暖炉の前に椅子を二つ並べて、その間に麻紐を渡し、濡れた手袋や靴下などを干していた。衣服から垂れたしずくがぽたり、ぽたりと床に染みを作っている。

「よかった、そんなに濡れてない」

モネは、薄くて平らなブリキの入れ物から、ある物を取り出した。

「……煙草？」

グリンダが尋ねると、モネは頷いた。ブリキの入れ物をゴザの上に置き、葉っぱを巻いた紙の筒を両端から摘んでしわを伸ばす。

「学校にいた時、先生の部屋で見つけたんだ。吸う？　前に欲しいって言ってたでしょ」

確かにグリンダは以前、施術を耐え抜いた祝いのプレゼントとして、モネに煙草をねだったことがあったが、本気で喫煙したかったわけじゃない。そもそも煙草を見るのは初めてだ。興味津々にモネの手元へ目を凝らす。

「モネは吸ったことあるの？」

「あるよ。手に入りにくいものだから、時々しか吸わないけれど」

モネは煙草を唇に咥えた。先ほど見つけたマッチを一本ちぎり、その頭の部分をパッケージでもある厚紙に挟んで擦った。火のついたマッチを、咥えた煙草の先端に近づけて煙を吐き出す。何度も吸っているだけあって、手慣れた仕草だ。

「いらないの？　もう残り一本しかないよ」

「……じゃあいただくわ、遠慮なく」

グリンダはゴザの上に置かれたブリキの入れ物から、最後の一本を摘み取った。

マッチの火は消えてしまったため、モネは自分の咥えていた煙草をグリンダに差し出す。

「ん」

マッチの代わりに、その先端に灯る煙草の火を火種にしろというのだ。グリンダは促されるがまま、煙草の先端を近づけた。しかしモネは首を振る。

「咥えて。吸わなきゃ火はつかない」

「え、そうなの」

グリンダは前歯で煙草を噛む。モネは身を寄せて、グリンダの煙草の先に、火種となる自分の煙草をくっつける。グリンダはその先端を見つめ、息を吸った。咥えた煙草の先が赤く灯る。

煙が口内に入ってくる、と――。

「……っ！　ごほっ、げふっ」

グリンダは盛大に咽せて、涙目で咳をした。

その様子を見てモネは笑った。自分の煙草を咥え直す。

「ふふ。最初はみんなこうなる」

「何なの、これ！　ぜんぜん美味しくないじゃない。腐ってる？」

「腐ってない。こういうものだよ。吸っていると、不思議と美味しく感じてくるんだ。煙はすぐに吐き出さず、肺に入れて。煙が身体を循環していく感じ。すぐに怠くなってくるよ」

「……何だか身体に悪そう」

しばらく二人は黙って煙草を楽しんだ。暖炉の前に紫煙が散る。

モネの言うとおり、煙にはすぐに慣れてきた。肺から取り込んだ煙が身体中を巡り、指先がピリピリと痺れるような感覚があった。奇妙な嗜好品だと、グリンダは思う。〈宝石の都エメラルド〉の人たちは、皆こんなものを吸っていたのか。

自分たちもまた、打倒《エメラルド家》を掲げながら、エメラルド産の嗜好品を楽しんでいる。それは何だか、矛盾しているようにも思える。

「……私たち、ホントに《エメラルド家》に勝てるのかな」

暖炉に揺れる炎を見つめながら、グリンダはつぶやいた。

「煙草とか、眼鏡とか、自転車とか、気球とか。マッチだってそう。その他にもたくさん《エメラルド家》は私たちの生活に便利なものをもたらしたでしょ？　しかもそれは〈宝石の都エメラルド〉だけじゃなく……こうして私たちの日常にも入り込んでる」

グリンダは、火の灯る煙草を指先に立てて見つめる。

「正義とか悪とかじゃなくてさ。そもそも《エメラルド家》を倒したとしても、私たちはたぶん元の生活には戻れないよ。《エメラルド家》の発明なしじゃ、やっていけないよ。そう考えると私たちはもう、負けているのかも……」

「いつにも増して弱気だね」

　モネはふぅっと紫煙を散らす。

「奴らがどんなに素晴らしい発明をしようとも、侵略してくる限り僕は戦うよ。僕の敬愛するとある大魔法使いも言っていた。『大切なものを護るために戦え。それが人間だ』って」

「どうせその大魔法使いって、マチルダでしょ」

「え、なぜわかるの？」

「わかるよ。あなたそれしか読まないんだから」

　グリンダは呆れて少し笑った。煙草を咥える。

「モネは人間が嫌いなんじゃないの？　なのにどうして、そこまでして人間になりたいの」

「どうして……？」

　何気なく投げ掛けられたグリンダの問いに、モネは目を丸くした。その指先からほろりと煙草の灰がこぼれ落ちる。どうして自分は人間になりたいのか――。

「考えたこともなかった。どうして僕は人間になりたいんだろう」

「考えたことないの？　一度も？」

「……マーヤに言われるがまま特訓を受けた。エレオノーラにもそうするべきだって言われたし、それが当たり前のことだったから。人間の形をして生まれたからには、人間として生きるべきだって。それが普通のことだったから」

「……それはきっと呪いみたいなものだね」

グリンダは、炎の灯りに照らされたモネの横顔を見た。漆黒の瞳の中に、紫色の光彩を見つける。その煌めく瞳の輝きを、グリンダは素直に美しいと感じた。実の父親に怪物と呼ばれ、虐げられてきた少女。それでもその瞳は、こんなにも美しい。

「……モネはきっと、周りのみんなに拒絶されて、傷つけられて、それで懸命に人間になろうとしていたんだと思う。悲しみを感じる心はなくても、きっと寂しかったんだと思うよ」

「………………」

グリンダは、モネの気持ちを想像した。

母親はなく、愛人の子として館で暮らしていたモネは、きっと孤独で寂しかったはずだと。誰も彼女の存在を認めてくれない。だから認めてもらうため――他者に愛してもらうために、言われるがまま人間になる特訓をしたのだ。他者の気持ちを慮る練習をした。物語の登場人物になりきって、感情を読み取る訓練をした。モネはその相手として、グリンダを選んだ。

たとえ友情ごっこだったとしても、グリンダはモネが自分を選んでくれたことが嬉しかった。

暖炉の前へと視線を移す。椅子と椅子との間に渡された麻紐には、濡れた手袋や靴下と一緒に、一度くしゃくしゃとなった〝何でも言うことを聞く券〟が吊されている。突き返した券を、モネが蔑ろにしなかったのは救いだ。

だから最後に、グリンダは彼女に掛かった呪いを解いてあげたかった。

「……けれどもう、あなたを傷つける父親はいない。お医者さんも、エレオノーラもいないよ。だからもう特訓なんかしなくていいよ。モネはモネのままで――人間なんかじゃなくたって、いいんだよ」

「…………」

モネは何も応えなかった。

それから以降、二人は口を噤(つぐ)み、まどろみながら嵐が過ぎ去るのを待った。

夜が更け、雨風が落ち着き始めた頃に、グリンダはぽつりと静寂(しじま)につぶやく。

「……モネ。私、ポピー家に帰るわ」

「うん」

モネはただそう頷(うなず)いただけだった。グリンダの選択を止めようとはしない。一緒に行こうとは言ってくれない。わかってはいたが、グリンダは一抹の寂しさを感じる。きっと自分が「さよなら」と言えば、同じ調子で「さよなら」と返すのだろう。

その言葉を聞きたくなくて、グリンダは胸中でつぶやいた。

――さようなら、モネ。ありがとう。

5

「……それから私は、南部の故郷へと帰った。話に聞いたところによると、あれから何日も経たないうちに〈陶器の町オルドラ〉には、川を渡りきった〈緑のブリキ兵団〉が押し寄せてきて、あっという間に侵略されてしまったみたい。町に駐留していた〈東部兵団〉は提督が不在のまま、壊滅状態に陥った」

「この敗戦が決定打となって、東部はいとも簡単に降伏してしまったわ」

〈王のせき止め〉に続く砦――その半壊した執務室にて。グリンダは息をついた。空になったグラスを執務机に置いて、自分の席に座る。マスケット銃は壁に立て掛けたままだ。

「モネは軍に戻らなかったのか？」

ハルカリが尋ねる。

グリンダは執務机に両肘を置いて、頭を横に振った。

「さあ、その辺りはわからない。〈東部兵団〉に戻ったのか。あるいは私みたいに……逃げてしまったのか。次に私がモネの話を聞いたのは、それから約一年後のこと。驚いたことにモネはね、ずっと《エメラルド家》と戦い続けていたの。戦場を西部に移してね」

東部のほとんどを掌握した《エメラルド家》は、次に西部へと侵攻を始めた。

西部では、羅針盤同盟にも名を連ねていた《イエローフォレスト家》を中心に集まった兵士たちが、東部と同じように防衛線を張り、〈緑のブリキ兵団〉を相手に衝突を繰り返していた。

領土のほとんどを鬱蒼とした森林に占められた西部は人口が少なく、経済活動が乏しい。ゆえに軍事力や資金力は、東西南北の中で最も弱い地区だった。

多大な兵力と軍資金を誇る〈緑のブリキ兵団〉が侵攻を開始すれば、弱い西部はすぐに陥落するだろうと思われていた。だが多くの人々の予想に反し、西部の軍は各地で連戦連勝を収める。その最前線で指揮を執っていたのがモネだった。

《エメラルド家》からして見れば、西の軍を率いて侵攻を阻むモネは、邪悪な魔女だった。

「モネはね、いつの間にか〝西の悪い魔女〟って呼ばれるようになってた。何千人ものエメラルド兵を殺害した最凶最悪の魔女だって。しかも〝妹殺し〟だなんていう汚名まで着せられて。エレオノーラの上に建物を降らして残酷に殺したのは、あの異世界人だっていうのに――」

今現在より約十年前のことだ。この〝西の魔女〟を退治するため、エメラルド宮殿にて討伐隊が組まれた。西で暴れる悪い魔女を王家が成敗するという構図を作るため、《エメラルド家》からも王族が何人か出陣した。元々《グリーン家》のものである、カカシの描かれた旗を掲げて。

甲冑に身を包んだ多くの兵士たち――〈緑のブリキ兵団〉を率いたのは、異世界より現れた例の少女だ。少女はオズ王より贈られたライオンの背に跨がり、一行を連れて〈宝石の都エメラルド〉を出発した。それはそれは華やかな出陣であったという。

「……でもそれはまた別の物語。私の知るところではない」

グリンダはつぶやき、目を伏せた。

「けれど……その結末は知っていいる」

程なくして、討伐隊は〈宝石の都エメラルド〉へと帰還した。その凱旋を祝う催しが行われ、都の広場に集まった市民たちの前で、オズ王は魔女討伐に参加した者たちの功を労った。

西部での戦闘は熾烈を極め、多くの兵士たちが犠牲になったが、島の平和は護られた。そのすべては、軍略に長けた知恵と、仲間を思いやる心と、そして悪に立ち向かう勇気のたまものであると。

――〝西の魔女〟は退治された！

オズ王の合図で、筒状のカゴが舞台上に運ばれてくる。

カゴを運ぶ兵士に追従して現れたのは、異世界から来た例の少女だった。

グリンダはこの時、群衆に紛れて舞台を見上げていた。討伐の顛末が知りたくて、南部からこっそりとやって来ていた。ローブのフードを深く被り、舞台上を遠くから眺める。そこに現れた少女の姿を見て、「ああ」と覚悟を決めた。

――ごめんなさい、モネ。

舞台の中央で、カゴを持つ兵士は足を止めた。

少女がカゴの中に両腕を差し込んで、中にあったものを掲げる。短い艶やかな黒髪に、力なく開かれた目。その瞳に、紫がかった美しい光彩はもう確認できない。だが間違いなく、モネの頭部だった。

――ああ、ああ。ごめんなさい。

〝西の魔女〟の首が掲げられたと同時に、広場は拍手喝采に包まれた。平和の訪れに歓喜の声を上げる市民たち。指笛を鳴らし、万歳して王を称え、異世界人の少女に感謝を叫んだ。

その中で一人、グリンダだけが目を伏せていた。モネの首が掲げられた光景があまりにもショッキングで、立っていられずに膝をつく。

学校の教室で机に向かい、読書するその横顔を思い出した。

バルコニーで風に黒髪をそよがせる、後ろ姿を思い出した。

「ここから連れ出して」と抱きしめた時の体温を思い出した。

人間になるための特訓をしていた怪物。誰かに認めて欲しくて頑張っていた。

その寂しさに、グリンダだけは気づけていたのに。

「……ごめんね、モネ。たった一人で、戦わせてしまったね」

嗚咽をかみ殺す必要はなかった。声を上げて泣いても、歓喜に沸く群衆はグリンダに気づかない。グリンダは滂沱と涙を流し、モネに「ごめんね」を繰り返した。

モネは西部の人々を、侵略から護るために戦った。ならば最期に、彼女は人間になれたのだろうか。あるいは怪物のまま死んだのだろうか。いなくなったモネに、尋ねることはできない。

その答えはもうわからない。

「東部に続いて西部も陥落して……北部の《パープルロック家》は戦うこともなく降伏した。私たち南部もまた、《レッドガーデン家》の領主さんが降伏を決めたの。こうしてオズ島は統一された。《エメラルド家》の大勝利だよ。……けれど南部には、レッドガーデン卿の降伏をよく思っていない領主たちがいる。火種はまだ燻(くすぶ)ってる――」

また南部だけでなく、東部や北部、そして西部にもまだ《エメラルド家》の統治をよく思っていない領主や兵士たちが残っていた。彼らは《エメラルド家》の目をかいくぐって南に集結し、王家へと反旗をひるがえす〈南部戦線〉を組織したのだ。

「彼らに力を貸して欲しいと言われて、私は断ることができなかった。だってモネは、最期(さいご)まで一人で戦っていたから……。あの時、私は逃げてしまったから。だから」

深く息をついて、それからグリンダは顔を上げた。

「私はもう、逃げるわけにはいかないんだよ」

話は以上です――最後にグリンダはそう言って話を終えた。

「何か質問があれば答えるよ」

グリンダが言うと、背もたれを抱くようにして座っていたネルが立ち上がった。足の一本欠けている椅子は、ネルが手放すと床に転がる。

「家を降らせた異世界人とやらが気になりすぎるな……。型(スタイル)もわからないのか？」

「うん。あの魔法使いの使う魔法は、私が学んできたどの魔法の型にも一致しない。空間に作用させる魔法なんて、見たことがない。……とにかく魔力量とその禍々しさが尋常じゃなかったわ。例えるなら……理性のある魔獣と戦うようなものかなあ」

魔法使いでさえ、召喚される魔獣との直接的な戦闘は避けるものだ。召喚物は倒しても死ぬことがないし、そもそも人間がまともに戦える相手ではない。魔獣との戦いは避け、術者を狙うのがセオリーだ。だがその術者自身が、魔獣並の魔力を持っていたとしたら……。

「うむ、どう戦えばいいかわからんな……」

ネルは難しい顔をして腕を組む。

「そいつと戦ったドゥエルグ人はどうなったんだ？　結局死んだのか？」

「チキチキは……」

少し考えてからグリンダは、「その前に」と執務机の引き出しから一対の靴を取り出した。つま先を揃えて机上に置く。可愛らしい女物の靴だ。よく手入れがされており、その表面は銀色に艶めいている。

「これはエレオノーラが最期まで履いていた靴。彼女の魔法が込められた〝錬金物〟だよ」

「ほう」

ネルは執務机の前に近づく。

「あ、私も見たいです」と、カプチノもネルに並んで靴を見下ろした。

「この靴に込められた魔法は、大切な人に心の底から会いたいと願った時、その人の元へひとっ飛びさせてくれるというもの。車椅子になりながらも、自由を求めたエレオノーラらしい魔法だわ」

　その錬金物は魔力を練って一から〝創造（クリエイション）〟されたものではなく、エレオノーラのお気に入りの靴に魔法を〝付与（エンチャント）〟して作られたものだ。〝創造（クリエイション）〟された錬金物とは違い、術者が死んでからも、掛けられた魔法と一緒に物は残る。その銀色の靴は、あの嵐の日に回収されたエレオノーラの遺品だった。回収したのは、チキチキだ。

「チキチキはね、生きていたの。異世界からやって来た少女は、ドゥエルグ人の頑丈さを侮っていたんだね、きっと。あの後にこの銀の靴を回収して、うまく逃げ延びられたみたい。けど結局、北の《パープルロック家》も《エメラルド家》の軍門に降っちゃったから、チキチキも敵になってしまったんだけど……」

　ハルカリは空になったグラスを執務机の上に置いた。

「三回の施術を受けたそのドゥエルグ人でも勝てず、四回もの割礼（かつれい）術を繰り返した〝西の魔女〟でも勝てなかった……となると、その異世界人の娘は、単純に割礼術を四回重ねた以上の魔力を持っているってことか？　なるほど、化け物染みてる」

「私には悪魔に見えた。〈宝石の都エメラルド〉では、英雄扱いされてるけど」

「名前はあるのか」

「あるよ。その少女の名は……ドロシー」

6

エメラルド宮殿の大広間にて発生した炎は、テレサリサの奮闘によって鎮火していた。

火災発生時、テラスにて一人で蒸留酒を飲んでいた女騎士ヴィクトリアは庭園に出ていた。立っているのは、美しく刈り込まれた木々の前だ。バスケットを腕から提げて、元気にスキップしている少女の刈り込みは、近づいてみるとヴィクトリアの身長の二倍近くもあって、なかなかに迫力がある。

ヴィクトリアはその少女の刈り込みの前でコップを傾け、アルコール度数の高い蒸留酒で唇を濡らす。そして漫然と庭へ逃げてきた避難者たちを眺めていた。息をつき、青い芝生の上にへたり込んでいる紳士や淑女たち。彼らのジャケットやドレスはボロボロに焼け焦げ、顔や髪は煙で黒く汚れている。

「……小さな魔女様は無事なのか」

ヴィクトリアは人々の中にジャックの姿を捜すが、見当たらない。

修道女（シスター）を追い掛けていったロロとテレサリサの心配はしていなかった。

相手が魔術師（ウィザード）なのであれば、自分の出番はないだろうと思っていた。ヴィクトリアはこれまでに二度、魔法使いと戦っている。初めは船の中で〝海の魔女〟と。二度目は〝謝肉祭（カーニバル）〟の最中に青い煙の猿を従えた少年と。後にあの少年魔術師は、九使徒だったかもしれないとテレサリサから聞いた。それほど強い魔力の持ち主だった。

ヴィクトリアはそのどちらにも完敗している。魔法使い相手には、剣術が通用しないということを知った。魔法戦はもうこりごりだ。現れた敵が魔法使いであるならば、こうして離れたところから、我関せずに酒を飲んで待っているのが相応だ。

「それにしても、迷惑極まりない……」

庭園の芝生には、女の名を呼んで泣き叫ぶ男性の姿がある。また化粧を崩してむせび泣く淑女の姿もある。魔術師の魔法は多くの人々を泣かせていた。のどかな庭園が、今や阿鼻叫喚（あびきょうかん）の有様である。

するとヴィクトリアのつぶやきに応える声があった。

「ほーんとっ。プルもそう思うわ！」

ヴィクトリアのすぐ近く――刈り込まれた木の土台に、一人の少女が座っている。ふんわりとした柔らかな髪に、真っ白な服。足の付け根が見えてしまいそうなほどに短いスカートの裾（すそ）からは、ムチムチとした健康的な太ももが覗（のぞ）いている。組んだ足の先を見れば、裸足（はだし）だ。

少女はにこにこと友好的な笑みでヴィクトリアを見た。

その年齢は若く、十代にも思えた。

「やんなっちゃうようねえ、魔術師って。傲慢（ごうまん）で、乱暴で、いじわるで！」

「…………」

ヴィクトリアは動揺を隠してコップを傾けた。一体、いつからこれほどまで近くに座っていたのか。気配を感じなかった。よもやこの強い酒による幻覚ではあるまいな、と思うほどに。

少女はぴょん、と勢いをつけて土台から下りた。身長は低く、小柄だった。

「でも安心して？　プルはね、ただ犬を捕まえに来ただけなの。お姉さん、知ってる？〝キャンパスフェローの猟犬〟って言うんだけど」

もちろん知っている。キャンパスフェローの暗殺者、ロロのことだ。だが相手が何者かわからない以上、ペラペラと話すことでもない。ヴィクトリアはしらを切った。

「……いいえ。犬には詳しくないもので」

「えー、でもさ。カカシの王様が言うには、お姫様を連れたキャンパスフェローの一行が、ついさっきまでこの宮殿にいたみたいなの。お姉さんって、猟犬のお友だちじゃないの？」

少女は両手を腰の後ろに回し、ヴィクトリアに一歩近づいた。

背の高いヴィクトリアの前に立つと、自然と上目遣いになる。

「……どうして私が猟犬の友だちだと？」

「だってお姉さん、火事でメソメソ泣いてるこの貴族たちとは違うもん。あなた、人を斬ったことがあるよねえ？　そんな顔をしているわ」

「ふっ……」

　ヴィクトリアは目を伏せた。〝気迫が違う〟——そういう意味であるならば、騎士としては嬉しい評価か。確かに、ここでむせび泣く貴族たちの中には溶け込めない。

「……一つ、確認なのですが。あなたは魔術師ですか？」

「うんっ。九使徒だよ☆」

　少女は声を跳ねさせる。ヴィクトリアは深い、深い、ため息をついた。

　まだ中身の入っているコップを手放す——と同時にヴィクトリアは、腰を落として左側のローブを捲り上げる。足を踏み込み、剣を抜きざまに横一閃。手放したコップが芝生に落ちた時には、剣を振り切っていた。

　それは一息にも満たない不意打ちの一撃。

　しかし少女はたったの一歩、踵を後ろに下げるだけでその剣先を避けてみせた。

「わ、びっくりした」

　その反射神経は、彼女が九使徒であることを裏付けるのに充分なものだった。ヴィクトリアは確信する。ここで全力を尽くさなければ、死ぬ。振り切った剣を胸元に引き寄せて、構えを変える。続けざまに放つのは、突きだ。

　その切っ先が肉を穿つ。攻撃が当たった、感触があった。が——。

「んぐっ……」

　痛みに声を上げたのは少女ではなく、攻撃を繰り出した側であるヴィクトリアだった。

剣を突き出したと同時にヴィクトリアは、自らの脇腹に抉るような激痛を覚えていた。見れば突きを放った自身の真横――その空間に、穴が一つ浮かんでいた。穴の中から伸びた剣先が、ヴィクトリアの脇腹を突き刺していた。

一方で伸ばした剣の切っ先もまた、空間に発生した穴の中へと突っ込まれている。

「……はっ？　ハハ」

つまり自身の繰り出した渾身の突きが、二つの穴を通して自分の脇腹を突き刺しているのだ。その現象は理解を超えていて、ヴィクトリアは思わず笑った。もう笑うしかなかった。

「もうっ。いきなりは酷いよ、お姉さんっ」

自身とヴィクトリアとの間に穴を発生させた少女は、両手を腰の後ろに回したままだ。

ヴィクトリアの目の前で穴がどんどん小さくなり、塞がれていく。連動して真横に発生していた穴も収縮していく。穴に突っ込まれたままの剣をパキッと折って、そして二つの穴は跡形もなく消えた。ほんの一瞬の出来事だった。ヴィクトリアの右手には短くなった剣が握られており、折れた剣先は自分自身の脇腹に突き刺さっている。

「……はっ。はっ」

ヴィクトリアは折れた剣を両手で構えた。改めて魔法戦はこりごりだと思う。だからと言って、逃げられる相手ではなさそうだ。目の前の少女へと、折れた剣で斬りかかった――次の瞬間。今度はヴィクトリアの足下――青々とした芝生に大きな穴が空いた。

「っ……!?」

まるで落とし穴にでも嵌まったかのように。ヴィクトリアは目を丸くして穴の中に消えた。

直後に穴は小さくなり、跡形もなく消える。少女は両手を後ろに組んだまま、踵を返した。

「ふうっ！　怖い怖い。血気盛んな人だね。プルは話を聞きたかっただけなのに」

と、その話を聞こうとした相手を穴に落としてしまったことに気づき、少女は目をぱちくりとさせた。

「……あっ、やっちゃった」

7

半壊した執務室での会話を終えたハルカリたちは、砦の城壁の上へと出ていた。初めにヘンダーソンに案内されて歩いてきた城壁だ。

グリンダは自分たちの過去を語った上で、改めてハルカリたち海賊に「協力して欲しい」とお願いした。《エメラルド家》の支配に抵抗するため、魔女としての力を貸して欲しいと。その謝礼として、戦闘で得られた銃器は好きなだけ持っていっていいと言った。

ハルカリは返答を一時保留とした。二人の意見を聞く。

「どう思う？　お前たちには、あの魔女はどう見えた？」

城壁の縁に背を持たせたハルカリのそばには、ネルが立っている。

「私は協力してやってもいいぞ。あのヘンダーソンという男は嫌いだが、〝南の魔女〟は嫌いじゃない。南部以外のすべては《エメラルド家》に支配されているのに、最後まで侵略に抗う姿はむしろ好感が持てる」

城壁の外で行われていた戦闘はすでに終結し、〈緑のブリキ兵団〉は撤退していた。城壁の上には、身体（からだ）を休める負傷兵たちがいる。ネルは彼らをあごで指し示す。

「お前の持ってる回復系の魔法で、あいつらを治してやるといい。マナスポットであるここなら、魔法は魔力の消費を気にせず際限なく使えるだろ」

「まあ、それは構わんが……」

ネルは腰に両手を当てて鼻息を荒くした。

「しかし残念なのは異世界人ドロシーだな！　私も一度会って戦ってみたかった」

十年前、討ち取った〝西の魔女〟の首が掲げられた凱旋（がいせん）パレードの後、オズ王は《グリーン家》の血を継ぐ嫡男──現在のカカシの王に王位を譲った。そしてドロシーと共に、異世界へ帰ってしまったと言われている。

「残った〈緑のブリキ兵団〉とやらがどんなに大軍だろうが、マナスポットであるこの場所で戦えば、魔女である私たちが負けるはずがない。ドロシーがいないなら、つまらん戦（いくさ）になるな」

「つまらなくとも、リスクが少ないのはいいことだ。じゃあ参戦に一票だな」

ハルカリはネルと反対側に立つ、カプチノを横目に見た。

「お前はどう思う？　カプ」

「……私は、そうですね」

カプチノは城壁の縁に手を置いて、眼下を覗いていた。戦場となっていた砦の前の開けた平地には、何十人もの兵士たちが倒れており、いたるところに血だまりがあった。砕けた木片や、城壁から投げつけられたレンガが転がっていて、馬車が数台燃えている。

カプチノは〈南部戦線〉の兵士たちが、旗竿と共に打ち捨てられた〈緑のブリキ兵団〉の軍旗を地面に広げ、踏みつけて笑っているのを見つめている。

「あの魔女さんは優しかった。けど……何だか信用できない気がします」

「ほう？」

カプチノの意見は意外なものだった。ハルカリはその真意を尋ねる。

「なぜそう思う」

「話を聞きながら、あっ、て思うところがあったのですが、嘘ついてるのかもって思ったら、訊くタイミングを逃してしまって……」

「嘘？」

カプチノは城壁の縁から身体を離し、ハルカリを見た。

「だってあの人、九使徒のパルミジャーノを殺したって、言ってたじゃないですか。たぶん嘘です。私、見てます。レーヴェのお城で……」

〈騎士の国レーヴェ〉にて、キャンパスフェローの一行を罠に嵌め、虐殺した魔術師たち。その指揮を執っていたのが、鳥の仮面を被った第六の使徒〝錬金術師〟のパルミジャーノだ。

レーヴェの城で給仕たちに匿われ、こっそりと療養していたカプチノは、一度だけ鳥の仮面を被った魔術師を城の廊下で目撃したことがあった。あの不気味な仮面の男こそがパルミジャーノだと、城の給仕たちに聞かされたのは後のことだ。カプチノにとっては因縁の相手である。その名前を忘れるはずがない。

「あの魔女さんのお話だと、パルミジャーノは十年以上も前に死んでる。そんなはずはないんです。だってパルミジャーノは、レーヴェの城で私たちを……」

カプチノは、虐殺の夜を思い出して言い淀む。ハルカリはそれ以上聞かなかった。

「なるほど……パルミジャーノは死んでいない。ならグリンダは、死んだと嘘を言ったのか」

「あるいは」

と、ネルが口を挟む。

「奴は常に仮面を被っているのだろう？　ならばこうも考えられる。誰かがパルミジャーノに成り代わってる……十年以上前、グリンダの教師であった頃のパルミジャーノと、レーヴェで虐殺を行った今のパルミジャーノとは、中身が違う……——」

8

ロロとテレサリサを捕らえたパルミジャーノは、エメラルド宮殿の廊下を歩いていた。

フェロカクタスが先導して前を歩き、パルミジャーノは最後尾について歩く。

捕らえた二人を遠く離れた王国アメリアへ連行するには、馬車に乗ってオズ島東部の港まで行き、海を渡って河船に乗り換えて、大陸を縦断する〈血塗れ川(ブラッディ・リバー)〉を上っていかなくてはならない。だがこのオズ島には、長距離移動を楽に行える画期的な発明品があった。

〝空飛ぶバスケット〟——熱気球だ。

かつて異世界より現れたオズ王は、この気球に乗って島へとやって来たという。

彼は気球の構造を人々に教え、その技術を使って気球の量産に成功した。今や気球とは、オズ王のもたらした科学と繁栄を象徴する乗り物だ。その卓越した科学力と権威を示すように、カカシの王は時々エメラルド宮殿の上空に色とりどりの気球を浮かばせる。

ロロとテレサリサを連れたパルミジャーノは、その一つを拝借して大陸へと渡るべく、宮殿の屋上へと向かっていた。

〝キャンパスフェローの猟犬〟を捕らえるため、オズ島へとやって来たパルミジャーノだったが、王国アメリアと島国オズの間には不干渉条約が結ばれている。本来なら魔術師(ウィザード)の入国が禁じられている国だ。フェロカクタスが暴れてしまったこともあり、気球を貸してくれと言ってもきっとごねられるだろう。どうせ奪うことになるのだから、さっさと奪って島を去ろうとパルミジャーノは考えていた。

後は気球に乗ってアメリアへと戻り、魔女と猟犬を神の子ルーシーに献上して終わり。簡単な仕事だったと、そう思っていたところにふと不穏な魔力を感じて、パルミジャーノは足を止めた。テレサリサとロロは振り返った。二人はそれぞれ、魔法を封じる石枷(いしかせ)と荒縄で拘束(こうそく)されている。

先頭を歩いていたフェロカクタスもまた立ち止まり、くちばしを持ち上げたパルミジャーノへと振り返る。

「先生、どうしたの？」

「いいえ、何でもありません」

パルミジャーノはくちばしを横に振った。フェロカクタスやテレサリサは気づいていない様子だが、パルミジャーノは、遠くに発生した禍々(まがまが)しい魔力を感じ取っていた。空間に作用する彼女の魔力は独特で、わかりやすい。

――……来ているのか、この宮殿に。

「早く行こう？　先生。フェロは気球に乗るの、楽しみなの」

「フェロカクタス。二人を連れて先に屋上へ行っててください。私は少し離れます」

「え」

「いいですか。気球を見つけても、あなた一人で奪おうとしてはいけませんよ。気球の獲得は先生に任せて。あなたはすぐに燃やそうとするから」

褒められたわけでもないのにフェロカクタスは「えへへ」とはにかんで、手を挙げた。

「わかった。じゃあフェロと魔女と猟犬は、大人しく屋上で待っとくね？」

三人は再び廊下を歩き始める。パルミジャーノは、踵を返して来た道を戻っていった。

先を行く三人が廊下を折れ曲がり、誰もいなくなってから、一人の少女が柱の陰から顔を出す。とんがり帽子に毛先の跳ねた赤い髪。パーティー会場に食事を取りに行ったまま、ロロたちとはぐれてしまっていたジャックだ。廊下に人気がないことを確認して、姿を現す。

「……一番強そうな奴が逃げてしまいました」

火事に慌てふためく人々に押し流され、大広間を出たものの、ジャックは広い宮殿の中で迷子になっていた。そこに偶然、ロロとテレサリサを見つけて追い掛けてきたのだ。どういうことか二人は縛られ、修道女に先導されて連れていかれる様子である。それで一体何事かと、こっそり観察していたのだった。

「……やっぱり捕まってるんでしょうか？　ならばジャックが助けてあげなければ」

森の中の小屋で長い独り暮らしをしていたせいで、ジャックは独り言が多い。「ふふんっ」と鼻息を荒くして、意気揚々と廊下の先に消えたロロとテレサリサを追い掛けていった。

「……ご機嫌だね、ドロシー」

一方、〈謁見の間〉にて。大広間で発生した火事によって、避難していたカカシの王は王座へと戻った。だが本来自分が座るべき椅子に、一人の少女が鎮座している。まるで自分の椅子のごとく、裸足のまま悠々と足を組んでいる。

「やあん、やめてよう！　今は〝プルチネッラ〟って名前なんだから」

「……ああ、悪い。ごめんね、気をつける」

カカシの王は階段の下から、にへらっと不自然な笑みを浮かべた。どいてくれとは言わない。第九の使徒〝道化師〟プルチネッラ——彼女がオズ島にいる間は、彼女こそがこの島の統治者と言って過言ではない。

王は敬語を使わない。だがその言葉の端々には、多分に恐れが含まれている。

「それで……〝キャンパスフェローの猟犬〟は見つかったのか？」

「それがさ、いないんですけど！」

プルチネッラは肘置きを掴み、身体を勢いよく前に倒す。

「女騎士は見つけたわ！　たぶんあれが、あなたの言っていたキャンパスフェローの一人。でも他の人たちが見つかんないのっ。あなたが逃がすからいけないんだよ？」

責めるように言われ、カカシの王は頭を掻いた。

「いや、ごめんって。だって知らなかったんだよ、ドロ……ああ、プルチネッラがキャンパスフェローの一行を追い掛けてたなんて……」

「一行を、っていうか。〝キャンパスフェローの猟犬〟を追い掛けてるんだけどね？　あと〝鏡の魔女〟！　ルーシー様が会いたがっているから」

プルチネッラが〈謁見の間〉に現れたのは、カカシの王から話を聞き終わったロロたちが、この〈謁見の間〉を去った直後だった。

プルチネッラにキャンパスフェローの情報がないかと尋ねられ、王はちょうど今さっきまで会っていたと答えた。パーティーを楽しむようにと言ったから、まだこの宮殿のどこかにいるのではないかと。

そこでプルチネッラは、一行を捜し回っていたのだ。だが見つけられたのは女騎士ヴィクトリアだけで、肝心の暗殺者や魔女の姿は見当たらない。カカシの王はプルチネッラにご機嫌だねと言ったが、それどころか彼女は不機嫌だった。肘置きに身体ごとしな垂れて、サイドテーブルに頬杖をつく。

「はぁーあ。絶対に近くにいるはずなのにな。だって大広間の火事は魔法だよ？」

「え、そうなのか？」

「そうだよ。あちこちに魔力が残っているでしょ。何でわからないの？　バカなの？」

魔法使いではないカカシの王に、魔力を感じ取れというのは無理な話だ。

「バカではないが……」と、小声で反論する王を無視して、プルチネッラは頭を掻いた。

「もう！　その魔力のせいで気が散って仕方がないわ！　プルは探知が苦手なのにっ」

プルチネッラはサイドテーブルに胡椒の入った小皿を見つけると、それをいたずらに指で弾いた。テーブルから転げ落ちた小皿は胡椒をまき散らし、カランコロンと王座の階段を転がっていく。

小皿は王の脇を通り過ぎ、コツンと、ある人物のブーツに当たって止まる。

「……それは失礼しました。火事は私の弟子の仕業です」

天井から垂れたレースのカーテンを捲って現れたのは、鳥の仮面を被った魔術師だった。

振り返ったカカシの王は、ぎょっとして僅かに身体を反らす。プルチネッラは気分屋すぎて苦手だが、この魔術師パルミジャーノ・レッジャーノもまた表情がわからなくて苦手だ。

「パルっ！」

プルチネッラは、満面の笑みで王座から立ち上がった。

「あなたも島に来ていたの？　もしかして〝キャンパスフェローの猟犬〟を捕まえに？」

「ええ。教会からお達しがありまして」

パルミジャーノの後ろからは、禿頭の老執事が続く。カカシの王は、咎めるようにその顔を睨んだ。どうして断りもなく連れてきたのだ、と。老執事は申し訳なさそうに眉根を寄せて、目で訴えた。どうしても止められなくて……と。

「なのであなたは帰ってもよろしいですよ？　猟犬は私が代わりに捕らえておきますから」

ロロとテレサリサをすでに捕縛しているということを、パルミジャーノは言わない。同じ九使徒である仲間とはいえ、この少女は思考が読めない。何を考えているのか、わからない。すでに捕らえたと口にすれば、それを奪い取ろうと攻撃してくる可能性さえある。

大人しく島から去ってもらうのが一番なのだが、プルチネッラは首を横に振った。

「ううん、帰らないわ。ルーシー様を喜ばせてあげたいし、プルも魔女と猟犬に興味が湧いてきたところだし！　そして何より……特にやることもないしねっ☆」

「……暇なのですね」

プルチネッラは、軽やかに玉座の階段を下りてくる。

「でも待って？　あの火事はあなたの弟子の仕業（しわざ）？　〝鏡の魔女〟の仕業じゃなくて？」

「ええ、いたずら好きな弟子の仕業です。きつく叱っておきました」

「ええー……じゃあ〝鏡の魔女〟の手がかりにはならないのかあ」

プルチネッラが階段を下りきった時、老執事（しつじ）がふと声を上げた。

「……あ、魔女と言えば。つい先ほど一報が届きまして」

「何だ？　言ってみろ」

カカシの王に促されて、老執事は続ける。

「三日前のことです。〈王のせき止め（キングズ・ダム）〉攻略部隊への支援物資を積んだ荷馬車が襲われてしまったそうで。生き残った兵の証言によると、その賊の一人が魔法を使っていたと――」

「何？　魔法使いか」

「じゃあ、そいつじゃない！」

プルチネッラが横から声を弾ませた。

「その魔法使いが〝鏡の魔女〟じゃない？　その子はどこに行ったの？」

「それが……〈南部戦線〉の者に連れられて〈王のせき止め（キングズ・ダム）〉へ向かったとの情報が入っております。最悪〈南部戦線〉に取り入れられてしまった恐れが……」

「〈南部戦線〉って……確か〝南の魔女〟がリーダーの軍よね？」

プルチネッラは小首をかしげる。

そしてこっそり玉座に座ろうと、階段を上がっていたカカシの王を見上げた。

「あなたたち、まだ戦ってるの？」

「ああ、いや……」と階段の途中で足を止め、口ごもる王。

プルチネッラは腰に両手を当て、叱りつけるようなポーズを取る。

「もうっ！　せっかくプルがあなたを王座に着けてあげたってのに、ちっとも平和になってないじゃない」

あまりにセンシティブな話題をいとも簡単に口にしてしまうので、老執事は慌（あわ）てて周りの人気を確認した。王は必死に言い訳をする。

「違うんだよ、プルチネッラ。《レッドガーデン家》はすでに落ちてる。南部はもう俺たちのものさ。なのに、ほんの一部の貴族だけが〝南の魔女〟を担ぎ上げて……」

「まあいいわ！　とにかくでかした、執事さん！」

プルチネッラは、老執事の禿頭をぺちぺちと叩いた。

「プルの魔法が、毛の生えるものだったらフサフサにしてあげたのに！」

何と答えていいのかわからず、苦笑いを浮かべる老執事。

「ちょうどいいわ。魔女狩りと犬狩りのついでに、プルが〈南部戦線〉も壊滅させてあげようかしら？　ダムに行けばいいんだよね？　パル、あなたはどうする？」

プルチネッラは、鳥の仮面へと視線を移した。

「〝南の魔女〟って、パルのお気に入りの子じゃなかった？　久しぶりに会いたくない？」

「………………」

パルミジャーノは少しだけ考えた。目元の黒いガラスが屈託のない笑顔を映している。

「……わかりました。私も行きましょう」

「そう来なくっちゃ！」

プルチネッラが手を振り下ろす。すると二人の間の絨毯に、ぽっかりと円い穴が空いた。

見下ろした穴から覗くのは青空だ。

「楽しみだねっ。プル、戦争だーいすきっ！」

「それじゃ、付いてきてね」と言葉を足して、プルチネッラは躊躇いもなくぴょん、と穴の中へと飛び込んだ。続いてパルミジャーノも一歩足を踏み出して、穴の中へと身を投げる。

二人の姿が消え去ってから穴は閉じていき、消滅した。

階段の上のカカシの王は、ほっと息をついた。老執事が恐る恐る尋ねる。

「……よろしかったのでしょうか？　これから戦況は激化します。危ないのでは？」

彼の言うとおり、〈王のせき止め（キングズ・ダム）〉の奪還作戦はいよいよ大詰めに差し掛かっていた。川下に退いていた〈緑のブリキ兵団〉は、増援部隊と合流してその規模を増し、空からは籠城を打ち崩す秘密兵器――〝気球部隊〟が迫っている。最前線での戦いは、これから熾烈（しれつ）を極めるだろう。だがそれを知っていてなお、カカシの王は鼻で笑う。

「危ないわけないだろ。九使徒だぜ？」

あの二人が参戦するというのなら、気球はいらなかったかな、とすら思った。

9

エメラルド宮殿の屋上では、武装した兵士たちが次々と気球を飛ばしていた。

彼らは〈緑のブリキ兵団〉の中から選ばれた気球部隊だ。熱気球の扱いを専門的に学び、気球を使った戦略を前提に訓練を積んだ者たち。彼ら〝気球兵〟はカカシの王たっての希望で編成された、新しい部隊だった。

〝南の魔女〟率いる〈南部戦線〉の籠城を打ち崩すために、空から〈王のせき止め〉へ迫る手はずとなっている。これが彼らの初陣ということもあり、兵士たちの士気は高い。

「上がったぞ！　風に乗れ！」「気をつけろォ」「兵長、こちらいつでも出陣できます！」

屋上のいたるところから声が上がり、潰れた状態で寝かされていたバルーンが次々と膨らんでいく。すでに百を超える気球が空へと浮かび上がり、南部へと舵を切っていた。

「ふおーっ！」

屋上に続く扉を開けたフェロカクタスは、青空に浮かぶ気球の群れに声を上げた。身近で見上げる気球は、思いのほか大きい。迫力のある光景を目の当たりにして息を呑む。

「フェロは今……猛烈に感動しているの、だけれど。それどころじゃなかった」

我に返って振り返る。

背後には、魔導具の石枷によって両手を拘束されたテレサリサと、荒縄で後ろ手に縛られたロロが付いてきている。フェロカクタスの握った荒縄は、しっかりとテレサリサの石枷を経由して、そしてロロを縛る荒縄へと結ばれているのだった。

この罪人たちを連れて屋上へ行き、待機しておくこと――それが敬愛する先生パルミジャーノから課せられた任務だ。決して二人を逃がすわけにはいかない。

一瞬たりとも目を離してはいけなかったと、フェロカクタスは気を引き締める。だが彼女にとって、逃がさない以上に困難なのが、「気球を見つけても、あなた一人で奪おうとしてはいけませんよ」というパルミジャーノからの言いつけだった。

　奪おうとしてはいけない……それはすなわち、戦ってはいけないということ。そして戦いを避けるためには、兵士に見つかってはいけない。

　屋上に続く扉付近でうろちょろとしていれば、すぐに兵士たちに見つかってしまうだろう。フェロカクタスは、身を屈めてを横切っていく。荒縄で繋がれているため、テレサリサとロロも引っ張られてフェロカクタスに付いて歩くことになる。

　ロロは大人しく付き従いながら、空を見上げた。南の方角にはたくさんの熱気球が浮かんでいる。祭りに使用されている気球をそのまま流用しているため、赤や青、黄色や緑など、派手な色の気球が多かった。

　ここぞとフェロカクタスが向かったのは、屋上に設置されたレンガ造りの物置だった。施錠のされていない木の扉を開け放つ。壁に一つだけ、明かり取りの窓がある、薄暗い物置だ。大小様々な木箱が積み重なっていて、麻袋が山積みになっている。棚には同じ型のランタンがいくつも並び、棚のそばにはホウキやモップなどの清掃道具が立て掛けられていた。

　物置内には二階へと続く階段があり、有事の際には物見やぐらとして活用されていた。ただフェロカクタスが二人を座らせたのは、一階にある木箱の前だ。隠れるだけならここで充分。扉を閉めれば、一時的に兵士たちの目から逃れることができる。

「よし。ここで先生を待とう……！」

固い決意に唇を結んだその顔を、ロロが見上げた。

「いいんですか？　待つだけで」

「……何で？　いいの。先生は待ってててって言ったから」

「気球、次々と飛んでってるのに？」

「飛んでってるよね」とテレサリサが口を挟む。「残ってる気球、少なくなかった？」

「え、うそ!?」

「少なかったですね。今のうちに奪っとかないと、全部飛んでいっちゃうと思うけどな」

「先生が到着した頃にはみんな飛び立って誰もいない……なんて笑っちゃうね」

「笑っちゃわないし！　だって、フェロは気球奪っちゃいけないの」

「笑うよ」とロロは言い切る。

「そして呆れる。あなた飛んでいく気球を、ぼーっと見ていたんですかって」

「ううう……やめて迷わせないでっ！」

頭を抱えるフェロカクタス。直後に「はっ」と顔を上げ、目を丸くした。

「待って……！　何かすごい……すごい魔力を感じるっ」

魔力を感じることのできないロロは、隣で膝を曲げるテレサリサを見た。肩をすくめたその表情を見る限り、ロロたちにとっての危機的状況ではない様子だ。

コン、コン——と扉がノックされて、フェロカクタスがびくりと肩を跳ねさせる。

フェロカクタスは固唾を呑んで扉へと振り返った。もしかして、この魔力の持ち主が訪ねてきたのかもしれない。恐ろしく強大な魔力だ。そして非常に禍々しい……ならば相手は魔獣の可能性さえあった。フェロカクタスは両手に魔力を纏い、扉へと向かう。

ガチャリ、と恐る恐る扉を開いた。立っていたのは魔獣ではなく――とんがり帽子を被った赤髪の少女が一人だけ。眠たそうな目でフェロカクタスを見つめ、もぐもぐと齧ったカヌレで頬を膨らませていた。

「……は？」

思わぬ訪問者に緊張が解け、フェロカクタスは素っ頓狂な声を上げた。

「何ですかぁ？　今忙しいんだけど……」

つぶやいたフェロカクタスは、すぐに強大な魔力に気づく。ビリビリと肌を刺す尋常ではないプレッシャー。まさか、この小娘が魔獣……!?　と、娘の足下に大きな二つの影を見た。

フェロカクタスはゆっくりと顔を上げる。そしてとんがり帽子の頭上に浮かんでいるものを見て、驚愕に目を見開いた。

「ぴゃ……！」

それは、あまりにも巨大な二つの手首だった。禍々しい魔力の発生源はこれだ。それぞれに金の腕輪で装飾された両手首は、人体の規模を越えた大きさである。だらだらと冷や汗を流しながら、フェロカクタスは漠然と思った。

──あ、これ死んだ。

瞬間、巨大な手が開いたドアからその拳を突っ込む。そしてフェロカクタスの身体を握り締めた。続いてジャックがトテトテと、カヌレを齧りながら物置内へと入り、後に続いたもう一方の手が、ドアノブを摘んでパタンと閉じた。

その音に気づいた兵士が一人、振り返る。そこにはいつもどおり、物置が静かに立っているだけで何ら異変は見当たらない。気のせいか……と熱気球を飛ばす作業に戻った。

「はい、テレサリサ。ジャックはカヌレを見つけてきました」

物置内に入ったジャックは、床に膝を曲げているテレサリサの前に立った。

差し出したのは、大広間のパーティー会場から持ってきた焼き菓子カヌレだ。手のひらに広げたハンカチの上に一個だけ載っている。オズ島産のカヌレは贅沢なことに、シュガーパウダーがまぶされていた。

「わあ、ありがとう！　持ってきてくれたんだ」

「一緒に食べたかったのに、ジャックの分は召喚のために使ってしまいました」

〝墜ちた農耕神モズトル〟の両腕を召喚する条件は、ジャックとご飯をシェアすること。だからもう一個用意していたカヌレは、半分に割ってモズトルへと献上し、もう半分はジャックがすでに齧っている。食べかけのカヌレはもう小さい。

　ジャックは、恨めしい視線を背後に向ける。浮かんだ巨大な両腕は、握り締めたフェロカクタスを床に転がした。彼女はその身体を巨大な手に握り潰され、気を失っている。

「こいつ、お野菜では出てこようとしません。ジャックは〝お野菜の魔女〟になりたかったのに……これではやっぱり〝お菓子の魔女〟です」

　邪神をこいつ呼ばわりするジャック。巨大な両腕は申し訳なさそうに手のひらを合わせている。テレサリサはぽかんとしてその両腕を見上げた。こんなにも禍々しい魔力を帯びているというのに、邪神はジャックに従順なようだ。邪神も謝ることがあるんだな、と意外に思った。

　ジャックは魔法を解き、その巨大な両腕を掻き消す。

「じゃあジャック。私のカヌレを半分こして一緒に食べよ。でもその前に、この枷を何とかしてくれない？」

　テレサリサは両腕を持ち上げる。その手首には、魔法を封じる石枷がされたままだ。

「鍵ならこの子が持っていました。今、拘束を解いて差し上げます」

　ロロはそう言って、手を持ち上げた。その指先には白い鍵が摘まれている。

「え、待って？　何であなたが持ってるの？　ってか、あなたも縛られてなかったっけ？」

　テレサリサが目を丸くすると、ロロは珍しく、ふふんと得意げな顔をした。

「暗殺者を拘束するのに、縄を使うのは悪手です。縄抜けは一番最初に覚えることですから。鍵はさっきすりました」

「すったの!?　何それ……この石枷の外し方も教えて欲しいものだわ……」

目の前に屈んだロロに、テレサリサは両手首を差し出す。

「私、最近捕まりすぎじゃない？」

「その度にこうして助けて差し上げますので、これからも安心して捕まってください」

「わあ、何か調子乗ってる！」

石枷を外していると、壁に空いた窓枠に、外からぴょんと一匹の猫が現れた。「なーお」と鳴いて窓枠に伏せる。見れば顔面や耳先、尻尾の先が黒い。その柄には見覚えがあった。

「あれ……テラスにいたシャム猫だわ」

大広間のテラスにて、猫でありながら温かい紅茶を舐めていたシャム猫だ。

テレサリサの拘束を解いてから、ロロは立ち上がった。

「同じ猫ですか？　魔女様に付いてきたのでしょうか？」

「間違いないよ。深い緑色の瞳を覚えているもの」

「よほど魔女様に懐いているようですね」

「ふふふ、おいで。抱っこしてあげるわ」

テレサリサは窓枠へと近づき、腕を伸ばした。すると猫はすっと身体を起こし、お座りのポーズを取った。そして一言。

「いいえ……抱っこは結構」

喋った。びくりとテレサリサが腕を引く。ロロもジャックも、猫が話し始めたことに驚いて硬直した。

「わたくしが興味を持っているのは、どちらかと言えば〝犬〟のほうなの」

優雅でしとやかな女性の声だった。猫は深緑色の瞳をロロに向ける。

「大広間での戦闘、陰ながら拝見させていただきました。魔術師を相手にあれだけの戦いぶり、見事です。〝キャンパスフェローの猟犬〟……巷で聞いた噂によると、たった一晩で三百人を殺したことがあるのだとか……」

「……それは先代の功績ですが……猫社会にもこの名が轟いているとは、驚きました」

「もっと驚くことがあるでしょ！」

振り返って言ったテレサリサは、すぐにシャム猫へと視線を戻す。

「普通に話してるけど、あなた何者？　猫じゃないの？」

「猫……ですが？」

シャム猫はきょとんとして小首をかしげた。可愛かった。

「…………」

一同がぽかんとしてしまったので、シャム猫は「冗談です」と肩をすくめた。

「初めまして。わたくしはエレオノーラ。この島では〝東の魔女〟と呼ばれています」

「東の……魔女？」

ロロがつぶやき、テレサリサがいぶかしげに猫を見つめる。

「猫も魔法使いになれるの……？　それは知らなかったわ」

「いいえ、元は人間です。シャム猫の身体に、わたくしの魂が入っているだけで」

「魂が……？　それって魔法だよね」

「そうです。わたくしの元の身体は、降ってきた建物に押し潰されてしまって」

「建物に……？」

エレオノーラの身体は、車椅子ごと酒場〝よくやった！〟に押し潰されて破壊された。だがその直前に、エレオノーラはモネの飛ばした黒い箱を胸に受けていた。建物がその頭上より降ってきたその瞬間、モネは咄嗟に箱を手元に回収した。箱にエレオノーラの魂を閉じ込めて。それは反射的な行動だった。

魂は身体を失ってからも、モネの錬金物である箱の中に閉じ込められたまま。モネは妹の魂が入った箱を潰すこともできず、長い間、持て余していた。

その後、モネは西部へと向かったが、その際にエレオノーラの可愛がっていたシャム猫を連れていった。転機が訪れたのは、そのシャム猫が迂闊にも蛇に嚙まれて死んでしまった時だ。

黒い箱に入った魂と、まだ死んで間もない魂の抜け殻。その二つを見比べて、モネにふとアイデアが生まれた。エレオノーラの魂を、猫の中へと移してみたのだ。

そしてその試みは、エレオノーラを蘇らせた。ただし魔法は使えなくなっていたが。

「かつて魔法使いだったわたくしも、この身体では魔力を練ることができません。〝東の魔女〟エレオノーラは、死んだことになっているの。今は話せるだけのただの猫……」

はあ、とため息をつくシャム猫。話せる猫など、どう見てもただの猫ではないが。

「けれど、ね。猫の生活も意外と悪くないもので。特に、この宮殿に住んでいる限り食べ物には困らないし、天敵もいないしで快適なの。身軽で自由に歩けるしね」

軽やかに前足を上げてから、エレオノーラは声のトーンを落とした。

「……けれどついさっき、宮殿に悪魔が現れた」

魔力を練ることはできなくとも、以前魔法使いであった時の感覚から、ドロシーの禍々（まがまが）しい魔力を感じ取ることはできた。魔力を辿（たど）って〈謁見（えっけん）の間〉へ行くと、エレオノーラにとっての〝天敵〟がそこにいた。

「わたくしを殺した異世界人――ドロシーがこの島に戻って来たのです」

「……異世界人？　オズ王のことではなくてですか？」

ロロの問いに、シャム猫は首を横に振った。

「オズ王ではなく、オズ王の後に現れた、二人目の異世界人です。彼女は強力な魔法使いでした。わたくしを建物で押し潰した張本人。〝西の魔女〟を退治したのも、〈緑のブリキ兵団〉を率いた彼女ですの」

「……二人目の異世界人」

ロロはテラスから見た庭の刈り込みを思い出した。《グリーン家》の象徴であるカカシの刈り込みと、〈緑のブリキ兵団〉を象った三人の兵士たち。そして王権の象徴であるライオン。彼らを率いていたのは、軽やかなステップでスカートをひるがえす一人の少女だった。

合点がいった。あのカカシの王が最凶最悪と名高い〝西の魔女〟に敵うはずがないと思っていたが、魔女を倒したのは彼ではなく、異世界から来た魔法使いだったのだ。

「長い間、島を離れていたドロシーが〈謁見の間〉に現れました。それもどうしてか……死んだはずの男を連れて」

「死んだはずの男……?」

つぶやいたロロに、エレオノーラが説明する。

「九使徒の一人〝錬金術師〟のパルミジャーノ・レッジャーノです。ご存じですか?」

「……知っています。〝東の魔女〟様もご存じなのですね?」

「もちろん。彼はこの島の魔法学校で教鞭を振るっていたからね。けれど何かがおかしい。さっきも言ったように、彼は死んだはずの男なの。生きていていいはずがない。だって彼はわたしくしたちが……――」

エレオノーラは、ロロとテレサリサを交互に見て告げる。

「殺して、埋めてしまったはずだから」

10

モネがパルミジャーノの魂を奪ったあの夜。エレオノーラとチキチキが駆けつけた時には、パルミジャーノは部屋の真ん中で倒れていた。

モネとの戦闘で魂を抜かれたパルミジャーノの身体（からだ）は、もう動かなかった。そしてモネは黒い箱の中に抜き取った魂を箱ごと叩き潰してしまったため、パルミジャーノが蘇（よみがえ）ることはもうない。モネはパルミジャーノを殺してしまったのだ。

魂の抜かれたその身体は、遺体と呼んで差し支えないだろう。

車椅子のエレオノーラと、チキチキ。そして三度目、四度目の割礼術（かつれい）を連続で行い、発熱するモネはふらつきながらも煙草（たばこ）を咥（くわ）え、仰向けに倒れたパルミジャーノを見下ろしていた。

「……わたくし、きっと美青年だと思うわ。ずっと顔を隠していた殿方の正体が、見目麗（うるわ）しい美青年だったなんて、よくある話ではなくて？　わくわくしちゃう」

「んなわけあるかい。人に見せられん顔だから隠してたんじゃろ。となるときっと醜男（ぶおとこ）じゃ」

「人に見せられない……ということを考えると、酷（ひど）い傷を負っているって可能性もあるよね」

遺体のそばに屈んだチキチキが、鳥の仮面に手を伸ばす。

「いいか……？　脱がすぞ」

そしてパルミジャーノの仮面を脱がせた。ずっと気になっていた恩師の素顔が露わになる。

パルミジャーノの顔は、美青年でも醜男でもなかった。そして酷い傷を負っているわけでもない。

「……何というか、普通ね」

「……普通じゃ。可もなく不可もなく」

「……普通だね。たぶん僕、明日には忘れてる」

低い鼻に、薄い唇。凹凸の少ないのっぺりとした顔。パルミジャーノの正体は、黒髪に白髪の混じった中年の男だった。日に当たっていないからか、あるいは死んだ直後だからか、やけに青白い。

「ふっ……何だか笑える。わたくしたち、こんなおじさんに怯えていたなんて」

「それでも九使徒の一人じゃろ？　こんな幸薄顔でも、すごい魔法使いにはなれるんじゃな」

「……そうだ」

モネは煙草を足下に落とし、靴底で火を踏み消した。そしてパルミジャーノのそばに屈み込み、彼の右手に手を掛ける。黒い革手袋を脱がしていく。パルミジャーノは以前、自身は四回もの割礼術を乗り越えたと言っていた。ならばその右手の甲には、今のモネと同じく四本の傷があるはずだ。しかし脱がせた彼の右手の甲にあったのは、大きく裂かれた古傷が一本だけ。

「…………」

「……なんこいつ、一回生か？」

窓の外には雨が降り続いていて、ザーザーと降る雨音は室内にも響いていた。

三人は沈黙して雨音を聞いていた。恩師の正体が幸薄顔のおじさんであったということは笑えたが、彼の手に割礼の跡が一本しかなかったという事実は笑えなかった。

パルミジャーノ・レッジャーノはルーシー教の幹部、九使徒だ。非公式に魔法学校を創設した不良の魔術師(ウイザード)とはいえ、九使徒の一人を殺してしまったからには、教会からの報復を受けるかもしれない。多くの魔術師たちが島を渡ってくるかもしれない。この男の死は、新たな戦争の火種となる——そう考えた三人は、その夜のうちにパルミジャーノの遺体を隠して行方不明を装うことにした。

エレオノーラの予備の車椅子に遺体を乗せて、チキチキが押す。雨の中の作業ながら、車椅子のエレオノーラや発熱したモネも同行し、三人が向かった先は生徒たちの眠る共同墓地だった。その傍(かたわ)らに立つ〝魔法使いの木〟の近くに穴を掘り、服を脱がせたパルミジャーノの遺体を埋めた。

最後にチキチキがダガーナイフを〝魔法使いの木〟の幹に突き立てた。

——〝P・R〟

名前を彫れば、その遺体が埋まっていることがバレてしまう。だからイニシャルを彫った。

だがそもそも、パルミジャーノ・レッジャーノという名が本名なのかわからない。彼の享年さえもわからなかった。

「――……殺した？　じゃあ〝錬金術師〟パルミジャーノは死んでいるのですか？」

宮殿屋上の物置にて、シャム猫から聞かされた事実にロロは思わず声を上げた。

「待ってください。我々キャンパスフェローは、〈騎士の国レーヴェ〉の城にて、パルミジャーノの率いる魔術師たちに虐殺されたのです。僕と魔女様は一時的にですが、彼と戦闘も行いました――」

ロロはテレサリサを横目に見る。パルミジャーノの肩に担がれたキャンパスフェローの姫デリリウムを取り戻すべく、ロロとテレサリサは共闘してその男に肉薄した。

テレサリサは頷く。

「あの強大な魔力は九使徒レベルだと思ったけど……違うの？」

「そう……だからおかしいの。パルミジャーノはあの時、死んだ。それは確か。なのに今も九使徒に名を連ねたまま、何食わぬ顔でこの島に戻って来た」

シャム猫のエレオノーラは、悲しげに首を振った。

「そして異世界人ドロシーと一緒に……二人は南部へと向かいました。〝南の魔女〟の籠城する〈王のせき止め〉へ。わたくしに魔法が使えたら……ううん、魔法が使えていたとしても、ドロシーを倒すことは難しい。けどあなたなら、倒せないかしら？　〝キャンパスフェローの猟犬〞さん」

　エレオノーラは深く頭を下げた。猫にお辞儀されるのは初めての経験だ。

「ドロシーたちは今〝南の魔女〞に迫っている。わたくしは彼女を助けてあげたいの。無理なお願いをしているのは自覚しています。けれどわたくしが今頼れるのは、あなたたちしかいない。どうか異世界人ドロシーを倒して」

「………」

「〝南の魔女〞を……グリンダを助けてあげて」

　ロロは返事をする前に、テレサリサを見た。

「……戦場に向かうことになります。よろしいですか？　魔女様」

「どうせ向かうつもりだったんでしょ？　〝南の魔女〞を仲間にするんだったら」

「ジャック様は」

　振り返って尋ねる。ジャックは早々に話に飽きて、気絶したフェロカクタスのほっぺたを引っ張って遊んでいた。ロロの質問に顔を上げる。

「ジャックはみんなに付いていくだけです」

　ロロはシャム猫へと向き直った。

「わかりました。では……さっそく熱気球を奪いましょう」

「それじゃあ、参戦反対に一票ってとこだな」

砦の城壁の上で、ハルカリが言う。〈南部戦線〉に手を貸して、この〈王のせき止め〉防衛線に参加するか否か。ネルは賛成だが、グリンダを今ひとつ信用できないカプチノは反対だ。

ネルが腕を組んで尋ねる。

「私たちの意見など、どうでもいいだろう？　結局は頭のお前が決めるんだ」

「そうですよ。どうするんですか？　頭。戦場に出るの？」

カプチノが尋ねた。二人に挟まれて、ハルカリは城壁の縁に背を背をもたせて悩む。

「そうだなあ……」と、ふと遠くの青空に浮かぶものを見つけて、息を呑んだ。

カプチノがその視線を追って振り返った。

「えっ……！　何あれ！」

ネルも北の空を見上げて大声を出す。

「うおぉっ！　あれが、もしかして……」

「……《エメラルド家》の熱気球だ」

ハルカリはつぶやいた。青い空に浮かんだ色とりどりの熱気球が、こちらへと向かってくる。その数は見えているだけでも百機以上。その奥にも多く連なっていて、気球の数はさらに増えていくだろう。

ハルカリはその中に浮かぶ、緑色の気球を眺めた。カカシの王の顔が描かれている。

「……なるほど。空から籠城を打ち破るつもりか」

するとと気球が飛んでくる方向とは反対側――ハルカリたちの後方から、わあっと喚声が上がった。三人は振り返る。声は茂る森の向こうから聞こえる。〈緑のブリキ兵団〉が撤退していった川下の方角だった。

〈王のせき止め（キングズ・ダム）〉から流れ落ちる滝は、山をうねりながら下っていく河川〈甘い川（スイート・リバー）〉と合流し、南部の平野へと流れていく。

その〈甘い川〉の河川敷には、現在三千を超える〈緑のブリキ兵団〉が、いたるところにテントを張って野営を行っていた。西部や東部、そして中央部からは次々と物資が運び込まれ、増兵が合流し、その規模は日に日に大きくなっていく。彼らの目的は、〝南の魔女〟率いる〈南部戦線〉を完膚（かんぷ）なきまでに叩き潰すこと。

兵士たちは北の空に現れた気球の群れを見上げ、雄叫（おたけ）びを上げた。長槍（やり）パイクを高々と掲げ、《エメラルド家》の旗を振る。気球部隊の到着は、攻撃の再開を意味していた。いよいよ〈南部戦線〉の籠城を打ち崩す時が来たのだ。

鮮やかな緑の旗がはためく中、《エメラルド家》の傘下となった他の家々もまた、この作戦に動員されていた。ランタンの紋章が描かれた紫色の旗――《パープルロック家》の陣営を指揮するのは、ドゥエルグ人の娘だ。

「ご覧になれますか〝北の魔女〟様！　気球部隊の第一陣が来ました！　攻め時です！」

駆けてきた北の兵士が、太い倒木に腰掛けたドゥエルグ人の娘に報告する。

「誰がチビじゃ。見えとるわ、ボケェ」

娘は紫色の甲冑を着て、その小柄な身を隠すほどの巨大な盾を携えていた。頭の後ろで二つに結んだツインテールは、学生だった頃と変わらない。〝北の魔女〟チキチキは、「はあ」と深いため息をつく。

「気は進まんが、やるしかないのう……」

チキチキが立ち上がると、その周りにいた五百名を超える兵士たちも一斉に立ち上がる。彼らは、ドゥエルグ人とトランスマーレ人の混合編成だ。それぞれが紫色の甲冑を着て、主に戦斧を装備している。

励声一番、チキチキが声を張り上げた。

「出陣じゃあ、野郎ども！　一気に攻め落とすぞッ！」

「うおおおおっ……！」

野太い声と共に次々と戦斧が掲げられ、紫色の旗がはためく。戦意高揚に沸く一団の中で、チキチキは今一度、気球の浮かぶ空を見上げた。そして同じ方向――山の上に建つ砦へと視線を移す。

「まったく、お前は昔っから強情じゃのう。グリンダ……」

轟く兵士たちの声は、天井の崩れ落ちたグリンダの執務室にまで届いた。〈王のせき止め〉から流れ続ける滝の音に混じって、猛る男たちの雄叫びが聞こえてくる。

グリンダは窓際から川下の方向を見下ろしていた。森の向こうにいる敵兵の姿はここからでは見えないが、迫り来る脅威を肌で感じている。

彼らが掲げるのは権力だ。傲慢を正当化する武力だ。弱者を押し潰そうとする大きなうねりを目の当たりにして、グリンダは恐怖した。微かに震える指先を握り締める。

――〝そりゃあ食べるよ〟

どうしてか、いつか学校のバルコニーで交わしたモネとの会話を思い出した。

――〝力を持つ強者が、弱者の気持ちに寄り添うなんてあり得ない〟

《エメラルド家》とも仲良くしたいと話したグリンダに、モネはそう言った。オオカミが子鹿を食べるように、強者も弱者を搾取する。奪って、なぶって、陵辱する。それはまるで自然の摂理のようだ。オオカミと子鹿が相容れないように、強者と弱者も相容れない。

今となっては、モネの言葉は正しかったのかもしれないと思う。

《ブルーポート家》に生まれながら、弱者として扱われてきたモネ。父に疎まれ、怪物と蔑まれ、人間になるための特訓を強いられていた。モネはずっと戦っていた。

「……弱者の苦しみを知っていたから、最期まで抗っていたんだよね、モネ」

西部へと逃れたモネは〝西の魔女〟として討伐された。ならば〝南の魔女〟と呼ばれる自分が、ここで逃げるわけにはいかない。蹂躙なんてされたくない。だったら、武器を取って戦わなければ。

「グリンダ様っ……！」

ヘンダーソンが血相を変えて、執務室へ飛び込んできた。

「わかってる。ヘンダーソンさん、みんなに戦いの準備をさせて！」

「はっ……！　その、ご加護はいただけるのでしょうか……？」

ヘンダーソンが願いを込めて尋ねる。グリンダの魔法による守備力向上を期待しているのだ。

「もちろんだよ。兵士たちを下に集めて。私もすぐに行くから」

「ありがとうございますっ……！」

深々と頭を下げてから、ヘンダーソンは執務室を出ていった。

グリンダは銀色の兜を被り、執務机に立て掛けていたマスケット銃を握る。執務室を出ようとしたその直前に、崩れ落ちた天井から緑色の気球が覗いてグリンダは足を止めた。バルーンに描かれたカカシの王の笑顔が鼻につく。

「……負けるもんか、絶対に」

気球をきつく睨みつけ、グリンダは執務室を後にした。

気球の群れが〈王のせき止め（キングズ・ダム）〉へと近づいていく。

気球群の眼下には、緑に萌える山々が広がっていた。それは島を横切る大きな山脈だ。気球の向かう方向からではわからないが、南方から眺めれば大女が寝転がっているように見える――〈眠る女山脈〉だ。大女の胸元に当たる位置には、オズ王の命で建設された人工湖〈王のせき止め（キングズ・ダム）〉が確認できる。遠くに聞こえる滝の音が大きくなっていく。

気球群の上空に、ぽっかりと穴が空いた。人が二人、通り抜けられるくらいの穴だ。

穴の中から落ちてきたのは、「きゃあ」と短いスカートを押さえて笑う〝道化師（アルルカン）〟プルチネッラと、鳥の仮面を被った〝錬金術師（アルケミスト）〟パルミジャーノである。

落下する二人の周りには、色とりどりの熱気球がいくつか浮かんでいた。プルチネッラはそのうちの一つ――カカシの王の笑顔が描かれた緑色の気球に目を留めた。

「うーん、あれにしよ」

空中でプルチネッラは、落ちていく先に再び穴を開ける。今度は人一人分の穴である。同時に今さっき見留めた熱気球の、カゴの中にいる兵士たちの頭上にもまた、同じサイズの穴が空いた。

プルチネッラは繋（つな）げた二つの穴を通して、気球のカゴへと移動した。

突然頭上から現れて、カゴの中に降り立った女の子に驚く三人の兵士たち。

「うおっ……何だ？」

「どっから来た、お嬢ちゃん」

「どこかに掴まってたのか……?」

兵士たちはプルチネッラの降ってきた頭上を見るが、穴はもう塞がれて消滅している。

「おー……狭いねえ、ここ」

プルチネッラは、カゴの縁に腰掛けた。

「ごめんだけど、あっちに移動してくれる?」

指差したのは、隣に浮かぶ別の気球だ。移動してくれと言われても、もちろん彼らに羽根があるわけでもないので、飛び移ることはできない。すると次の瞬間、兵士たちの足下に穴が空いた。――「わっ!」「おっ……!」「なッ……!」

まるでカゴの底が抜けたように、三人まとめて穴の中へと落下して、プルチネッラの指差した、隣に浮かぶ気球のカゴへと落ちていく。向こうもすでに三人いる中に、加えて三人の兵士たちがいきなり現れて、大騒ぎとなっていた。その様子を見てくすくすと笑いながら、プルチネッラはカゴの中の穴を閉じ、改めて素足を下ろす。

一方でパルミジャーノは手首を一つ浮かばせて、その手とお互いに手首同士を掴む形で、宙に吊されていた。プルチネッラの乗る気球がそばを通り掛かる。

「パル!　こっちにおいでよ」

「………」

パルミジャーノは、自分の吊り下がる手首を、気球のほうへと近づかせた。

足を一歩前に出して、気球の縁へとつま先を掛ける。そして悠々とカゴの中へ飛び降りた。

その拍子にカゴがぐらぐらと揺れる。プルチネッラは楽しそうに笑う。

「風がとっても気持ちいいよ！　それにここ……すごいマナスポットだわ」

プルチネッラは、強い風に踊る髪を耳に掛けた。

「そんな仮面なんか被ってちゃ、気持ちぃ風感じることもできないでしょ？　脱いじゃいなよ。ここに他のルーシアン教徒はいないんだしさ」

「…………」

言われてパルミジャーノは鳥の仮面を両手で摑み、外した。

その顔は、エメラルド宮殿でロロたちを案内した秘書官のまま。女は続けて眼鏡を外す。そして頭の上で結んだ黒髪を解いた。紫がかった艶めく黒髪が、強い風になびく。

「そうだ、確か。あなたたちの魔法学校もこの辺りじゃなかった？」

プルチネッラの問いに、女は緑の山々を見下ろしながら応えた。

「そうだね」

仮面を外すとその声は、女自身のものとなる。

「懐かしい？」

「さあ。あんまり覚えていないから」

「そうなの？　つまんないの。でもさすがにお友だちのことは覚えているでしょ？」

プルチネッラは声を跳ねさせ、パルミジャーノに扮していた女の名前を呼んだ。

「グリンダちゃんに会えるの、楽しみだね。モネ！」

続く